Tom Zürcher

Mobbing Dick

Roman

Der Salis Verlag wird vom Bundesamt für Kultur mit einem Strukturbeitrag für die Jahre 2016–2020 unterstützt.

Wir danken dem Kanton Zürich und der Stadt Zürich für die Unterstützung dieses Buches.

Kanton Zürich
Fachstelle Kultur

Stadt Zürich
Kultur

Tom Zürcher
Mobbing Dick
Roman

Verlag Salis Verlag AG, Zürich
info@salisverlag.com
www.salisverlag.com

Lektorat Anja Linhart
Korrektorat Patrick Schär
Satz Peter Löffelholz
Umschlaggestaltung André Gstettenhofer
Umschlagbild »Telefono pubblico grunge«
von Giuseppe Porzani, Adobe Stock

Gesamtrealisation www.torat.ch
Gesamtherstellung CPI Books GmbH, Leck

1. Auflage 2019

ISBN 978-3-906195-83-4
Printed in Germany

Für Gino

Für Isabelle

Es gibt keine bösen Menschen.
Nur Menschen, die Böses tun.
Wenn der Druck stimmt.

1

Am Anfang ist Dick nur zu seinem Arm böse. Er beißt hinein, bis er zum Arzt muss und dieser ihn über den Brillenrand hinweg anschaut und sagt:

Was ist das?

Ein Hund?

Das ist kein Hund.

Nein.

Dick mag den Arzt, aber er kann ihm nicht alles sagen, da er auch der Arzt seiner Eltern ist. Die Wunde sieht eklig aus und er schämt sich, dass der andere sie berühren muss. Der Arzt bestreicht sie mit Salbe.

Tut's weh?

Es geht.

Was tut sonst noch weh?

Die Salbe riecht nach Kamille und Kinderspielplatz und Dick beginnt nun doch zu erzählen. Vom Jurastudium, das immer trockener wird. Vom elterlichen Reihenhäuschen, das immer enger wird. Vom Vater, der in der Küche Nachrichten hört, während Mutter im Keller Unterhosen wäscht.

Ich kriege keine Luft mehr, sagt er.

Und beißen hilft?

Der Arzt verbindet den Arm und fragt, was Dick tun würde,

wenn er das Leben so leben könnte, als gehörte es ihm. Dick braucht nicht lange zu überlegen. Er würde aufhören zu studieren, einen Job suchen und zu Hause ausziehen. Vielleicht sollte er das tun, meint der Arzt. Schon seinem Arm zuliebe.

Wenige Tage später sitzt Dick im Büro einer Personalfrau. Sie hat einen strengen Pferdeschwanz gebunden und will wissen, wieso er Dick heißt, sie kennt keinen anderen Schweizer, der so heißt. Da ihm die Wahrheit peinlich ist, sagt er, dass er bei der Geburt sechs Kilo gewogen hat.

Sechs Kilo? Ihre arme Mutter!

Sie ist wohlauf.

Die Personalfrau wischt ein langes, schwarzes Haar vom Tisch und fragt, weshalb er das Studium abgebrochen hat.

Aus gesundheitlichen Gründen.

Was?

Er will ihr die Bisswunde zeigen, aber sie ist schon bei der nächsten Frage. Warum er hier arbeiten möchte. Weil seine Mutter früher hier gearbeitet hat.

Sie meinen, vor der Sechskilogeburt?

Genau.

Wissen Sie was? Ich glaube Ihnen kein Wort.

Sie hat aber wirklich hier gearbeitet.

Die Personalfrau blättert in den Unterlagen. Er soll von seinen Stärken erzählen. Gibt es etwas, das er besonders gut kann? Essen. Wie bitte? Er kann essen, so viel er will, ohne zuzunehmen.

Sie meinen, Sie sind ein Dick, der nicht dick wird?

Genau.

Das ist doch keine Stärke. Wir sind eine Bank und kein Restaurant.

Sie seufzt.

Reden wir über Ihre Schwächen. Haben Sie eine?

Süßes.

Also nein! Ist das Ihr erstes Bewerbungsgespräch?

Sie steht auf und begleitet ihn zum Ausgang, wobei sie nochmals auf seinen Namen zurückkommt:

Verraten Sie mir, wieso Sie so heißen?

Krieg ich dann den Job?

2

In der kleinen Küche riecht es nach Rosmarin. Mutter holt ein Huhn aus dem Backofen und zerteilt es. Vater faltet die *Neue Zürcher Zeitung* zusammen und legt sie weg, damit Mutter die Teller hinstellen kann. Sie fragt, wie es bei der Bank gelaufen ist, und Dick sagt, die Personalfrau hat seinen Namen komisch gefunden.

Meier?

Den Vornamen.

Wieso komisch?

Ssst!, macht Vater, weil im Radio die Nachrichten kommen. Lustigerweise ist auch etwas von Dick Cheney dabei. Er soll einem Freund bei der Jagd ins Gesicht geschossen haben. Der Arme, sagt Mutter, während Vater betrübt sein Hühnerbein salzt. Dick weiß, ihr Mitgefühl gilt nicht dem Opfer, sondern dem Schützen. Für die Eltern ist Dick Cheney ein Held. Das war er schon, bevor er Vizepräsident der Vereinigten Staaten wurde, und ist es bis heute geblieben, auch wenn er nur noch nach einem Herzinfarkt oder Jagdunfall in den Medien auftaucht. Die Eltern bewundern seinen Ehrgeiz und seine Entschlossenheit. Ein Mann, der zupacken kann und sich nicht von seinem Ziel abbringen lässt, auch nicht durch das Gesicht eines Freundes.

Nach dem Essen fragt Vater, wie viel Dick bei der Bank verdienen würde. Großbanken zahlen gut, hat er gehört, selbst bei Studienabbrechern. Mutter macht ein Gesicht wie ein zerrissenes Küchentuch. Sie hat es noch nicht überwunden, dass aus ihrem Sohn kein Dr. Rechtsanwalt werden wird. Aber vielleicht schafft er es ja zum Bankprokuristen oder gar Chefprokuristen. Ihr damaliger Abteilungsleiter war Chefprokurist. Ein Mann, von dem sie noch heute schwärmt, weil er Dick Cheney in Gestalt und Charakter ähnlich war und großen Mut und Tatkraft besaß. Wie in jenem heißen Sommer, als das Thermometer auf 35 Grad kletterte und die Männer der Abteilung fast erstickten. Da kam der Chefprokurist durch die Büros getrabt und brüllte mit hochrotem Kopf, *alle Krawatten runter, sofort!* Mutter bekommt noch heute eine Gänsehaut, wenn sie davon erzählt.

Denkst du, sie nehmen dich, Schatz?

Aus dem Keller ruft die Waschmaschine. Mutter steigt die schmale Treppe hinunter und Vater fragt, was Dick vorhat, wenn er Großverdiener ist. Leben, sagt Dick und Vater lächelt mit Senf in den Mundwinkeln und meint, er hat seiner Mutter sehr wehgetan.

Ich kann nur hoffen, du ersparst ihr weiteren Kummer.

Dick nimmt sich das restliche Huhn und die Bratkartoffeln

und Vater sagt, das Schlimmste wäre jetzt, wenn er ausziehen würde. Das würde Mutter nicht verkraften.

Wieso?

Bist du etwa schon auf Wohnungssuche?

Dick stopft sich den Mund voll, um nicht reden zu müssen, und Vater erklärt, dass sie hier rausmüssten, wenn Dick sie im Stich ließe. Das Reihenhäuschen gehört einer Genossenschaft, deren Statuten besagen, dass man mindestens zu dritt sein muss, um hier wohnen zu dürfen.

Deine Mutter könnte ohne das Häuschen nicht leben, sagt er. So viele Erinnerungen sind für sie damit verbunden.

Quatsch, denkt Dick. Mutter würde liebend gern in die Stadt ziehen, das hat sie schon oft gesagt. Vater ist es, der am Häuschen hängt, weil es so günstig und weil ringsherum viel Wald für seine Sonntagsspaziergänge ist.

Du fühlst dich doch wohl hier bei uns, nicht?

Nein.

Was?

Doch, Scherz.

Mutter kommt zurück und Vater sagt, Dick hat soeben versichert, dass er gerne bei ihnen wohnt, sie braucht sich also keine Sorgen zu machen. Sie macht sich keine Sorgen, sagt sie und sieht, dass die Schüsseln leer sind. Wo tut Dick das bloß alles hin? Kein Wunder, ist das Haushaltsportemonnaie immer leer.

Sie werden mich wahrscheinlich nicht nehmen, sagt er.

Wieso nicht?

Weil nicht alle Dick Cheney mögen.

Hast du etwa gesagt, dass …?

Ich konnte die Personalfrau ja schlecht anlügen.

3

An seinem ersten Arbeitstag bringt Dick eine Schachtel Cremeschnitten mit. Er nimmt im Büro der Personalfrau Platz und sieht ihrem Pferdeschwanz zu, der aufgeregt zuckt, während sie ihn über das Schweizer Bankgeheimnis aufklärt. Sie sagt, das Bankgeheimnis ist zu einem großen Teil abgeschafft worden, aber er darf trotzdem nichts sagen, zu niemandem, verstanden? Sonst drohen Buße, Gefängnis und Ächtung auf dem Arbeitsmarkt. Apropos Arbeitsmarkt, er hat Glück, dass dieser zurzeit so ausgetrocknet ist und sie nicht allzu wählerisch sein dürfen. Fragen? Gut.

Nachdem er zahlreiche Papiere unterzeichnet hat, händigt sie ihm einen Personalausweis aus und sagt, willkommen bei der Schweizerischen Bankanstalt. Er öffnet seine Schachtel, holt ein Stück Cremeschnitte heraus und streckt es ihr hin, aber sie wehrt mit gespreizten Fingern ab und er legt es wieder zurück. Dann betritt ein junger Mann das Büro und die Personalfrau stellt ihn als Herrn Bachmann vor und sagt, das ist sein Chef.

Herr Bachmann trägt Hemd und Krawatte. Das Hemd hängt ihm über die Hose, was etwas hilflos wirkt, als habe er sich nicht fertig angezogen. Er streckt Dick die Hand hin, aber Dick kann ihm seine nicht geben, da sie zuckrig ist von der Cremeschnitte. Er fasst erneut in die Schachtel und will eine herausholen und die Personalfrau sagt, nun hören Sie doch mit dem süßen Zeug auf.

Ich darf sowieso nicht, sagt Herr Bachmann, ich habe Diabetes.

Sie haben Diabetes? Davon steht aber nichts in Ihrer Akte, sagt die Personalfrau.

Herr Bachmann führt Dick in den dritten Stock hinauf. Sie schreiten durch einen Korridor und gelangen in ein kleines Büro mit zwei Schreibtischen. Der restliche Platz wird von einem panzerfarbenen Metallschrank ausgefüllt.

Gut, dass Sie da sind, sagt Herr Bachmann, wir haben wahnsinnig viel zu tun.

Er kratzt sich am Kopf und Dick denkt, wieso siezen wir uns, wir sind doch fast gleich alt. Dann klingelt das Telefon und Herr Bachmann rennt aus dem Büro. Dick setzt sich an seinen Schreibtisch und startet den Computer. Ein Passwort wird verlangt, er versucht es mit 123, worauf der Bildschirm schwarz wird und die Tastatur blockiert.

Er schaut aus dem Fenster auf den Paradeplatz hinunter. Der teuerste Boden der Welt, hat es zu Hause immer geheißen. Man sieht bis zur Confiserie Sprüngli, wo er die Cremeschnitten gekauft hat, die wirklich teuer waren. Er isst alle auf. Er guckt zur Decke, die viel zu hoch ist für das kleine Büro. Da oben hängen zwei Neonröhren, ungeheuer weit oben.

Er versucht nochmals den Computer zu starten, aber der bockt immer noch. Hoffentlich hab ich nichts kaputt gemacht, denkt er. Um zwölf Uhr zieht er die Jacke an und geht in die Mittagspause.

4

Als Dick vom Essen zurückkehrt, sitzt Herr Bachmann am Schreibtisch und arbeitet.

Mein Computer klemmt, sagt Dick.

Ich weiß, sagt Herr Bachmann und kratzt sich am Kopf. Dann klingelt sein Telefon und er rennt hinaus. Kurz darauf erscheint ein Mann von der IT. Er trägt eine dicke Jeanshose und setzt sich an Dicks Platz.

Tun Sie das nie wieder.

Was denn?

Sie wissen schon.

Er erlöst den Computer aus der Starre und verrät Dick sein Passwort. Es ist kompliziert und er muss es auswendig lernen. Man darf es nicht notieren, sagt der Mann, auf keinen Fall, es ist genauso heilig wie das Bankgeheimnis oder was davon übrig ist.

Das Bankgeheimnis musste ich aber nicht auswendig lernen, sagt Dick.

Kleiner Scherzkeks, hm? Was sind das für Krümel?

Cremeschnitte.

Haben Sie noch eine?

Der IT-Mann gibt ihm eine kurze Einführung ins Computersystem. Es ist nicht schwer, nur das Passwort ist schwer und Dick will wissen, was passiert, wenn man es vergisst.

Dann ist nicht gut. Gar nicht gut.

Nachher ist der Stuhl warm. Dafür weiß Dick jetzt, wie man Konten anschaut. Als Erstes guckt er nach, wie viel Herr Bachmann verdient. Geht nicht, die Konten der Arbeitskollegen lassen sich nicht aufrufen. Ob die Eltern auch Geld bei der Bankanstalt haben? Ja, tatsächlich, aber nur Vater, er besitzt ein Sparkonto. Dick ist versucht draufzuklicken und nachzusehen, wie viel sein alter Herr auf der hohen Kante hat, fühlt sich aber plötzlich beobachtet. Er blickt zur Decke. Ist da oben eine Kamera versteckt? Nein, sicher nicht. Oder?

Punkt fünf Uhr zieht er die Jacke an und geht. Im Korridor kommt ihm Herr Bachmann mit zwei dicken Ordnern entgegen. Er erinnert Dick daran, dass er über das, was sie hier machen, nicht reden darf.

Was machen wir denn?

Vermögensverwaltung.

Reiche Kunden und so?

Nicht so laut.

5

Statt nach Hause zu fahren, geht er eine Wohnung besichtigen. Sie liegt in einem finsteren Betonblock mit aufgebrochener Eingangstür. Im Treppenhaus riecht es nach saurem Fleisch, trotzdem hat sich eine lange Schlange gebildet.

Dicks Handy klingelt. Es ist Mutter, sie fragt, wo er steckt, Paps hat schon die Zeitung zusammengelegt.

Ich bin noch im Büro.

Überstunden? Schon am ersten Tag?

Mutter ist beeindruckt.

In der Wohnung verteilt eine kleine, rundliche Verwalterin Anmeldeformulare. Dick möchte sich zuerst umschauen und sie sagt, aber klar doch, nur zu. Er guckt in zwei dunkle Zimmer und eine kleine Küche. In der Ecke liegt Brot. Um nicht unhöflich zu sein, erkundigt er sich beim Rausgehen nach der Miete. Das hat doch in der Anzeige gestanden, sagt die Verwalterin, 2000 Franken im Monat.

2000 für dieses Loch?, denkt Dick und die Verwalterin lacht und sagt, das ist doch kein Loch, das ist günstig für Zürich. Dick wird rot im Gesicht, weil er laut gedacht hat. Die Verwalterin erklärt, man ist hier mitten im Langstraßenquartier und das ist sehr hip wegen der vielen Partys an den Wochenenden. Hip hip hurra, sagt Dick und wundert sich, dass er solchen Blödsinn rauslässt. Die Verwalterin lacht wieder und fragt, ob er bei der Post arbeitet, er hat so ein ehrliches Gesicht. Sie hält mich für jung und naiv, denkt er und streckt trotzig die Hand für ein Anmeldeformular aus. Ende des Monats wird oben noch eine zweite Wohnung frei, sagt die Verwalterin. Die Chance, hier unterzukommen, ist also doppelt so groß. Es klingt wie eine Warnung.

Draußen weht ein abenteuerliches Lüftchen. Die Straßenlaternen leuchten und zwischen den Bars und Restaurants patrouillieren hoch aufgeschossene Dirnen. Dick kriegt Lust auf eine Pizza und eine Coca-Cola. Mutter ruft wieder an und fragt, ob er ungefähr abschätzen kann, wann er zu Hause sein wird, sie hat sein Essen warm gestellt, es trocknet aus. Im Hintergrund hört er Vater sagen, geht das jetzt jeden Abend so?

Dick macht sich auf den Heimweg.

6

Als Dick nach Hause kommt, sitzen die Eltern noch in der Küche. Sie verarbeiten die Kassenbons von Mutters Einkäufen. Vater rechnet die Ausgaben für Fleisch, Getränke, Putzmittel und so weiter zusammen und Mutter trägt sie in die Spalten ihres Haushaltsbuches ein.

Zweimal Braten letzte Woche?

Runtergesetzt, Paps. Hallo, Schatz.

Mutter steht auf, gibt Dick einen Kuss und holt sein Essen aus dem Ofen. Vater sagt, das nächste Mal soll er bitte anrufen, wenn er sieht, dass es länger dauert, seine Mutter macht sich sonst unnötig Sorgen.

Was hast du für Arbeit?, fragt sie.

Darüber darf ich nicht reden.

Ah, das Bankgeheimnis, sagt Vater. Darfst du Konten anschauen?

Nur die eigenen.

Wirklich?

Mutter sagt, sie konnte damals auch keine Konten einsehen und Vater sagt, sie war ja auch nur eine Sekretärin.

Kannst du wirklich keine Konten anschauen, Dick?

Geht nicht, sind geschützt.

Dann hast du's versucht?

Wie sind sie denn geschützt?, fragt Mutter.

Durch ein kompliziertes Passwort.

Hast du auch eins?, fragt Vater.

Nein.

Wieso weißt du dann, dass sie kompliziert sind?

Vom IT-Mann.

Wer ist das?, fragt Mutter.

Der Mann, der die Passworte verteilt.

Was hast du mit ihm zu schaffen, wenn du kein Passwort hast?, fragt Vater.

Er war wegen Herrn Bachmann da.

Wer ist das?, fragt Mutter.

Mein Chef. Er hat sein Passwort vergessen.

Wieso?

Er hat Diabetes.

Oje. Was geschieht, wenn er nicht mehr arbeiten kann, wirst du dann Chef?

Ma, er ist topfit.

Aber wenn er so vergesslich ist.

Das liegt nicht an ihm, sondern am Passwort, sagt Dick und Vater fragt, wieso man es sich dann nicht aufschreibt. Weil das verboten ist. Woher weiß Dick das? Weil er gehört hat, wie der IT-Mann Herrn Bachmann gescholten hat, als dieser das neue Passwort notieren wollte.

Wieso darf der mit ihm schimpfen, wo er doch ein Chef ist?, fragt Mutter.

Hallo? Was soll das Verhör?

Das ist doch kein Verhör, sagt Vater. Wir haben dich lediglich gefragt, ob du Konten anschauen darfst und da hast du angefangen, dich rauszureden.

Wieso wollt ihr das überhaupt wissen? Habt ihr ein Konto bei der Bankanstalt?

Ich schon lange nicht mehr, sagt Mutter.

Mein Konto ist bei der Post, sagt Vater.

Ich habe ein ehrliches Gesicht, sagt Dick.

Darauf weiß Vater nichts mehr zu sagen und wendet sich wieder den Kassenbons zu. Er entdeckt einen größeren Posten für Milch.

Zwölf Liter?

Wenn Dick immer so Durst hat, Paps.

Milch ist doch nicht gegen den Durst, Honey.

Vater sagt gern Honey zu Mutter, seit er in der *NZZ* gelesen hat, dass Dick Cheney seine Frau auch so nennt. Dick wüsste gern, wie Frau Cheney ihren Mann ruft, vermutlich Money.

Ist dieser Bachmann nett zu dir, Dick?

Alle sind nett, Ma.

7

Am nächsten Tag führt Herr Bachmann einen Test mit Dick durch. Er gibt ihm einen Füllfederhalter und einen leeren Briefumschlag und bittet ihn, seine Adresse draufzuschreiben. Anschließend prüft er die Handschrift.

Hm, ja, das sollte gehen. Wir müssen heute Kontoauszüge verschicken.

Dick lernt, dass Briefe, die an ausländische Kunden gehen, nie nach Bank aussehen dürfen. Handbeschriebene Umschläge sind das A und O einer diskreten Vermögensverwaltung, sagt Herr Bachmann. Außerdem wird alles von Deutschland aus versandt, da der Schweizer Poststempel in der Welt da draußen immer noch Verdacht erregt, obwohl das Bankgeheimnis zu einem großen Teil abgeschafft worden ist. Die Kontoauszüge liegen im Druckbüro zur Abholung bereit. Herr Bachmann will Dick zeigen, wo es sich befindet, aber als sie aufbrechen, klingelt das Telefon und Herr Bachmann rennt alleine los.

Dick studiert den Umschlag, auf den er seine Adresse hat schreiben müssen. Es ist ein gefütterter Umschlag, der feierlich knistert, wenn man ihn drückt. Viel zu schade, den einfach wegzuwerfen, denkt er und beschließt, einen Brief an sich selbst zu schreiben. Er tippt in den Computer:

Sehr geehrter Herr Dick Meier

Sie arbeiten nun schon den zweiten Tag in diesem Büro und es wird Zeit, Ihnen eine erste Einschätzung zu geben. Ich bin sehr zufrieden mit Ihnen. Sie erscheinen pünktlich, kennen meinen Namen und machen nichts kaputt. Wenn das so weitergeht, sind Sie bald der Präsident dieser Bank. Dann werden Sie mir befehlen, das Hemd in die Hose zu stopfen, in die Unterhose gar, und das kann ich nicht zulassen. Also werde ich damit beginnen, Ihnen Steine in den Weg zu legen und die Näpfchen, in die Sie treten werden, mit Fett zu füllen. Das ist nicht gegen Ihre Person gerichtet, aber ich muss mich vor Ihnen schützen wie mein Blut vor Zucker.

Hochachtungsvoll, Ihr werter Herr Dr. Bachmann

Er liest es durch. Wahnsinn, das ist ihm einfach so aus den Fingern gesprudelt. Er klickt auf *Ausdrucken* und guckt sich um, wo der Brief rauskommt. Er kann keinen Drucker sehen.

Er kriecht unter den beiden Schreibtischen durch und als er auf Bachmanns Seite wieder auftaucht, kehrt dieser ins Büro zurück und fragt:

Was machen Sie da?

Den Drucker suchen.

Was wollen Sie denn drucken?

Nichts, nur für den Fall.

Bachmann erklärt, die Computer der Vermögensabteilungen sind für Drucker und Speichermedien gesperrt, damit keiner mehr auf die Idee kommt, Kundendaten ans Ausland zu verkaufen. Er zählt noch weitere Sicherheitsvorkehrungen auf, aber Dick hört nicht zu, sondern fragt:

Und wenn man mal einen Brief schreiben möchte?

Wem möchten Sie denn schreiben?

Ich? Niemandem.

Die Ausdrucke kommen im Druckbüro raus, sagt Bachmann, dort werden sie registriert. Sie müssen jetzt sowieso dahin, um die Kontoauszüge zu holen.

Das Druckbüro ist in schneeweißes Licht getaucht. Flache Maschinen summen und es riecht nach warmem Papier. Ein Mann übergibt Bachmann eine Kunststoffkiste mit Kontoauszügen. Bachmann quittiert den Empfang und der Mann sagt, das da ist wohl auch noch für Sie. Er händigt ihm ein einzelnes Blatt aus. Bachmann liest es durch. Dann reicht er es an Dick weiter, nimmt die Kiste und geht hinaus. Während Dick ihm folgt, hört er Mutter sagen, das hat noch ein Nachspiel.

Oben holt Bachmann ein paar Schachteln mit Umschlägen aus dem Metallschrank sowie einen Briefbefeuchter. Er führt

Dick vor, wie man ein Kuvert beschriftet, den gefalteten Kontoauszug hineinsteckt und mithilfe des Befeuchters die Lasche verklebt.

Keine Hexerei, oder? Wollen Sie es mal versuchen?

Dick zeigt, dass er es verstanden hat. Die ganze Post muss bis heute Abend versandbereit sein, sagt Bachmann, der Deutschlandkurier holt sie dann ab. Dick soll sich aber trotzdem Zeit lassen, das Wichtigste ist, dass die Adressen gut lesbar sind.

Alles klar?

Dick nickt. Das Telefon klingelt. Bachmann schnappt sich einen Notizblock und eilt aus dem Büro.

Bevor sich Dick an die Arbeit macht, zerreißt er den ausgedruckten Brief. Wieso hat er den geschrieben? Wieso hat Bachmann nichts gesagt? Er will ihn schmoren lassen, oder? Management by schlechtem Gewissen, kennt Dick von zu Hause, Vater ist Weltmeister darin. Dick muss das wieder geradebiegen. Er weiß auch schon wie.

Er richtet auf dem Schreibtisch eine Verarbeitungsstraße ein und legt los. Er schreibt, faltet, befeuchtet und klebt zu. Er arbeitet wie ein Roboter und mit jedem Umschlag wird er schneller. Um noch schneller zu werden, verzichtet er auf den Briefbefeuchter und leckt die gummierten Laschen mit der Zunge ab. Die Mittagspause lässt er aus, arbeitet durch und um drei Uhr ist alles erledigt und die Briefe stapeln sich in hohen Türmchen auf dem ganzen Schreibtisch. Dicks Ohren glühen. Er wäre sogar noch schneller gewesen, wenn er gegen Ende nicht wieder auf den Briefbefeuchter hätte zurückgreifen müssen, nachdem er sich die Zunge an einer scharfen Kante aufgeschlitzt hatte und es heftig blutete.

Bachmann ist noch nicht zurückgekehrt. Er wird staunen. Er wird sagen, das haben Sie gut gemacht, vergessen wir den blöden Brief.

Dick geht zum Sprüngli, um etwas gegen den leimigen Geschmack im Mund zu holen, den er vom Ablecken hat. Hunger hat er auch. Er rennt beide Wege, er will auf keinen Fall Bachmanns Gesicht verpassen.

8

Herr Bachmann kommt einfach nicht zurück. Dick hat ein saftiges Lachssandwich mit Dillsauce verspeist, ohne dass davon etwas auf die Briefe getropft ist. Er hat eine Tüte Karamellbonbons gelutscht, doch der bittere Geschmack ist geblieben. Hoffentlich habe ich keine Leimvergiftung, denkt er.

Chef, wo bleiben Sie?

Für ihn hat er auch etwas mitgebracht: eine Geschenkdose mit Pralinen. Einzelne Pralinen darf er sicher essen und wenn nicht, kann er sie ja in der Bank verteilen und nur die Dose behalten und darin seine Spritzen aufbewahren.

Das Geschenk macht sich gut auf Bachmanns Tisch. Damit dürfte der blöde Brief endgültig vergessen sein. Ob Schokolade gegen den fiesen Leimgeschmack hilft? Dick öffnet die Dose und stibitzt eine Praline. Eine einzelne fällt nicht auf. Eine zweite auch nicht. Ein paar Minuten später ist die Dose leer.

Um 17.00 Uhr zieht Dick die Jacke an und geht nach Hause. Die Dose nimmt er mit und stopft sie auf dem Paradeplatz in einen Abfalleimer.

9

Beim Abendessen hat er keinen Appetit. Mutter schöpft ihm einen großen Teller Linseneintopf mit Speck, aber er stochert nur darin herum und die Eltern fragen, was los ist, hat er wieder den ganzen Tag Cremeschnitten gegessen?

Keine einzige.

Ehrenwort?

Der Linseneintopf schmeckt wie eingeweichter Karton, dabei macht Mutter den besten Eintopf der Welt. Sie fragt:

Wirst du krank?

Nö, mir geht's gut.

Zeig mal deine Stirn.

Hab nur einen fiesen Geschmack im Mund.

Hast du geraucht?, fragt Vater.

Nein, sagt Dick.

Hast du etwas Schlechtes zu Mittag gegessen?, fragt Mutter und Dick verdreht die Augen und sagt, es ist alles in Ordnung, er hat nur keinen Hunger.

Ist dir im Geschäft etwas auf den Magen geschlagen?

Nein, Ma!

Nicht in diesem Ton, sagt Vater und Mutter meint, es hat

bestimmt mit dem Büro zu tun, Dick hat heute gar keine Überstunden gemacht.

Haben Sie dir weniger Arbeit gegeben, Schatz?

Nein, ich war nur sehr schnell.

Oder bereust du, dass du das Studium abgebrochen hast?

Nein, ich bereue, dass ich noch nicht ausgezogen bin, denkt Dick und fängt an, Linsen in den Mund zu schaufeln. Er verputzt drei Teller und die Eltern schauen kopfschüttelnd zu, bis im Radio die Nachrichten kommen und Donald Trump die Aufmerksamkeit auf sich zieht. Er hat die Vorwahl von Arizona gewonnen.

So eine Witzfigur, sagt Vater und Dick holt Butter und Käse aus dem Kühlschrank und schmiert sich ein paar Brote.

Von einem Extrem ins andere, sagt Mutter und Vater meint, er soll nicht so viel Butter nehmen.

10

Nachts kann Dick nicht einschlafen. Das Essen liegt ihm schwer im Magen und auch der blöde Brief. Warum hat Bachmann nicht reagiert? Er führt etwas im Schilde, deshalb ist er nicht mehr ins Büro zurückgekommen. Dick nimmt sich vor, morgen nochmals eine Geschenkdose Pralinen zu kaufen.

Er hat Durst. Er steigt in die Küche hinunter und setzt eine kalte Cola-Flasche aus dem Kühlschrank an. Er trinkt in großen Schlucken und nachher platzt ihm fast der Bauch. Schaum kommt ihm hoch und er eilt auf die Toilette, um sich zu übergeben, aber es geht nicht, wegen der Eltern. Sie könnten es hören und ebenfalls aufstehen und Mutter würde sagen, dafür habe ich so lange in der Küche gestanden, und Vater würde nichts sagen und ein kaltes Gesicht machen.

Dick bricht die Übung ab, wirft die Jacke über, schlüpft in die Schuhe und geht hinaus. Es ist hell, der Mond leuchtet wie eine Kellerlampe. Dick verschwindet hinter einem Haselnussstrauch, duckt sich, aber es klappt wieder nicht. Er fühlt sich beobachtet, obwohl Witikon um diese Zeit wie ausgestorben ist. Er geht die Straße hinunter, biegt in den Wald ab und kotzt hinter eine Esche. Das hat jetzt nur der Mond gesehen.

Zurück im Reihenhäuschen bekommt er Hunger. Er findet ein gekochtes Hühnerbein im Kühlschrank und etwas Schokoladenpudding. Nachher ist sein Bett sogar noch ein bisschen warm.

11

Als Dick am nächsten Morgen mit einer neuen Pralinendose ins Büro kommt, stapeln sich die Umschläge immer noch auf seinem Schreibtisch. Der Deutschlandkurier scheint gestern Abend nicht gekommen zu sein. Auch gut, denkt Dick, dann kann man seine Arbeit noch ein wenig länger bewundern. Herr Bachmann ist nicht da, aber sein Jackett hängt über der Stuhllehne.

Dick stellt den Computer an und will das Passwort eingeben, aber es fällt ihm nicht mehr ein. Er weiß nur noch die ersten vier Zeichen, L7#Z oder L#Z7 und dass es weiter hinten noch ein Sternchen gibt.

Herr Bachmann kommt mit einem Becher Kaffee ins Büro. Er bleibt neben Dick stehen und deutet mit der freien Hand auf die Brieftürmchen.

Ich muss Ihnen etwas sagen.

Seine Hand zittert. Er hat Augenringe und die Haare sind zerzaust, als habe er sich die ganze Nacht den Kopf gekratzt.

Es hat ein Problem gegeben.

Weiter kommt er nicht, da das Telefon klingelt. Er stellt den Kaffee auf seinen Schreibtisch, nimmt einen Block und hastet aus dem Büro.

Was für ein Problem denn?, denkt Dick. So wie Bachmann rumgedruckst hat, klang es, als habe er ein Problem mit ihm. Klar, wegen des Jux-Briefs. Dick kann sich vorstellen, was los ist. Bachmann hat den Deutschlandkurier angerufen und gesagt, Sie brauchen nicht zu kommen, Herr Meier ist nicht fertig geworden. Er hat sich gerächt, indem er Dick als unfähig hinstellte. Falls das stimmt, sollte man ihm die Geschenkpralinen aber wieder wegnehmen.

Dick braucht jetzt auch einen Kaffee. Gestern auf dem Weg ins Druckbüro sind sie an einer kleinen Cafeteria vorbeigekommen. Er findet sie wieder, aber es gibt nur Automaten, die mit Jetons funktionieren. Er schaut sich um. In einer Raucherkabine aus zerkratztem Plexiglas steht die Personalfrau und saugt gereizt an einer Zigarette. Ob sie wegen ihm verärgert ist? Weil sie erfahren hat, dass er seine Arbeit nicht geschafft hat? Am liebsten würde er zu ihr hineingehen und die Sache richtigstellen.

Zurück an seinem Platz versucht er sich an das Passwort zu erinnern, aber jetzt fallen ihm nicht mal mehr die ersten vier Zeichen ein, nur noch das Sternchen. Er betrachtet die regelmäßigen Türmchen auf seinem Tisch. Er nimmt einen Brief und schaut, wohin er geht. Nach Arizona. Lustig, das kam gestern in den Nachrichten vor. Aber etwas stimmt mit dem Umschlag nicht. Das ist nicht seine Handschrift. Dick steht auf und schaut die Stapel durch. Da ist nirgends mehr seine Schrift drauf, das wurde alles neu geschrieben! Was hat das zu bedeuten? Ein kleiner, bärtiger Mann rollt einen quietschenden Handwagen ins Büro. Er fragt, ob das die Post für den Deutschlandkurier ist.

Die war schon gestern fertig, sagt Dick.

Was?

Ich war schon gestern …

Der andere packt alles in Kisten und quietscht gemütlich davon. Dick lässt sich auf seinen Stuhl fallen. Wieso hat Bachmann die Briefe neu gemacht? Musste den Kontoauszügen noch etwas beigelegt werden, ein Schreiben des Vermögensberaters oder so? Oder hat Bachmann den Jux-Brief mitgeschickt? Möglich wär's. Er müsste nur das Druckbüro beauftragt haben, ihn nochmals rauszulassen, zweihundertmal, und dann hat er die neuen Kuverts damit befüllt. Damit die Kunden sich beschweren und die Direktion Nachforschungen anstellt und auf Dick als Verfasser des Briefes stößt und glaubt, er wollte den seriösen Ruf der Bank schädigen. Er wird unehrenhaft entlassen, kommt auf eine schwarze Liste und findet nie wieder einen Job in der Schweiz. Und ohne Job kriegt er keine Wohnung und ohne Wohnung muss er für immer im Reihenhäuschen bleiben. Wie kann Bachmann nur so rachsüchtig sein? Dick durchsucht dessen Schreibtisch auf übrig gebliebene Kopien, kann aber nur Jetons und eine Schachtel Mentholzigaretten finden. Er nimmt eine Zigarette heraus und rennt in die Cafeteria, aber die Personalfrau ist natürlich längst weg.

Kurz vor der Mittagspause klingelt das Telefon. Dick zuckt zusammen. Es ist seins, es hat bisher noch nie geklingelt. Auf dem Display steht nur eine Nummer, aber er weiß trotzdem, wer es ist: die Personalfrau. Sie wird sagen, kommen Sie in mein Büro, nehmen Sie Ihre persönlichen Sachen mit, das war's für Sie.

Spreche ich mit Herrn Meier?

Ja.

Schaeppi Grundstücke. Sie haben sich für eine Wohnung beworben.

12

Die Mittagspause verbringt er im Langstraßenviertel. Die Sonne scheint und er stellt sich an der Brauerstraße vor das Wohnhaus und schaut es lange an. Es ist hässlich, es bleibt auch im Sonnenlicht ein grauer, böser Klotz mit kleinen Fenstern. Fast überall sind die Rollläden heruntergelassen, auch bei der Wohnung, die er sich angesehen hat. Die Vermieterin hat gesagt, sie ist vergeben, aber er kann die Wohnung darüber haben, sie wird am Ende des Monats frei.

Ich schicke Ihnen den Vertrag, wenn Sie möchten.

Er hat gesagt, ja, aber jetzt denkt er, nein, sicher nicht. Das Haus kann er seinen Eltern nicht antun und sich selber auch nicht.

Er schreitet die Kneipen auf der anderen Straßenseite ab. Aus einer riecht es nach verbranntem Senf. Sie heißt Fellini 4 und Dick setzt sich auf dem Gehsteig an einen Plastiktisch und pustet Zigarettenasche weg. Ein alter Wirt kommt heraus. Er hat lange, weiße Haare, die dünn wie Spinnfäden sind, und sagt, es gibt Fleischkäse mit Senf. Dick ist einverstanden.

Zu trinken?

Eine Sinalco bitte.

Sinalco?

Nein, ein Bier.

Sicher?

Ein großes.

Dick trinkt und isst. Der Fleischkäse ist auf der unteren Seite schwarz, aber er schmeckt gut. Zusammen mit dem Bier und der Sonne sorgt er für eine friedliche Stimmung bei Dick, fast so, als sei er in den Ferien. Er beobachtet die Menschen, die die Brauerstraße rauf und runter gehen. Sie sind bunt und verrückt, arm und kaputt. Sie scheinen nicht viel Zukunft zu haben, dafür eine Gegenwart, in der sie sich frei bewegen können.

Der Wirt kommt wieder raus und zündet sich eine Zigarette an. Er raucht mit dem mürrischen Mund eines alten Mannes, der nicht will, dass man mit ihm spricht. Dick fragt trotzdem, ob er eine Zigarette haben kann. Dann pafft er gemütlich vor sich hin, bläst den Rauch zu einem Sexsalon hinüber, den er vor dem Essen noch für einen Friseursalon gehalten hat, und sagt zum Wirt:

Ist es gut zum Wohnen hier?
Was heißt gut?
Für mich zum Beispiel.
Pff, wenn du meinst.

Auf dem Weg zurück ins Büro hofft er, dass Bachmann nicht da ist. Er hofft vergebens.

13

Wissen Sie, von wem die Pralinen sind?
Von mir.
Aber wieso? Ich darf das doch gar nicht essen.
Ich habe mein Passwort vergessen.
Deswegen brauchen Sie mir doch nichts zu schenken.
Es ist wegen des Briefs.
Welcher Brief?
Den ich geschrieben habe.
Sie haben gekündigt?
Den Sie gestern im Druckbüro gelesen haben.
Ach so. Was ist damit?
Den hätte ich nicht schreiben sollen.
Ich fand ihn lustig.
Wieso haben Sie dann alles neu gemacht?
Das wollte ich Ihnen noch erklären. Wegen F5.
F5? Sie meinen F4.

F4? Was ist F4?

Na, das Fellini 4, sagt Dick und wundert sich, dass Bachmann weiß, dass er über Mittag im Fellini 4 war. Überwachen sie ihn? Gucken sie, ob er da draußen das Bankgeheimnis nicht verrät? Aber die Briefe sind schon vor dem Fellini umgeschrieben worden, das macht keinen Sinn.

Das macht keinen Sinn, sagt er.

Doch, doch, sagt Bachmann, ich bin nur noch nicht dazugekommen, Sie richtig einzuführen.

Er nimmt eine Praline und schluckt sie ohne zu zerbeißen runter. Dann kommt er mit der Dose um den Tisch herum und sagt, ist es Ihnen recht, wenn wir uns duzen?

Ja, gern, sagt Dick.

Ich bin Remo, sagt Herr Bachmann und hält Dick die Pralinen hin.

Ich bin Dick, sagt Dick.

Iwo, greif zu, sagt Remo.

Ich heiße so.

Ach so. Woher kommt der Name?

Von meinen Eltern.

Klar, aber was bedeutet er?

Ist die amerikanische Abkürzung von Richard.

Bist du ein Amerika-Fan?

Ich nicht, aber meine Eltern.

Wir haben ein großes Problem mit Amerika.

Bachmann sagt, dass Amerika die Schweizerische Bankanstalt verklagen will. Wegen Beihilfe zur Steuerhinterziehung. Angeblich soll es um eine Milliardenforderung gehen, die Generaldirektion ist sehr nervös.

Musste drum alles neu geschrieben werden?

Nein, nein, einer von den F5 fand deine Handschrift unleserlich. Auch klebte Blut an einigen Umschlägen. Hast du dich geschnitten?

Was bedeutet F5?

Die Fantastischen Fünf. Wir arbeiten für sie.

Das Telefon klingelt. Remo stellt die Dose ab, schnappt sich Block und Stift und trabt mit flatternder Krawatte den Korridor hinunter.

Danke für die Pralinen!, ruft er noch.

14

Beim Abendessen führen sich die Eltern komisch auf. Obwohl Dick rechtzeitig nach Hause gekommen ist und einen großen Appetit mitgebracht hat. Vater spricht nicht und Mutter sagt nur das Nötigste. Haben sie gehört, dass er eine Wohnung haben könnte? Aber von wem?

Dick kennt das. Sie werden nun eine Weile über ihren Tellern brüten, bis sie mit der Sprache rausrücken und sagen, wir wissen, was du getan hast, los, rauf ins Bett mit dir. Das mit dem Bett können sie heute zwar nicht mehr bringen, er ist kein Kind mehr, aber das vorwurfsvolle Schweigen brennt noch genauso im Bauch wie früher.

Dick erzählt vom Geschäft. Dass er mit seinem Chef per Du ist und sie für die besten Vermögensverwalter der Bank arbeiten. Dass man diese die Fantastischen Fünf nennt und er gespannt ist, wie sie aussehen. Die Eltern kauen laut Salat. Dick hält es nicht mehr aus und fragt, was ist denn eigentlich los?

Was war denn gestern Nacht los?, sagt Mutter.

Nichts, wieso?

Und im Wald?

Dick erfährt jetzt, dass nicht nur der Mond Zeuge seines Pyjama-Ausflugs war, sondern auch Frau Welti. Frau Welti besitzt einen alten Hund, der abends ein bisschen Kalbfleisch bekommt, was er gestern schlecht vertragen hat, weshalb er die rüstige Rentnerin zur mitternächtlichen Stunde unter Kalbfleischfürzen in den Wald gezogen hat, wo sie dann sehen konnte, wie sich Dick hinter einem Baum erleichterte. Sie hat Mutter heute beim Einkaufen darauf angesprochen, fragte, geht es ihm wieder besser, konnte er zur Vorlesung gehen? Ach, er geht gar nicht mehr zur Uni?

Du musst es Frau Welti erklären, sagt Mutter.

Was erklären?

Was du im Wald gemacht hast.

Das hat sie ja gesehen.

Sie meint, du hast zu viel getrunken. Sag ihr, dass du nicht trinkst.

Ich werde ihr gar nichts sagen, sagt Dick und Vater sagt, was macht das für einen Eindruck, die Leute müssen ja glauben, sie hätten kein Klo im Haus. Was soll Frau Welti bloß von uns denken, sagt Mutter und Vater sagt *ssst!*, weil die Nachrichten kommen.

Die erste Meldung betrifft die Schweizerische Bankanstalt, die sich angeblich vor einem amerikanischen Gericht verantworten muss.

Hast du davon gewusst, Schatz?

Klar.

Ssst!

Mutter lächelt und Dick fügt an, dass es sich bei der Geschichte um eine Milliardenforderung handelt.

Milliarden?

Jetzt strahlt Mutter übers ganze Gesicht und Dick weiß, was sie denkt: Mein Sohn arbeitet erst eine halbe Woche bei der Bank und hat schon Kenntnis von so großen Summen.

Das ist doch kein Grund zur Freude, schimpft Vater. Schon wieder eine Klage gegen die Schweiz!

Mutters Gesicht erlischt, während Vater von Dick wissen will, ob die Bankanstalt genug Reserven hat. Dick sagt, die Tresore sind randvoll.

Woher willst du das wissen?

Ich hab es gesehen.

Mutter fängt erneut an zu strahlen und Vater schüttelt verärgert den Kopf. Wieso das schon wieder losgeht. Die Schweiz hat doch einen Großteil des Bankgeheimnisses abgeschafft, dennoch soll ihr wieder der Prozess gemacht werden?

Vermutlich Altlasten, sagt Dick und Vater steht auf und macht das Radio lauter. Mutter flüstert, wenn Dick nachher Frau Welti besucht, soll er ihr doch ein bisschen von seiner Arbeit bei der Bank erzählen.

Ich geh nicht hin.

Doch, Schatz, bitte.

Echt nicht.

Ssst!

15

Am nächsten Morgen ist Remos Stuhl leer. Auch sein Jackett hängt nicht über der Lehne. Dick klaut ihm einen Jeton aus der Schublade und holt sich einen Kaffee. Er trinkt ihn im Büro und stibitzt dazu eine Praline aus der Geschenkdose. Sie ist fast leer, Remo muss gestern Abend noch eine Runde durch die Abteilung gemacht haben damit.

Das Telefon klingelt. Es ist Remo, er sagt, es geht ihm nicht gut, er hat bis drei Uhr gearbeitet und zu viele Pralinen gegessen. Sie sind toll, nochmals vielen Dank, aber er hat unter der Dusche einen Zuckerschock erlitten, der Notarzt musste kommen. Morgen sollte er wieder auf den Beinen sein. Die Fantastischen sind informiert, sie werden sich an Dick wenden, wenn sie etwas brauchen, aber sie werden nichts brauchen, da er alles erledigen konnte.

Und falls doch?, fragt Dick.

Du weißt, wie man ins System kommt?

Ich hab mein Passwort vergessen.

Remo gibt ihm seins. Er darf es sogar aufschreiben, muss aber versprechen, es nicht herumliegen zu lassen.

Kannst mich jederzeit anrufen, sagt er und bevor er auflegt, sagt er noch, danke Dick, danke für alles. Dick kriegt ein schlechtes Gewissen. Er ist Remo überhaupt keine Hilfe gewesen bis jetzt. Er nimmt sich vor, ihn zu Hause nicht zu stören und ihn schön ausruhen zu lassen. Was auch immer die F5 verlangen sollten, er wird es allein hinkriegen, versprochen. Und jetzt an die Arbeit.

Als Erstes isst er die restlichen Pralinen auf. Dann surft er zwei Stunden durchs Internet und informiert sich über die Aufgaben einer Vermögensverwaltung. Er strandet auf dem Blog eines pensionierten Vermögensberaters, der eine blaue Fliege trägt und Dr. Sager heißt. Dr. Sager sagt, Vermögensverwaltung ist nicht schwer. Das meiste erledigt heute der Computer und den Rest erfährt man hier bei ihm. Sein Tipp des Tages lautet:

Hände weg von Aktien der Schweizerischen Bankanstalt. Die rasseln in den Keller.

Am Nachmittag tritt ein, wovor sich Dick gefürchtet hat. Er ist gerade dabei, auf dem Notizblock eine schönere Handschrift zu üben, als das Telefon klingelt. Ein Frank Leonhard ist dran, er sagt:

Bachmann macht mal wieder blau, wie man hört. Sind Sie sein Assistent?

Ja, aber er macht nicht …

Hat er Sie eingeführt?

Ja.

Ich brauche eine Gebührenaufstellung. Sie wissen, wie das geht?

Ja.

Sicher?

Nein.

Ich schicke Ihnen ein Beispiel. Wie ist Ihre Mailadresse?

dick.meier@bankan…

Ist das wahr, Sie heißen Dick? Wie Dick und Doof?

Nur, dass ich weder dick noch doof bin.

Oh, sind Sie jetzt beleidigt?

Nein.

Sie wissen, was *Dick* in Amerika bedeutet?

Die Abkürzung von Richard.

Es bedeutet Schwanz. Suck my Dick, hehe! Ich schick Ihnen einen Link. Den sollten Sie aber nicht im Büro anklicken. Schon hart, wenn einen die Eltern Schwanz taufen. Außer man wird Pornostar.

Ich heiße nicht Schwanz.

In Amerika schon.

Bei Dick Cheney denkt auch niemand an Schwanz.

Stimmt, da denkt man an Arschloch. Der Gebührenmist eilt.

Da Dick als Remo Bachmann angemeldet ist, kann er nur auf dessen Mailkonto zugreifen. Aber Leonhard sendet es cc an Bachmann und er kann loslegen. Es ist einfach. Nach einer Viertelstunde ist es erledigt und er schickt es Leonhard. Der schreibt zurück:

Perfekt.

Das geht runter wie Honig. Dick denkt, jetzt hat er sich etwas Süßes verdient, aber dann ruft Leonhard nochmals an und fragt, wieso er als Bachmann mailt. Dick will nichts vom Passwort sagen und fragt zurück, ob er etwas aus dem Sprüngli braucht. Hä? Leonhard hängt auf und Dick bleibt im Büro, für den Fall, dass es nochmals klingelt. Um fünf Uhr zieht er die Jacke an und macht Feierabend. Er kauft eine große Tüte Champagner-Truffes für die Heimfahrt.

Als er am Klusplatz in den Bus nach Witikon umsteigt, stößt er auf Frau Welti. Sie zerrt den Hund beiseite, damit er sich neben sie setzen kann.

Ich habe gehört, du arbeitest jetzt?

Ja.

Als was schon wieder?

Als Bachmann.

Du meinst Bankmann.

Nein, Bachmann.

Was isst du da Feines?

Champagner-Truffes.

Ist da Alkohol drin?

Natürlich.

Der Hund hechelt.

16

Am Freitag ist Remo wieder da. Sitzt mit rosigen Wangen an seinem Platz und riecht nach Rasierwasser.

Scheinst einen guten Job gemacht zu haben gestern.

Wer, ich?

Leonhard findet dich toll.

Remo ist mit ihm heute Morgen Lift gefahren, da hat er gesagt, Remo soll sich an Dick ein Beispiel nehmen, der ist fix.

Gestern hielt er mich noch für einen Schwanz, sagt Dick.

Ach der, sagt Remo, für mich hält er noch ganze andere Ausdrücke bereit. Aber die Kunden lieben ihn.

Dick will sich mit Remos Passwort einloggen, doch das geht nicht, da Remo jetzt wieder damit arbeitet. Remo gibt ihm die Nummer der IT und Dick ruft dort an und der IT-Mann sagt, er darf ihm das Passwort nicht am Telefon sagen, es könnte abgehört werden. Er kommt so in einer Stunde vorbei, nicht weggehen.

Der kleine, bärtige Mann vom Postbüro schiebt seinen Handwagen herein. Er hat einen Brief von Schaeppi Grundstücke dabei. Es ist der Mietvertrag. Dick fragt Remo, ob 2000 Franken nicht etwas viel sind für eine Zweizimmerwohnung.

Wo liegt sie denn?

Langstraßenquartier.

Passt schon, ist ein Trendquartier. Abgesehen von der Brauerstraße, die ist gefährlich.

Es ist die Brauerstraße.

Oh. Kaffee?

Sie gehen in die Cafeteria und Remo lässt zwei Becher raus. Er fragt, ob Dick schon unterschrieben hat, und Dick sagt, er hat nicht vor zu unterschreiben. Vielleicht besser so, meint Remo. Wenn in Zürich geschossen wird, dann meistens in der Brauerstraße. Das kommt sogar in einem Roman von Robert Ludlum vor, da liegt dort eine Leiche in einer Wohnung. Wieso Dick nicht etwas im Niederdorf sucht, Remo hatte dort eine schöne Wohnung. Leider musste er sie aufgeben und wieder zu seinen Eltern ziehen, da er sich verspekuliert hatte. Nein, nicht mit der Wohnung, mit einer Geldanlage. Böse Geschichte.

Ich muss ins Büro zurück.

Der IT-Mann sitzt mit verschränkten Armen auf Dicks Stuhl. Er sagt, er hat seine Zeit nicht gestohlen. Dann schickt er Remo raus, das Passwort darf nur unter vier Augen weitergegeben werden. Er sagt es Dick zweimal vor. Er soll es nicht wieder vergessen.

Ist echt schwer, sagt Dick.

Hätten Sie lieber ein leichteres?

Geht das?

Nein, sind alle gleich schwer. Sonst wären es keine guten Passwörter und die Bankanstalt hat die besten. Dick fragt, ob er es ein drittes Mal hören könnte und der IT-Mann wundert sich, dass er sich die paar Zeichen nicht merken kann, er ist doch ein helles Köpfchen, wie man so hört. Wo hört man das denn? Oben bei den Fantastischen.

Bauen Sie sich eine Eselsbrücke, schlägt der IT-Mann vor und sagt das Passwort ein letztes Mal auf. Dick schließt die Augen und baut und als er sie wieder öffnet, ist der IT-Mann verschwunden.

Bis zur Mittagspause scrollt er durch den Blog von Dr. Sager. Er liest ein paar Beiträge über Aktien, Fonds und andere Investitionsmöglichkeiten und fragt sich, womit Remo wohl sein Geld verloren hat. Dr. Sager trägt heute eine grüne Fliege und sein Tipp des Tages lautet:

Kühlen Kopf bewahren bei Immobilienentscheidungen.

Keine Angst, ich nehm die Wohnung nicht, denkt Dick. Dr. Sager sagt noch etwas von Blasenbildung, da muss er auf die Toilette.

17

Nach dem Essen kehrt Dick mit einer Cremeschnitte ins Büro zurück. Er balanciert sie auf einem schmalen Pappteller und freut sich auf die Kaffeepause. Remo sagt, sie könnten nach der Arbeit ein Bier trinken gehen, es ist Freitag, Dick hat seine erste Woche geschafft. Gute Idee, findet Dick und ruft zu Hause an, um mitzuteilen, dass es heute Abend später wird.

Überstunden?, fragt Mutter.

Qualigespräch.

Viel Glück!

Ob er es gut hat mit seinen Eltern, fragt Remo, nachdem Dick aufgelegt hat.

Sehr.

Toll.

Am Nachmittag schreitet ein großer, schlaksiger Mann ins Büro. Er trägt einen braunen Anzug, dessen Hosen etwas zu kurz sind, sodass weiße Socken darunter hervorleuchten. Remo schnellt von seinem Stuhl hoch:

Hallo, Herr Leonhard.

Remo lächelt, als freue er sich über den Besuch, und Herr Leonhard sagt, er will sich nur mal den neuen Pornostar der Abteilung ansehen. Er schüttelt Dick die Hand und Dick überlegt, ob er auch aufstehen soll, aber er hat den richtigen Zeitpunkt verpasst und bleibt sitzen.

Hab Sie mir anders vorgestellt, Meier. Wissen Sie, was Ihnen fehlt? Ein tüchtiger Schnauz.

Remo lacht und Leonhard fragt, wieso er lacht, er weiß doch

gar nicht, worum es geht. Dann sagt er, Dick ist ein guter Mann, auch ohne Schnauz, und Remo soll ihn ordentlich coachen. Sein Blick fällt auf den Notizblock, auf dem Dick gestern die Schönschrift geübt hat. Er schaut ihn an, als erwarte er eine Erklärung, und Dick sagt, er arbeitet an seiner Handschrift. Sehr löblich, sagt Herr Leonhard. Würde Bachmanns Klaue auch mal guttun, dann müsste er die Umschläge nicht zweimal schreiben. Dick will gerade sagen, dass das seine Schuld war, aber da wird Leonhard plötzlich laut, ruft, he, was ist das denn!, und bohrt seinen Zeigefinger in den Block.

Ist das etwa Ihr Passwort, Meier? Bachmann, haben Sie ihm nicht gesagt, dass das verboten ist?

Remo kommt auf die andere Seite und Leonhard streckt ihm den Block ins Gesicht und Remo sagt, äh, das ist meins.

Wie bitte?

Bachmann kratzt sich am Kopf. Er schaut auf dem Boden herum, als habe er etwas verloren. Leonhard schnalzt genüsslich mit der Zunge.

Es war ein Notfall, sagt Dick.

Notfall?

Ich hatte mein Passwort vergessen und Herr Bachmann war so freundlich …

Freundlich? Dämlich! Er weiß genau, dass man sein Passwort nicht weitergeben darf, niemals! Was haben Sie sich dabei gedacht, Bachmann?

Remo kratzt sich jetzt mit beiden Händen am Kopf.

Hat es Ihnen ins Hirn geschissen? Denken Sie doch mal nach! Was, wenn unser Rocco Siffredi hier nicht so harmlos ist, wie er aussieht? Wenn er ein Cyberterrorist ist, der unser Computersystem ficken will?

Ich bin kein Terrorist, sagt Dick.

Ich weiß, ich weiß, beschwichtigt ihn Leonhard und legt ihm die Hand auf die Schulter. Das Ganze geht ja auch nicht gegen Sie, sondern gegen den da. Was ist mit Ihnen los, Bachmann, haben Sie Läuse?

Remo nimmt die Hände vom Kopf und Herr Leonhard macht ein Gesicht, als würde er gern auf ihn herunterspucken. Er sagt, das wird ein Nachspiel haben, und will gehen und Dick steht nun doch auf und sagt, halt, warten Sie. Er nimmt den Pappteller mit der Cremeschnitte und will ihn Leonhard reichen, aber die Cremeschnitte rutscht runter und landet auf dem Teppich. Eine Weile schauen alle auf das süße Häufchen Elend auf dem Boden. Dann reißt sich Leonhard los und marschiert aus dem Büro.

Remo geht an seinen Platz zurück und Dick holt eine Rolle WC-Papier aus der Toilette, um sauber zu machen. Die Sache mit dem Passwort tut ihm unendlich leid.

Gehen wir nachher trotzdem noch ein Bier trinken?

Aber klar, Dick. Von dem lassen wir uns nicht –

Das Telefon klingelt und Remo huscht aus der Tür.

18

Remo kehrt nicht mehr zurück. Dick wartet bis Viertel nach fünf, ehe er die Jacke anzieht und ins Wochenende geht. Als er ins Tram steigt, denkt er, he, ich hab mich ja zu Hause abgemeldet, ich bin frei. Er steigt wieder aus.

Ganz so frei ist er dann doch nicht. Während er zum Bahnhof spaziert, geht Frank Leonhard neben ihm her und sagt, ich hab Sie mir anders vorgestellt. Dick sagt, ich bin kein Pornostar und ich heiße auch nicht Schwanz, aber Herr Leonhard sagt, das Ganze geht ja nicht gegen Sie.

In der Bahnhofshalle riecht es nach Keller und Zigarrenrauch. Dick isst eine Wurst. Herr Leonhard redet weiter auf ihn ein und Dick bestellt ein Glas Bier und sagt, trinken wir auf meine erste Woche, Prost. Er rechnet aus, wie viele Wochen es bis zur Pensionierung noch sind, noch gut zweitausend. Er nimmt einen großen Schluck und Herr Leonhard sagt, Ihnen fehlt ein tüchtiger Schnauz. Dick trinkt das Bier sehr schnell, spürt, wie es ihm in den Kopf steigt, und Herr Leonhard fragt, hat es Ihnen ins Hirn geschissen? Und Ihnen, fragt Dick zurück, hat es Ihnen auf den Anzug geschissen? Unser Sofa zu Hause trägt auch einen braunen Anzug. Das wird ein Nachspiel haben, sagt Leonhard und Dick sagt, Sie klingen wie meine Mutter.

Draußen wird es dunkel und ein frischer Wind weht. Dick taucht in die Lichter des Langstraßenviertels ein und spürt, wie er am Bauch eine Gänsehaut kriegt. Er schlendert durch die Straßen und Gassen und als er in die Brauerstraße einbiegt, stellt er fest, dass er Leonhard losgeworden ist.

Vor dem Fellini 4 setzt er sich an einen Tisch und bestellt beim alten Wirt ein Bier. Er schaut zum Wohnblock. Ein einziges Fenster ist erleuchtet. Dann geht auch hier der Rollladen runter und der Block verschwindet im Schwarz der Nacht.

Dick schaut den Freiern zu, wie sie aus sicherer Entfernung die Prostituierten taxieren. Eine Zeitungsseite weht über den

Gehsteig, *Blick*, nicht *NZZ*. Es ist so friedlich hier. Die Brauerstraße ist ungefährlich, wenn man weiß, wie es geht. Man muss sich einfach treiben lassen, darf nicht zu viel denken und lenken, das Leben gehört dir, aber halt es nicht fest.

Er bestellt noch ein Bier und fragt den Wirt, ob er eine Zigarette haben kann. Der Wirt streicht sich die weißen Hexenhaare aus dem Gesicht und fragt, warum?

Zum Rauchen.

Der Wirt schüttelt den Kopf und gibt ihm eine. Dick sagt, er könnte hier wohnen.

Du? Nein.

Doch, dort hinten.

Er zeigt zum Wohnhaus.

Glaubst du ja selber nicht.

Dick holt den Mietvertrag aus der Jackentasche und faltet ihn auseinander. Der Alte macht *pff*. Dick bittet ihn um einen Kugelschreiber und unterschreibt den Vertrag mit seiner schönen, neuen Handschrift. Er zeigt sie dem Wirt.

Arbeitest du bei der Post?

Nein, ich mach Pornos.

So siehst du aus.

Morgen trage ich wieder Schnauz.

Du solltest kein Bier trinken.

Gibt's noch Fleischkäse?

19

Am Samstag schläft Dick aus. Er duscht lange, zieht frische Kleider an und holt einen Umzugskarton aus dem Keller. Er füllt ihn mit Sachen, die er nicht mehr braucht, vor allem mit Büchern und Ordnern aus dem Studium. Der Arm beginnt zu jucken, dort, wo er immer reingebissen hat. Mutter kommt ins Zimmer und fragt, was er da macht.

Ziehst du aus?

Ich räum bloß auf.

Sie betrachtet den leeren Tisch und das leere Bücherbrett. Dick weiß, der Anblick tut ihr weh. Sie hat sich immer vorgestellt, wie er in dem kleinen Zimmer eines Tages eine Doktorarbeit schreiben wird.

Sie geht einen Staublappen holen.

Beim Mittagessen will Vater über Geld reden. Er fragt, wie viel Dick verdient, das müssen so um die 5000 Franken sein, oder? So viel?, sagt Mutter, sie hat damals nur halb so viel bekommen, trotz kaufmännischer Ausbildung. Vater meint, das ist ja auch schon eine Weile her und außerdem war sie eine Frau.

Bin ich immer noch.

Sicher, Honey. Dick, wie viel ist es denn nun?

Sag ich nicht.

Wieso nicht?

Bankgeheimnis.

Nein, Schatz, sagt Mutter, über den Lohn darfst du am Familientisch reden.

Dick möchte aber trotzdem nichts sagen und Vater meint, ist wohl doch nicht so das große Geld, wie er sie hat glauben lassen. Er hat sie gar nichts glauben lassen, sagt Dick.

Dann ist es weniger als 5000 Franken?, fragt Mutter.

Nein.

Mutter strahlt.

Ist es mehr?

Ja.

Mutter leuchtet.

6000, sagt Dick und Mutter strafft sich, als wolle sie gleich zu Frau Welti rennen. Vater wischt sich ein Lächeln an der Serviette ab und holt eine kleine Broschüre aus dem Wohnzimmer mit dem Titel *Das private Haushaltsbudget*. Darin findet sich eine Tabelle, die anzeigt, wie viel der Nachwuchs, wenn er sein eigenes Geld verdient, zu Hause abgeben soll.

Abgeben?, sagt Dick, wieso abgeben?

Das gehört zum Erwachsenwerden dazu, sagt Mutter und tätschelt seine Hand.

Ich bin schon lange erwachsen.

Aber ja, Schatz.

Vater fährt mit spitzem Finger die Tabelle runter und verkündet, Dick schuldet ihnen 2000 Franken im Monat. Was? Für diesen Betrag bekommt man ja eine Wohnung in der Stadt. Schon möglich, sagt Vater, aber hier gehört noch Essen und Trinken dazu sowie Seife, Zahnpasta und Toilettenpapier. Und nicht zu vergessen Mutters Arbeit im Haus, die hat auch einen gewissen Wert. Allein ihre Dienste als Putzfrau kann man mit 500 Franken veranschlagen, wie die Broschüre aufführt. Hinzu kommen Kochen, Waschen, Bügeln, das muss man ihr alles anrechnen, hoch anrechnen, sagt Vater, denn als Hausfrau ist sie sieben Tage die Woche im Einsatz und es wird Zeit, dass Dick das mal richtig zu schätzen lernt.

Tu ich doch.

Dann ist ja gut.

Nein, gar nichts ist gut, denkt Dick. Hätte er sich bloß nicht so hinreißen lassen. Er verdient weder 6000 noch 5000, sondern nur 4000. Als ungelernte Hilfskraft erhält man anfangs nicht mehr, jedenfalls bei der Bankanstalt nicht. Außerdem will er nicht reich werden, sondern frei sein.

Vater sucht in der Broschüre nach weiteren Argumenten für die hohe Abgabe.

Ah, da steht's: Du hast ein eigenes Zimmer und unbegrenzten Zugang zu Garten, Küche und Bad.

Dick fragt, wie viel Ermäßigung es gibt, wenn er in Zukunft in den Wald scheißt, und Mutter sagt, sie findet 2000 Franken auch etwas viel.

Wie bitte?

Vater schaut sie an. Da jammert sie die ganze Zeit, das Haushaltsgeld reicht nicht aus, und jetzt, wo er Abhilfe schaffen will, fällt sie ihm in den Rücken?

Aber Paps, 300 Franken würden doch auch genügen.

Nein, nein, streckt Vater die Broschüre wie eine Bibel in die Luft, sie haben Anspruch auf 2000 Franken, das darf hier gerne jeder nachlesen.

Und wenn's falsch berechnet ist?, fragt Dick.

Das sind Profis, Dick.

Immerhin wohne ich ja nicht ganz freiwillig hier.

Was soll das heißen?

Na ja, dass man dem auch Rechnung tragen sollte. Ohne mich würde euch die Genossenschaft kündigen und …

Willst du damit sagen, du wirst von uns gezwungen, hier zu wohnen?

Nein, Dad, das nicht, aber …

Gefällt es dir nicht mehr bei uns, Schatz?

Doch, Ma, sehr, nur …

Das ist ja wohl der Gipfel!

Vater klatscht die Broschüre auf den Tisch und verlässt die Küche. Mutter schnäuzt sich. Dick fischt das letzte Schnitzel aus der Schüssel und Mutter steht auf und stellt das Geschirr zusammen. Das wäre jetzt nicht nötig gewesen, sagt sie. Er soll sich nachher bei Vater entschuldigen.

Für was denn?

Wir müssen dir nicht alles durchgehen lassen, nur weil du jetzt Großverdiener bist.

Ich hab doch nichts Schlimmes gesagt.

Es kommt auf den Ton an, Schatz. Schau zu, dass dir das viele Geld nicht zu Kopf steigt.

Dick klopft Ketchup aus der Flasche. Noch drei Wochen, dann ist die Wohnung frei und er kommt hier raus. Bis dahin kann er sich überlegen, wie er es den Eltern sagen soll. Muss er es überhaupt sagen? Er könnte auch einfach eines Morgens verschwunden sein, so wie Amy.

Nimm nicht so viel Ketchup, Schatz.

20

Die neue Woche fängt ruhig an. Bis Remos Telefon klingelt und er nicht rausrennt, sondern abnimmt. Er lauscht, nickt, hängt auf.

Ich muss schnell zum Vizedirektor.

Er stopft sich das Hemd in die Hose und geht los. Wenig später kehrt er mit einem weißen Umschlag in der Hand zurück.

Alles gut?

Ja, wieso?

Er legt den Umschlag auf den Schreibtisch und kratzt sich am Kopf.

Auch Dick erhält einen Brief, vom kleinen, bärtigen Postmann. Die Verwalterin von Schaeppi Grundstücke teilt ihm das Datum für die Wohnungsübergabe mit und bittet ihn, eine Mietkaution in der Höhe von zwei Monatsmieten zu überweisen. Dick schaut im Computer sein Lohnkonto an. Es ist noch leer, das Gehalt wird erst Ende Monat gutgeschrieben. Er könnte Vater anpumpen. Der würde zwar sagen, er hat kein Geld, aber Dick könnte sagen, ich weiß von deinem heimlichen Sparkonto und wenn du mir nicht hilfst, erzähl ich Mutter davon. Ein lustiger Gedanke. Allerdings müsste dann auch etwas drauf sein.

Er gibt Vaters Name im System ein und das Konto erscheint. Dick zögert, blickt sich um, klickt drauf.

Großer Gott!

Remo schaut erschrocken auf und Dick stellt schnell den

Computer ab, als könnte er dadurch ungeschehen machen, dass er den Kontostand gesehen hat.

Was ist passiert?

Nichts, nichts. Ich muss nur eine Mietkaution zahlen, hab aber kein Geld.

Deine Eltern?

Äh, auch nicht.

Remo erklärt, dass man in der Personalabteilung einen Vorschuss beantragen kann. Er rät ihm allerdings davon ab, bei ihm war das der Anfang vom Ende.

So bin ich in die Schuldenspirale hineingeraten, sagt er.

Hast du viele Schulden?

Ja.

Musstest du deswegen vorhin zum Vizedirektor?

Nein.

Das Telefon klingelt und Remo saust aus dem Büro.

Dick will den Computer wieder hochfahren, aber er streikt. Er ruft den IT-Mann an.

Schon wieder das Passwort vergessen?

Nein, LZ#7PB*1.

Doch nicht am Telefon! Ich komme.

Während er wartet, lässt Dick frische Luft ins Büro. Ein Windstoß fegt den Umschlag von Remos Tisch. Dick hebt ihn auf. Er ist nicht verschlossen und Dick hat plötzlich das Gefühl, da steht etwas über ihn drin. Dass der Vizedirektor geschrieben hat, passen Sie auf Ihren Assistenten auf, Herr Bachmann, er ist zu neugierig, er schaut sich Dinge an, die ihn nichts angehen. Lassen Sie ihn nie unbeaufsichtigt und vor allem lassen Sie diesen Brief nicht herumliegen.

Dick würde zu gern nachschauen, aber das kann er nicht machen. Wieso nicht? Er hat heute schon ganz anderes gesehen. Er horcht in den Korridor, dann klappt er den Umschlag auf und holt ein Papier mit dem Vermerk *Verweis* heraus. Darauf steht in kühlem Ton geschrieben, dass Herr Bachmann mit der Weitergabe seines persönlichen Passworts an seinen Mitarbeiter die Vorschriften verletzt hat. Sollte es nochmals zu einem Verstoß kommen, ist eine fristlose Kündigung unumgänglich. Der Brief wurde vom Vizedirektor und von der Personalfrau unterzeichnet. Dick findet die Unterschrift des Vizedirektors schöner als die der Personalfrau, auch deshalb, weil sie mit Tinte geschrieben ist. Er riecht daran und jemand hinter ihm sagt, he. Er dreht sich um und da steht nicht der IT-Mann, sondern Remo. Dick steckt den Brief in den Umschlag zurück und hält ihn Remo hin.

Ein Verweis.

Ich weiß.

Wegen mir. Tut mir leid.

Ach was, halb so wild.

Remo nimmt den Umschlag und setzt sich an seinen Platz. Der IT-Mann kommt und setzt sich an Dicks Platz.

Haben Sie den Stecker gezogen?

Nein.

Aber einfach abgestellt, oder?

Nein. Doch.

Der IT-Mann klappert auf der Tastatur herum und sagt, immer zuerst runterfahren, das gute Ding, klar? Das System könnte sonst einen Herzinfarkt bekommen und dann wären alle Bankdaten gelöscht.

Stellen Sie sich vor, alle Konten plötzlich auf null. Was für ein Chaos! Hehe, geht gar nicht, nur ein Scherz.

Ich mache alles falsch, sagt Dick.

Was ist?

Ich mache alles falsch.

Was hat er?, sagt der IT-Mann zu Remo, aber Remo reagiert nicht, sondern schaut betrübt aus dem Fenster. Der IT-Mann zuckt mit den Schultern und sagt, große Montagsdepression oder was?

Das Gefühl, alles falsch zu machen, begleitet Dick in die Mittagspause. Er kauft ein Sandwich und geht ziellos umher. Es regnet, dass es dem Portier vom Hotel Savoy von der Mütze tropft. Im Schaufenster von Kowä sind Mieder für alte Damen ausgelegt. Die Frauenkirche ist abgeschlossen. Der Regen prasselt auf die schwarzblauen Pflastersteine und das Sandwich in Dicks Hand weicht auf.

Ich sollte umkehren, denkt er. Ganz.

Auf dem Rückweg sucht er den Sprüngli auf. Der Laden dampft von den nassen Mänteln und Schirmen. Dick beobachtet die Verkäuferinnen hinter den Theken, die alle über fünfzig sind und zum gleichen Friseur gehen. Sie stecken in roten Uniformen, ihre Gesichter lächeln wie ausgestopft und Dick denkt, das sind lauter eingesperrte Mütter. Dann denkt er, ich bin ein schlechter Sohn, und als er an der Reihe ist und die Verkäuferin ihn fragt, was er möchte, antwortet er, er möchte zurück.

Was?

Er weiß plötzlich, was er tun muss. Die Personalfrau anrufen und die Stelle kündigen. Die Schaeppi Grundstücke anrufen und die Wohnung kündigen. Nach Witikon fahren und sein Zimmer in ein Studierkämmerchen zurückverwandeln.

Er kann Mutter da oben nicht allein lassen mit dem ganzen Wald und Frau Welti hinter den Bäumen und Vaters Unterhosen im Wäschekorb.

Er verlässt den Sprüngli, geht in die Bank und sagt zu Remo: Ich muss aufhören.

Was?

Ich muss hier weg.

Bitte nicht.

Doch, ich passe nicht hierhin.

Spinnst du? Leonhard erzählt überall rum, wie cool du bist.

Ich geh wieder studieren.

Remo schaut ihn an wie ein treuherziger Hund und Dick weiß, er lässt ihn im Stich. Aber es geht nicht anders, er kann nicht beide retten, Mutter und Remo.

Tut mir leid.

Schade, Dick.

Er ruft die Personalfrau an und fragt, ob sie kurz Zeit für ihn hat. Sie sagt, sie wollte ihn auch gerade anrufen, er soll in fünf Minuten zu ihr ins Büro kommen. Er rückt Notizblock und Stift zurecht und bläst einen Fussel von der Tischplatte. Dann steht er auf, Remo auch und die beiden jungen Männer reichen einander die Hand über die Schreibtische.

Wir waren ein Spitzenteam, Dick.

Ja, das waren wir.

21

Die Personalfrau trägt wieder ihren strengen Pferdeschwanz, doch diesmal lächelt sie. Sie sieht Dick lange an, bevor sie etwas sagt, und er hat Mühe, ihr Lächeln einzuschätzen.

Ich weiß Bescheid, sagt sie.

Was wissen Sie?, fragt er, obwohl ihm sofort klar ist, was sie meint: Vaters Konto. Man hat beobachtet, wie er es angeklickt hat, die IT oder die interne Aufsicht. Und was wollen sie jetzt tun? Ihm einen Verweis geben? In ein paar Minuten ist er hier weg und dann geht ihn die Sache nichts mehr an. Außer sie haben Vater angerufen und es ihm gesagt. Das wäre natürlich schlecht. Aber wieso sollten sie das tun?

Ich weiß, woher Sie Ihren Namen haben, sagt die Personalfrau. Es hat nichts mit einer Sechskilogeburt zu tun, sondern mit Dick Cheney, richtig?

Er nickt. Sie müssen tatsächlich mit Vater geredet haben. Ihm wird heiß. Die Personalfrau fragt, warum er ausgerechnet nach Cheney benannt wurde, der ist ja nicht gerade eine Seele von Mensch. Weil er für seine Eltern das große, freie Amerika verkörpert, sagt Dick, so wie John Wayne und Clint Eastwood. Seine Eltern lieben Amerika.

Dann könnten sie auch John oder Clint heißen?

Dick ist okay.

Möchten Sie wissen, wer es mir gesagt hat?

Mein Vater.

Ihr Vater?

Sie haben ihn angerufen.

Wieso sollte ich Ihren Vater anrufen?

Na, wegen des Kontos.

Was für ein Konto?

Das er hier bei der Bankanstalt hat.

Ich hab doch nichts mit Konten zu schaffen. Frank Leonhard hat es mir gesagt.

Dick erinnert sich, dass er ihm gegenüber Dick Cheney erwähnt hat, jedoch nicht als Namensgeber. Er muss von sich aus darauf geschlossen haben. Oder hat er mit Vater …?

Er ist sehr angetan von Ihnen, sagt die Personalfrau.

Mein Vater?

Wieso kommen Sie immer mit Ihrem Vater? Frank Leonhard! Er findet Sie super.

Versteh ich nicht, sagt Dick, ich hab doch gar nichts Besonderes geleistet. Herr Bachmann macht doch die ganze Arbeit und …

Ja, sagt die Personalfrau, er kann schlecht delegieren. Nicht sein einziges Problem, seufzt sie.

Nein, nein, sagt Dick, er ist ein prima Chef, ich …

Rauchen Sie?

Die Personalfrau streckt ihm eine Zigarettenschachtel hin. Ist zwar verboten im Büro, aber diese eklige Raucherkabine …

Sie gibt ihm Feuer und wechselt auf Smalltalk.

Sie wohnen in Witikon, nicht wahr? Schön dort?

Sehr. Viel Wald für lange Spaziergänge.

Wohnen Sie noch bei Ihren Eltern?

Ja.

Gut?

Es ist toll, sagt er und schwärmt von seinem eigenen Zimmer und dass er jederzeit in die Küche oder den Garten kann, die Eltern lassen ihm alle Freiheiten. Seine Zigarette brennt ja gar nicht, stellt die Personalfrau fest und gibt ihm nochmals Feuer. Dann fragt sie, ob Witikon nicht ein bisschen langweilig ist. Jungs in seinem Alter träumen doch von der großen Stadt, von Partys, aufregenden Nächten, nicht? Natürlich ist es schwer, in Zürich eine bezahlbare Wohnung zu finden, da muss man schon ziemlich clever sein.

Ich hab eine.

Ist das wahr?

Im Langstraßenviertel.

Gratuliere. Ein super Quartier für euch jungen Leute.

Ich werde sie nicht nehmen.

Warum nicht? Liegt sie in der Brauerstraße?

Mir fehlt das Geld für die Mietkaution und ich will die Eltern nicht anpumpen.

Alles klar, sagt die Personalfrau, Sie brauchen einen Vorschuss. Reichen 5000?

Sie holt ein Formular aus der Schublade und sagt, ausfüllen und in die interne Post legen. Als Mitarbeiter bekommt er das Geld zinsfrei, aber er soll trotzdem aufpassen und sich nicht über Gebühr verschulden. Sie kennt da einen jungen Mann, der deswegen tief im Schlamassel steckt.

Bachmann?

Darf sie nicht sagen, Personalgeheimnis, aber er schuftet heute wie ein Leibeigener für die Bank, sicher kein schönes Gefühl.

Die Personalfrau drückt die Zigarette aus.

Wann ziehen Sie ein?

Ende des Monats.

Ich beneide Sie.

22

Beim Abendessen hat Mutter rote Augen und Vater schweigt, sodass Dick sofort weiß, dass sie etwas wissen. Entweder das mit der Wohnung oder das mit dem Sparkonto. Oder beides? Er kriegt keinen Bissen runter.

Nun sagt schon, stöhnt er, hat jemand angerufen?

Mutter zieht die Nase hoch und Vater kaut. Dick sagt:

Oder hat Frau Welti wieder etwas gesehen? Oder hab ich die Socken falsch rum in die Wäsche getan? Im Wohnzimmer was nicht aufgeräumt?

Schließlich holt Vater tief Luft und sagt, Mutter hat einen Brief von Amy erhalten und will ihn nicht rausrücken. Ach so, denkt Dick und spürt, wie der Appetit zurückkehrt. Mutter hat noch nie einen Brief von Amy rausgerückt. Sie versteckt sie an einem sicheren Ort, was Vater in den Wahnsinn treibt. Amy ist auch seine Tochter, pflegt er jeweils zu sagen, worauf Mutter kühl erwidert, dann hätte er halt nicht so streng zu ihr sein dürfen.

Vater glättet die Serviette über dem Schoß und fragt, ob Mutter wenigstens sagen kann, wie es Amy geht. Es geht ihr gut. Schreibt sie etwas über ihn? Nein. Wieso darf er es dann nicht lesen? Weil sie es Amy versprochen hat. Dann soll sie den Brief wenigstens Dick zeigen, der leidet am meisten unter der Situation. Immerhin sind die beiden zusammen aufgewachsen.

Ich leide überhaupt nicht, sagt Dick.

Er auch nicht, sagt Vater, ihm ist es egal, was Amy treibt. Sie soll nur nicht angekrochen kommen, wenn ihr das Geld ausgeht. Er nimmt die Zeitung und verschwindet auf der Toilette.

Mutter gibt Dick ein Stück von ihrer Wurst ab und flüstert:

Wann kannst du die 2000 Franken ins Haushaltsportemonnaie tun? Amy braucht Geld.

Hallo? Er unterstützt doch nicht seine faule Schwester. Außerdem kommt der Lohn erst Ende des Monats aufs Konto. Hat Mutter nicht gesagt, 300 würden genügen?

Es ist etwas passiert.

Was denn?

Mutter schneidet noch ein Stück Wurst für Dick ab und meint, vielleicht könnte er einen Vorschuss beantragen, zu ihrer Zeit war das möglich. Geht heute nicht mehr, sagt er, die Bank braucht jeden Franken für den anstehenden Prozess mit Amerika.

Schatz, Amy steckt wirklich in großen Schwierigkeiten.

Das tut sie doch seit ihrer Geburt.

Ihr habt euch doch immer gut verstanden.

Nein, überhaupt nicht.

Doch, Schatz, bitte.

Mutter kann ja Amys Briefe zu Geld machen, schlägt Dick vor. Vater würde bestimmt eine Menge dafür zahlen. Das ist nicht lustig, sagt Mutter und schnäuzt ins Taschentuch. Wieso hebt sie das Geld nicht einfach vom Sparkonto ab? Welches Sparkonto, sie haben keins, sie haben nur Vaters Postkonto und da ist nie viel drauf. Dick ist der einzige Großverdiener im Haus und man kann nur hoffen, dass er nicht Vaters Geiz geerbt hat.

Die WC-Spülung gurgelt und Vater kehrt in die Küche zurück. Er hält Mutter die Zeitung unter die Nase mit einem Artikel über Dick Cheneys Tochter Liz. Sie kandidiert als Abgeordnete fürs US-Repräsentantenhaus.

Wieso kann unsere Tochter nicht so sein wie Liz?

Ach, Paps, sie ist nun mal nicht sehr ehrgeizig.

Mutter schaut sich das Foto an und sagt, Liz sieht müde aus. Dafür strahlt ihr Papa frisch wie ein Maikäfer und das nach fünf Bypass-Operationen, das soll ihm erst mal einer nachmachen.

Dick fragt, wieso sie Amy nicht Liz getauft haben, dann würde sie vielleicht eines Tages Bundesrätin werden. Das ging nicht, sagt Mutter, wegen Liz Taylor. Vater mochte die nicht. Sie hatten sich auch Nancy überlegt, wie Nancy Reagan, aber Sinatras Tochter heißt Nancy und die mag Vater ebenfalls nicht. Amy passt gut zu Amy. Blöd nur, dass dann diese Winehouse aufgetaucht ist.

Aber da war's zu spät, gell, Paps.

Ich will jetzt die Briefe sehen.

Nein.

Alle!

Nein.

23

Am nächsten Morgen trägt Remo ein frisches Hemd. Er sagt, ich muss mehr delegieren, Dick. Ich zeig dir jetzt, wie die Abteilungsstatistik geht, das ist spannend, da siehst du, wer von den Fantastischen am meisten draufhat.

Er schiebt seinen Stuhl hinüber, damit sie es gleich an Dicks

Computer machen können. Nach ein paar Klicks ist alles erledigt und die Statistik erscheint in Form einer Rangliste auf dem Bildschirm. Frank Leonhard steht an erster Stelle.

Dann ist er der Beste?, fragt Dick.

Nicht mehr lange, sagt Remo. Jetzt spielen wir Gott.

Er drückt eine komplizierte Tastenfolge, woraufhin er einzelne Beträge manuell verändern kann. Nachher thront nicht mehr Herr Leonhard auf Platz 1, sondern eine Marianne Koch.

Das wird ihn tierisch ärgern, hihi.

Aber das findet er doch raus, nicht?

Iwo, der ist viel zu blöd. Hab's auch schon gemacht.

Aber da hattest du noch keinen Verweis.

Marianne ist es wert.

Wer ist das?

Remo wechselt auf die Personalseite mit den Mitarbeiterfotos. Marianne Koch ist eine junge Frau mit neckischem Zünglein zwischen den Lippen. Remo zeigt noch ein anderes Bild von ihr, ein Foto, das er in seiner Brieftasche aufbewahrt. Hat er aus dem Fotorahmen auf ihrem Schreibtisch geklaut.

Sie hat ein Bild von sich auf dem Schreibtisch?

Jetzt nicht mehr.

Remo klickt auf *Drucken* und Dick geht die Statistik im Druckbüro holen. Sie ist für den Vizedirektor bestimmt, der alles in Papierform haben möchte. Er ist noch von der alten Schule und man munkelt, dass er bald zum Stellvertretenden Direktor befördert werden soll.

Dann wird einer von den F5 Vizedirektor, sagt Remo.

Leonhard?

Oder Marianne. Willst du das Bild nochmals sehen?

Remo kratzt sich am Hinterkopf. Neuerdings ist da eine

kleine, runde Glatze zu sehen, die fleischrot glüht wie ein gerupfter Entenbürzel.

Am Nachmittag klingelt Dicks Telefon. Es ist Herr Leonhard, der fragt, ob Dick die Raucherkabine kennt. In zwei Minuten dort. Und kein Wort zu Bachmann.

24

Sie betreten die enge Kabine und Herr Leonhard gibt Dick eine Muratti. Er trägt wieder seinen braunen Anzug und sagt, na, viel zu tun? Dick berichtet vom Statistikwesen, in das er sich eingearbeitet hat, und Leonhard nickt und meint, Statistik, sehr gut, genau darüber will er mit ihm reden. Die von heute Morgen hat Bachmann gemacht, richtig? Mit der stimmt etwas nicht, könnte Dick nochmals eine rauslassen?

He, Ihre Zigarette brennt ja gar nicht.

Dick kriegt nochmals Feuer und dann stehen sie schweigend nebeneinander und rauchen. Dick pafft nur, während Leonhard tiefe Lungenzüge macht. Er hat rosa Babylippen, die jetzt Scheiße sagen:

Scheiße, wie ist das eigentlich, nimmt Bachmann Drogen?

Dick schüttelt den Kopf.

Sind Sie sicher?

Er hat nur Diabetes.

Hm. Meine Mutter auch.

Leonhard drückt die Zigarette aus und klopft Dick auf die Schulter.

Das mit der Statistik eilt.

Dick macht sich sofort an die Arbeit und zwei Minuten später steht Leonhard wieder an der Spitze der Rangliste. Was nun? Soll er ihm das so schicken? Aber was passiert dann mit Remo? Dieser brütet nichts ahnend über einem Haufen Notizblättern und kratzt sich den Kopf.

Remo?

Ja?

Kaffee?

Gern.

Dick hat keine Jetons und Remo schenkt ihm eine Handvoll aus seiner Hosentasche. Sie sind ganz warm und Dick ist froh, dass er die Statistik noch nicht abgeschickt hat. Er holt zwei Cappuccinos und stellt einen auf Remos Schreibtisch.

Was sind das für Notizen?

Darf ich dir nicht sagen, Dick, ist geheim. Noch geheimer als das Bankgeheimnis.

Ich habe auch ein Geheimnis, sagt Dick. Ich habe vorhin mit jemandem geraucht.

Remo nimmt einen Schluck Cappuccino und sagt mit Schaum an der Nasenspitze, er raucht auch manchmal, Mentholzigaretten. Früher hat er mehr geraucht, als jeder Fantastische noch seinen eigenen Sachbearbeiter hatte, aber dann wurden die Abläufe digitalisiert und jetzt ist er der einzige Sachbearbeiter für alle fünf. Für seine Lunge ist das gesünder.

Und obendrein hast du mich als Hilfsarbeiter gekriegt, sagt Dick.

Du bist kein Hilfsarbeiter, Dick. Du bist ein Freund.

Ich hab mit Leonhard geraucht.

Was?

Eine Muratti.

Dick will ihm auch noch den Rest beichten, da kommt Leonhard mit langen Schritten ins Büro marschiert und Remo verschüttet seinen Kaffee über den Papieren.

Warum dauert das so lange, sagt Leonhard zu Dick, kriegen Sie's nicht hin?

Klar, ist längst fertig.

Wo?

Da.

Dick zeigt auf seinen Computer. Leonhard geht hin, klatscht in die Hände und jauchzt zu Remo:

Scheiße, haben Sie verkackt, Bachmann!

Remo kriegt einen roten Kopf. Er kommt auf die andere Seite und dann stehen sie zu dritt um Dicks Bildschirm herum und Leonhard fragt:

Haben Sie das absichtlich gemacht? Meier, hat er das absichtlich gemacht?

Wie denn?, sagt Dick und Leonhard sagt, weiß ich doch nicht, kenne mich mit dem Scheißsystem nicht aus. Zu Remo sagt er, ab sofort macht nur noch mein Buddy hier die Abteilungsstatistik, verstanden? Er legt seine Hand auf Dicks Schulter, während Remo zwischen ihnen hin und her schaut und immer noch Milchschaum an der Nase hat.

Was ist das denn!, ruft Leonhard freudig und tippt Remo mit dem Finger auf die kahle Stelle am Scheitel. Sieht putzig aus, machen Sie eine Chemotherapie? Schade, dass die Koch schon weg ist, die würde Ihnen an die Sackhaare gehen wegen der Rangliste. Hat sich vergebens gefreut, die alte Schlampe, hehe. Mailen Sie mir das Zeug, Meier. Gut gemacht!

Draußen hört man ein Taxi hupen. Ansonsten ist es still. Remo hat Toilettenpapier geholt und tupft den Kaffee von den Blättern. Die Krawatte hat auch welchen abgekriegt, sie hängt zum Trocknen an der Schreibtischlampe.

Ich kann nichts dafür, sagt Dick.

Remo sagt nichts. Er holt einen frischen Block aus der Schublade und beginnt die Notizen neu zu schreiben. Dick schickt Leonhard die Statistik und taucht dann ins Internet ab. Er schaut auch bei Dr. Sager vorbei, der heute eine weiße Fliege trägt und dessen Tipp des Tages lautet:

Schweigen ist Silber, Reden ist Gold. Reden Sie mit einem Vermögensberater, zum Beispiel mit mir.

Um fünf Uhr zieht Dick die Jacke an und sagt tschüss. Remo sagt immer noch nichts. Er beginnt erst zu reden, als Dick auf der Straße steht. Du hast mich verraten, sagt er. Was hätt ich denn tun sollen?, sagt Dick. Schöner Freund, sagt Remo. Selber Freund mit deinem Management by schlechtem Gewissen, sagt Dick.

Er streift durch ein paar Warenhäuser und versucht, Remo loszuwerden. So kann er nicht nach Hause gehen, die Eltern würden merken, dass er nicht alleine ist, und ihn die ganze Zeit fragen, was ist los, du bist so abwesend. Und nachts im Bett würden sie sich auf Remos Seite schlagen und sagen, das war unfair von dir, Dick, und er könnte nicht einschlafen.

Er kauft ein Sixpack Miller's und kehrt ins Büro zurück. Remo ist immer noch mit seinen Notizen beschäftigt. Dick stellt das Bier auf den Tisch, zieht die Jacke aus und setzt sich auf seinen Stuhl.

Was hätte ich denn tun sollen?, sagt er.

Dich nicht mit meinem Feind verbünden, sagt Remo ohne aufzuschauen.

Aber Dick hat sich nicht mit Leonhard verbündet, nur eine Zigarette mit ihm geraucht. Worüber haben sie geredet, will Remo wissen, über ihn? Nein. Hier sind alle gegen ihn, sagt Remo, er kann niemandem trauen. Ihm schon, sagt Dick, er hat ihn sogar verteidigt. Remo hebt den Kopf. Verteidigt? Also haben sie doch über ihn geredet? Nur am Rande, Leonhard hat sich Sorgen um ihn gemacht, aber die konnte Dick zerstreuen. Was für Sorgen? Na ja, dass Remo Drogen nehmen könnte.

Drogen? Ich bin doch kein Junkie.

Das hab ich auch gesagt, dass es nur Diabetes ist.

Was? Du hast ihm gesagt, dass ich Diabetes habe?

Stimmt das etwa nicht mehr?

Das wusste Leni doch nicht, stöhnt Remo verzweifelt. Das wusste niemand hier, sagt er, nicht mal die Personalabteilung. Bis er sich wegen Dicks blöden Cremeschnitten verplappert hat. Aber die dürfen das nicht weitererzählen, Personalgeheimnis, aber Dick erzählt es einfach frisch-fröhlich in der Raucherkabine herum.

Diabetes ist doch nichts Schlimmes, sagt Dick.

Aber die da oben brauchen das nicht zu wissen! Die wissen schon genug über mich!

Sogar Leonhards Mutter hat Diabetes.

Ach, seid ihr schon so vertraut miteinander, dass ihr über eure Mütter redet?

Hätten wir lieber über dich reden sollen?

Remo kratzt sich am Kopf. Dick kann man kein Geheimnis anvertrauen, sagt er, er posaunt einfach alles heraus. Gut hat er ihm nichts über die Notizen hier gesagt, sonst würde er das auch noch ausplaudern, womöglich den Amerikanern.

Ich plaudere keine Geheimnisse aus.

Und wieso weiß ich jetzt, dass Lenis Mami Zucker hat?

Weil das kein Geheimnis ist. Alle Welt hat Zucker. Nur mein Vater nicht, weil er auf Süßes verzichtet und drum verbittert. Ich geh jetzt. Bevor ich auch noch Diabetes kriege.

Dick steht auf, da klingelt das Handy. Es ist sein Vater. Dick will schon zu einer Entschuldigung ansetzen und erklären, dass er das mit der Verbitterung nicht so gemeint hat, aber Vater ruft wegen etwas anderem an. Er sagt, es ist nicht in Ordnung, was er mit seiner Mutter macht. Einfach keinen Bescheid zu geben, wenn er nicht zum Essen kommt. Mutter hat schon genug Sorgen wegen Amy und ihren Briefen, da könnte er etwas Rücksicht nehmen. Dick sagt, er muss länger arbeiten. Schon wieder? Das reißt langsam ein, findet Vater. Na und?, sagt Dick, wenn er schon den Namen eines Workaholics mit fünf Bypässen tragen muss, dann darf er ihm wenigstens ein wenig nacheifern und hin und wieder ein paar Überstunden machen, oder nicht?

Dad?

Vater hat aufgelegt.

Dick lässt sich auf den Stuhl sinken und bleibt eine Weile benommen sitzen. Remo fragt, was das für Bier ist, das Dick mitgebracht hat. Sie wollten doch letzten Freitag welches trinken, sagt Dick. Er dachte, das könnten sie jetzt nachholen.

Gut. Aber nur eins, ich muss noch arbeiten.

Dick schiebt den Karton in die Mitte und jeder nimmt sich eine Flasche. Sie stoßen an. Remo sagt, er hat vorhin überreagiert, es tut ihm leid. Er vertraut Dick. Vielen Dank für das Bier. Dann leert er die Flasche in einem Tempo, das Dick ihm nicht zugetraut hätte. Er schraubt eine zweite Flasche auf und meint, er hat noch nichts gegessen heute, drum. Sie können ja rasch zum Sternengrill gehen, schlägt Dick vor, aber Remo schüttelt den Kopf, es könnte sein, dass das Telefon nochmals klingelt.

Wohin rennst du eigentlich immer?

Darf ich dir nicht sagen, Dick. Du bist noch nicht so weit.

Remo leert auch die zweite Flasche in einem Zug und nimmt eine dritte. Er bietet Dick eine Mentholzigarette an. Ist zwar nicht erlaubt im Büro, aber sie können ja hinterher lüften. Er legt die Füße auf den Tisch und raucht entspannt zur Decke. Er hat rote Bäckchen gekriegt. Im Grunde genommen ist Leni ganz in Ordnung, sagt er. Alle Fantastischen sind in Ordnung, sie stehen nur wahnsinnig unter Druck. Die ganze Bank steht wahnsinnig unter Druck und wenn Amerika ernst machen sollte mit seiner Klage, dann gute Nacht.

Aber was uns nicht umbringt, macht uns stark, was, Dick?

Oder krank, sagt Dick und versucht einen Lungenzug. Dank dem Menthol klappt es auf Anhieb. Remo öffnet sein viertes Bier, wobei er Schaum über die Notizen verschüttet. Er fragt, wer vorhin angerufen hat, und Dick sagt, sein Vater.

Ich hab vergessen, mich fürs Abendessen abzumelden. Zum Glück zieh ich bald aus.

In die Brauerstraße?

Ja. Mietkaution ist überwiesen.

Respekt, sagt Remo, stellt die Füße auf den Boden und stemmt sich aus dem Stuhl.

Gehen wir.

Wohin?

Die Wohnung anschauen.

Die gehört noch nicht mir, sagt Dick, erst Ende des Monats.

Ach was, sagt Remo, Dick will ihn nur von der Brauerstraße fernhalten. Aber er hat keine Angst vor der Brauerstraße. Er hat vor gar nichts Angst, nicht mal vor Marianne Koch, wenn sie morgen die neue Rangliste sieht. Er wird sie einfach auf den Mund küssen.

Du hast zu schnell getrunken, Remo.

Überhaupt nicht.

Er fischt die Krawatte von der Lampe, wirft das Jackett über und steckt das letzte Miller's ein.

Und das Telefon?

Remo schaut auf die Uhr.

Jetzt nicht mehr. Wir sind frei.

Er trottet zur Tür hinaus und Dick denkt, hoffentlich laufen sie nicht Leonhard über den Weg, er möchte nicht mit einem betrunkenen Remo gesehen werden. Er möchte eigentlich mit gar keinem Remo gesehen werden.

25

Wenig später stehen sie in der Brauerstraße vor dem Wohnblock und schauen die Fassade hoch. Ein paar Rollläden sind hochgezogen, aber die Fenster sind schwarz wie der Himmel.

Du machst mir keine Angst, sagt Remo zu dem Haus und legt Dick den Arm um die Schulter. Dick findet es schön, dass sie sich heute Abend nähergekommen sind, aber gleichzeitig ist ihm auch etwas unwohl dabei, immerhin ist Remo sein Chef. Und die Wandlung, die seit dem ersten Schluck Bier mit Remo vorgegangen ist, macht ihn auch etwas nachdenklich.

Ich will deine Bude sehen, sagt Remo.

Geht nicht, da wohnt noch einer drin.

Frechheit. Dem sag ich Bescheid.

Remo will zum Eingang schreiten, aber Dick hält ihn am Arm zurück und schlägt vor, einen Kaffee trinken zu gehen. Remo möchte lieber noch ein Bier. Er holt die Flasche aus dem Jackett, aber sie ist leer, er hat sie bereits im Tram getrunken, wo er auch sein Blut kontrolliert und sich eine Spritze in den Bauch gejagt hat.

Eine schwere Harley knattert vorbei. Remo sagt, der Vizedirektor fährt auch so ein großes Ding, obwohl er ein kleiner Mops mit kurzen Beinchen ist, hihi. Eine Honda Gold Wing reitet er, ob Dick sie sehen möchte? Er holt das Foto von Marianne Koch aus der Brieftasche und streckt es Dick ins Gesicht.

Das ist aber keine Gold Wing.

Nein, aber ein Goldstück. Die reitet er auch.

Der Vizedirektor hat was mit Frau Koch?

Traurig, nicht?

Remo küsst das Bild und steckt es wieder ein. Er schüttet seine Zigaretten über dem Asphalt aus und Dick liest sie für ihn auf und sagt, sie sollten nach Hause gehen. Nein, sagt Remo, er muss noch arbeiten.

In diesem Zustand?

Wieso, bin topfit.

Er steckt sich eine Zigarette verkehrt rum in den Mund und zündet sie am Filter an. Er wirft sie weg und sie landet vor den Füßen einer großen Prostituierten, die dünn wie eine Bohnenstange ist und leise im Wind wankt. Remo starrt sie an.

Das gibt's doch nicht, sagt er.

Was ist?

Erkennst du sie nicht?

Wen?

Da! Das ist Marianne!

Nein, das ist nicht Marianne, sagt Dick, aber Remo beharrt darauf. Er geht zu ihr hin und fragt, heißen Sie Marianne? Wenn du willst, Süßer, raunt sie mit dunkler Stimme und Remo kehrt zu Dick zurück und fragt, ob er ihm hundert Franken leiht, damit er Marianne lieben kann. Dick sagt nein und Remo meint, er ist ihm noch was schuldig, wegen ihm ist Marianne nicht mehr auf Rang eins, dafür bläst sie ihm jetzt einen, hihi.

Schau doch nur, wie groß sie ist! Viel größer als im Geschäft. Da wird der Vizemops aber neidisch werden, wenn er erfährt, wie groß sie bei mir war.

Remo winkt ihr zu, aber sie winkt nicht zurück, sie scheint sich aufs Gleichgewicht konzentrieren zu müssen.

Du musst mich Marianne bumsen lassen, quengelt Remo, zupft Dick am Ärmel und guckt ihn an wie ein kleiner Hund, der sein Herrchen verloren hat. Dick schaut sich um, ob ihnen niemand zusieht, aber wer sollte ihnen hier schon zusehen? Das ist weder Witikon noch der Paradeplatz, das ist die freie Welt, wo jeder tun und lassen kann, was er will, und auch mal seine große Liebe findet, die zwei Meter hoch ist und jetzt einen Rülpser fahren lässt.

Also gut.

Er gibt Remo das Geld. Der trägt es zu seiner Marianne und sie zotteln zusammen davon. Dick schaut ihnen nach und hat das Gefühl, heute doch noch etwas Gutes geschafft zu haben.

26

Am nächsten Morgen ist Remos Stuhl leer. Hoffentlich lebt er noch, denkt Dick, er hat extra eine große Schachtel Butterbrezeln für sie beide mitgebracht.

Er holt einen Kaffee aus der Cafeteria und sucht sich die Brezel mit der meisten Butter aus. Sein Computer meldet den Eingang einer Mail. Es ist bereits die dritte, seit er hier arbeitet, und diesmal kommt sie von ganz oben, vom Präsidenten der Schweizerischen Bankanstalt. Er schreibt:

An alle Angestellten
Die Unstimmigkeit mit den amerikanischen Behörden konnte beigelegt, ein Prozess abgewendet werden. Nähere Einzelheiten hierzu entnehmen Sie bitte der heutigen Ausgabe der Neuen Zürcher Zeitung.
Hochachtungsvoll

Dick schaut nach, ob Dr. Sager die *NZZ* schon gelesen hat. Ja, hat er und er schreibt über ein Eilverfahren, bei dem sich die Bankanstalt vom Streit mit den USA freikaufen konnte, zum

Preis von zwei Milliarden Dollar. Die Bankanstalt wird tief in die roten Zahlen rutschen, weshalb Dr. Sager heute eine rote Fliege trägt und seine Warnung der letzten Woche wiederholt:

Hände weg von der Alten Jungfer.

Um zehn Uhr ist Remo immer noch nicht aufgetaucht. Dafür klingelt sein Telefon. Dann springt das Klingeln auf Dicks Apparat um, aber er kann nicht abnehmen, weil seine Finger ganz buttrig sind. Kurz darauf kommt Frau Koch ins Büro und fragt, wieso er nicht rangeht. Sie trägt eine weiße Bluse und enge Jeans und Dick denkt, Mann. Sagen kann er nichts, da er sich gerade eine weitere Brezel in den Mund geschoben hat.

Was ist, sind Sie taub?

Er streckt ihr die Schachtel hin und sie sagt:

Echt jetzt? Wo ist Bachmann?

Er zuckt mit den Schultern und sie geht wieder. Er schaut ihren Jeans nach und sieht, wie sie umkehrt und zurückkommt. Sie nimmt eine Butterbrezel aus der Schachtel, klappt sie auf und pappt die beiden Hälften auf Remos Bildschirm. Dann leckt sie fast ein Butterflöckchen vom Daumen, kann dem Reflex gerade noch widerstehen und streicht es an Remos Stuhllehne ab. Sie verschwindet endgültig.

Das Telefon klingelt wieder. Diesmal nimmt Dick ab, es ist Remo, der sagt, er ist beim Arzt. Nicht wirklich, aber Dick soll das bitte sagen, wenn jemand nach ihm verlangt. Hat schon jemand nach ihm verlangt?

Nein.

Er muss schnell nach Hause und ein frisches Hemd anziehen, sagt Remo. Ist er noch bei der anderen Marianne? Ja, aber sie heißt Cornelle. Ist Cornelle eine Frau? Ja, aber sie haben nichts gemacht, nur geredet und Konfitüre gegessen.

Dick macht sich daran, die Spuren von Frau Kochs Besuch zu beseitigen. Er klaubt die Brezel vom Bildschirm und putzt ihn mit feuchtem WC-Papier. Auf Remos Schreibtisch herrscht ein Chaos. So kann man doch nicht arbeiten, denkt Dick und wirft leere Kaffeebecher in den Abfall, pustet Haarbüschel von der Tischplatte und schiebt die Notizpapiere zusammen. Er schaut sich Remos Handschrift an und kriegt eine Gänsehaut. Da steht lauter komisches Zeugs auf den Blättern, lauter obskure Zeichen, die Remo hingekritzelt hat. Auf den ersten Blick sieht es aus wie das Werk eines Geisteskranken. Auf den zweiten Blick auch. Ist Remo dabei, den Verstand zu verlieren? Hätt ich jetzt lieber nicht gesehen, denkt Dick und macht wieder etwas Unordnung, damit Remo nichts merkt.

Er geht in die Cafeteria und lässt sich einen schwarzen Kaffee raus. Er setzt sich an ein Tischchen, vergräbt das Gesicht in den Händen und denkt nach. Er sollte Remos Gekrakel melden, aber wem? Und was passiert dann mit ihm? Hätt ich bloß den Schreibtisch in Ruhe gelassen.

Wieso so niedergeschlagen?

Dick blickt auf. Leonhard.

Was haben Sie?

Nichts.

Sieht nicht so aus.

Wenn es die Personalfrau wäre, würde Dick jetzt reden. Er würde sagen, dass mit Remo etwas nicht stimmt. Aber Leonhard kann er nichts von seiner Entdeckung erzählen, das wäre Verrat. Also sagt er:

Ich habe die *NZZ* gelesen.

Ach so, der Milliarden-Schock. Soll ich Sie noch etwas mehr schocken? Kommen Sie mal mit.

Leonhard führt ihn in die leere Raucherkabine, gibt ihm eine Muratti und fragt, während er ihm Feuer gibt, ob er ein Geheimnis für sich behalten kann. Ein sehr großes Geheimnis. Die zwei Milliarden sind nur die offizielle Version, in Wirklichkeit zahlt die Bankanstalt wesentlich mehr an die Amis: fünf Milliarden. Leonhard hat es vom Vizedirektor, der hat es von einem Zentraldirektor, der hat es von einem Generaldirektor. Aber schön die Klappe halten, ja? Wenn das durchsickert, sind sie noch mehr am Arsch als jetzt schon.

Scheiße, Meier, Sie sind ja ganz bleich!

Dick hat einen Lungenzug versucht, aber ohne Mentholunterstützung ist ihm das nicht bekommen. Leonhard fasst ihn am Arm, als müsste er ihn stützen. Dass Dick die Geschichte so zu Herzen geht – wow. Das ist wahre Identifikation mit dem Arbeitgeber und das schon nach so kurzer Zeit. Doch keine Angst, sie werden das überleben. Es kommen stürmische Zeiten auf sie zu, aber sie werden nicht untergehen und Dick schon gar nicht, denn er wird nächste Woche einen Kurs besuchen, um das System besser kennenzulernen.

Wir bauen Sie da unten als zweite Kraft auf. Sofern man den anderen überhaupt als Kraft bezeichnen kann.

Wen, Bachmann?

Eher Blödmann. Sie erhalten noch eine Einladung von der Personaltante. Wieder gut?

Dick muss an die frische Luft. Er geht auf den Paradeplatz, atmet tief durch und als er ins Büro zurückkehrt, sitzt Remo da und stinkt nach Alkohol. Kein Bier oder Schnaps, sondern Haarwasser.

Brennnesselwasser, präzisiert er und schwenkt eine grüne Glasflasche. Hat mir Cornelle geschenkt. Was steht über uns in der Zeitung, Dick?

Dick erzählt von der Zwei-Milliarden-Strafe und Remo meint, das ist nicht gut. Die Zahlen sind sowieso schon schlecht und mit dieser zusätzlichen Belastung kommen sie noch mehr unter Druck.

Jetzt wird die Bankanstalt erst recht zur Irrenanstalt, sagt er.

Irrenanstalt, Remo?

Was guckst du mich so an?

Nichts. Darf ich dich etwas fragen?

Nur zu.

Wo gibt's Jetons?

Kannst du in der Personalabteilung kaufen. Aber nimm nicht zu viele, falls die Bankanstalt Konkurs geht.

Denkst du wirklich?

Es sind verrückte Zeiten, Dick.

Verrückt, Remo?

Remo nickt, schraubt die Brennnesselwasserflasche auf und schüttet sich Haarwasser auf die kleine, runde Glatze.

27

In der Küche ist es heiß und stickig. Die Fenster sind beschlagen, sodass an den kleinen Scheiben das Kondenswasser runterläuft. Mutter hat Hackplätzchen mit viel Schnittlauch gebraten. Vater ist nervös. Das Radio in seinem Auto hat heute den Geist aufgegeben und zum Zeitunglesen ist er auch noch nicht gekommen. So erfährt er erst aus den Abendnachrichten vom Zwei-Milliarden-Deal zwischen Amerika und der Schweizerischen Bankanstalt.

Hast du davon gewusst, Dick?

Natürlich.

Mutters Gesicht blüht auf. Aber nur kurz, weil Dick anfügen muss, dass es alle gewusst haben, es stand in der *NZZ*. Vater schlägt die noch frische Zeitung über dem Essen auf und guckt nach. Er fragt Dick, ob die Bank das überstehen wird. Klar. Woher will er das wissen? Er weiß noch mehr. Was weiß er noch mehr? Darf er nicht sagen. Mutters Augen leuchten.

Er macht sich doch nur wichtig, sagt Vater und Mutter sagt, letztes Mal hat er doch auch etwas gewusst. Ach was, er kann ja nicht mal Konten einsehen. Vielleicht verlangt Amerika noch mehr Geld, meint Mutter. Wohl kaum, schnaubt Vater. Die wollen die Bank ja nicht kaputt machen, Mutter soll bitte ihre Hausfrauenlogik für sich behalten. Wieso putzt er sie jetzt so runter?, fragt sie. Sie hat auch ein bisschen Ahnung, sie hat auch einmal gearbeitet. Vater lächelt vor sich hin, da sagt Dick:

Ma hat recht.

Wie, recht?

Sie wollen mehr.

Wie, mehr?

Sehr viel mehr.

Nun sag schon!, ruft Vater, sodass Mutter ihn mit großen Augen anguckt und fragt, was los ist mit ihm, so kennt sie ihn ja gar nicht. Vater atmet tief durch und bittet Dick, sie nicht länger auf die Folter zu spannen.

Es sind fünf Milliarden, sagt Dick.

Was?, schreit Vater. Fünf Milliarden? Bist du noch ganz bei Trost?

Aber Paps, da kann doch Dick nichts dafür, wenn …

Fünf Milliarden! Wie wollt ihr das denn bezahlen?

Wir nehmen es von den Kundengeldern, sagt Dick.

Vater wird schneeweiß im Gesicht. Als habe er einen Lungenzug versucht. Er schnappt nach Luft.

Paps, was hast du?

Mutter steht auf und öffnet das Küchenfenster.

Ist dir nicht gut?

Vater steht ebenfalls auf und trinkt an der Spüle ein Glas Wasser. Dann setzt er sich wieder hin, legt die Hände auf den Tisch und sagt leise, Dick macht sich über sie lustig. Hat sich einen Scherz auf ihre Kosten erlaubt. Aber über Geld scherzt man nicht, schon gar nicht, wenn man bei einer Bank arbeitet. Wie unreif von Dick. Dick versichert, die fünf Milliarden sind kein Scherz.

Und dass ihr sie mit Kundengeldern bezahlt?

Das schon.

Siehst du!, krächzt Vater mit Schnittlauch zwischen den Zähnen.

Also Paps, du bist unmöglich, sagt Mutter. Was regst du dich so auf?

Vater steht wieder auf und geht zur Spüle. Diesmal trinkt er nichts, sondern erklärt, dass sie Bekannte haben, die sehr viel Geld verlieren könnten.

Wirklich, wer denn?, fragt Mutter. Frau Welti?

Zudem, so Vater weiter, macht er sich Sorgen um Dicks Zukunft. Was soll aus ihm werden, wenn es nach dem abgebrochenen Studium schon wieder zu einer Pleite kommt? Die Bankanstalt geht nicht pleite, sagt Dick. Vater erinnert an die Swissair, da hat es auch immer geheißen, die kann nicht abstürzen. Mutter schließt das Fenster und sagt, große Banken stehen unter Heimatschutz, das war bei der UBS auch so.

Vater setzt sich wieder hin. Die Farbe ist in sein Gesicht zurückgekehrt und er möchte von Dick wissen, woher er seine Informationen hat. Von ganz oben. Geht es etwas genauer? Von Herrn Leonhard, der es aus der Generaldirektion weiß. Warum teilt man das einem einfachen Angestellten wie Dick mit? Weil man ihn als zweite Kraft aufbauen will, darum. Nächste Woche lassen sie ihn einen Spezialkurs absolvieren.

Ist das wahr, Schatz?

Mutter drückt seine Hand. Dann kriegt er neue Hackplätzchen, während Vater sich wieder dem Zeitungsartikel widmet. Er kann keinerlei Hinweis finden, dass es mehr als zwei Milliarden sein sollen. Er beschließt, morgen selber ein paar Nachforschungen anzustellen, und Dick spürt einen heißen Stich im Magen. Vater wird doch nicht etwa in der Bank anrufen und mit Leonhard sprechen wollen? Wieso hat er bloß den Namen erwähnt? Er weiß doch, dass alles, was man am Familientisch erzählt, früher oder später gegen einen verwendet wird.

Was sagt eigentlich dein Chef dazu?, fragt Mutter. Wie heißt er schon wieder?

Bachmann, sagt Vater.

Was sagt Herr Bachmann zu deiner Beförderung?

Ich werde nicht befördert.

Aber du sagtest doch …?

Er hat von einer zweiten Kraft gesprochen, erklärt Dick. Vater lächelt, sodass alle nochmals den Schnittlauch zwischen seinen Zähnen sehen, und faltet zufrieden die Zeitung zusammen. Mutter steht auf und lässt Spülwasser in das Abwaschbecken. Dick schöpft sich die restlichen Hackplätzchen und rechnet aus, wie viele Tage er noch durchhalten muss. Bis dahin will er den Ärger einfach runterschlucken, am besten mit viel Ketchup.

Das ist genug, sagt Vater.

Gern Schnittlauch?

Was?

Nichts.

Vater steht auf, gibt Mutter einen Kuss und geht ins Wohnzimmer.

28

Der Freitag ist grau. Grau der Himmel und grau der Ordner, der auf Remos Schreibtisch liegt. Remos Gemüt hingegen ist sonnig. Er hat heute Abend ein Kaderessen und mit etwas Glück sitzt er neben Frau Koch. Er will versuchen, sie zum Lachen zu bringen, denn eine Frau, die lacht, ist offen für mehr. Das hat er von Cornelle gelernt.

Weißt du mir einen guten Witz, Dick?

Deine Notizen.

Remo lacht, klappt den Ordner zu und trägt ihn aus dem Büro. Dick schaut im Mailprogramm nach, ob die Einladung für den Kurs nächste Woche gekommen ist. Nein, immer noch nicht. Er guckt bei Dr. Sager nach, welche Farbe seine Fliege hat, und sie ist auch grau.

Dann wird der Tag schwarz. Dick ist in der Personalabteilung, um Jetons zu kaufen, als die Personalfrau versucht, sich grußlos an ihm vorbeizudrücken. Er fragt, wann die Einladung kommt, und sie sagt, welche Einladung? Na, für den Kurs nächste Woche. Ach so, er wurde von der Teilnehmerliste gestrichen.

Gestrichen?

Ich kann jetzt nicht mit Ihnen reden.

Von wem?

Leonhard, soviel ich weiß.

In Dicks Kopf ruft es laut *Vater!* Hat er doch tatsächlich mit Leonhard telefoniert. Wie kann er nur! *Sie, mein Sohn sagt, es sind fünf Milliarden, stimmt das?* Wie steh ich jetzt da? So eine Katastrophe.

Er geht ins Büro zurück, holt ein paar Schachteln mit Briefumschlägen aus dem Schrank und stapelt sie auf seinem Schreibtisch. Dazu legt er diverse Stifte und Blöcke aus. Wenn Leonhard auftaucht, will er beschäftigt tun.

Keinen Tag konnten Sie dichthalten! Zur Strafe dürfen Sie keine Konten mehr ansehen! Hab ich mit Ihrem Vater so vereinbart!

Wie demütigend, denkt Dick. Ich bin doch keine zwölf mehr, wo man in der Schule anruft und mit dem Lehrer spricht. Er beschließt, heute Abend nicht nach Hause zu gehen. Er wird überhaupt nicht mehr nach Hause gehen und sich bis zur Wohnungsübergabe ein Hotelzimmer nehmen. Allerdings bräuchte er dafür nochmals einen Vorschuss und die Personalfrau spricht nicht mehr mit ihm. Bravo, Dad, hast du prima hingekriegt.

Am Nachmittag schraubt Remo die grüne Flasche auf und träufelt sich Brennnesselwasser auf die Kopfhaut. Er massiert es genüsslich ein und stöhnt, aah, wie das brennt. Auch mal, Dick? Dann klingelt das Telefon, er eilt aus dem Büro und lässt eine Alkoholschwade zurück. Dick reißt das Fenster und die Tür auf und wedelt mit der Jacke die Luft durcheinander. Wenn Herr Leonhard kommt, darf es nicht nach Alkohol stinken, sonst denkt er, Dick trinkt heimlich. *Ah, deshalb die lockere Zunge, eine Schnapsdrossel!*

Leonhard lässt auf sich warten. Dick hat mehrere Notizblätter mit Renditeformeln gefüllt, die er von Dr. Sager gelernt hat. Er stellt sinnlose Berechnungen an, die nach produktiv genutzter Arbeitszeit aussehen, und irgendwann kriegt er einen Krampf in der Hand und zählt die Blätter, die er vollgekritzelt hat. Zehn Stück. Da kommt ihm ein Gedanke: Was, wenn Remo gar nicht verrückt ist? Wenn er dasselbe macht wie Dick, nur mit Fantasiezeichen statt mit Zahlen? Weil auch er keine richtige Arbeit hat, weil niemand hier richtige Arbeit hat und die Bankanstalt nichts anderes als ein kafkaeskes Schloss ist, wo –

Das Telefon klingelt. Er zuckt zusammen. Das Display zeigt an, dass es nicht Herr Leonhard ist.

Ja?

Es ist die Assistentin der Personalfrau. Sie sagt, ihre Chefin hat da vorhin etwas durcheinandergebracht. Dick ist sehr wohl für den Kurs gemeldet, es ist jemand anders, der gestrichen wurde, von einer anderen Veranstaltung. Sie mailt ihm gleich die Unterlagen.

Erleichtert spaziert Dick aus der Bank, um sich eine Cremeschnitte zu holen. Über ihm reißt der Himmel auf und ein blaues Band leuchtet zwischen den Wolken. Als er zurückkehrt, sitzt Remo wieder an seinem Platz und guckt in den Bildschirm. Die Personalabteilung hat ihm geschrieben, dass er vom Kaderessen gestrichen wurde.

Wieso bloß?, sagt er.

Die müssen wohl für die Amerikamilliarden sparen, sagt Dick.

Während Remo wieder zur Brennnesselflasche greift, beißt Dick in die Cremeschnitte und öffnet die Mail mit den Kursunterlagen. Der Titel lautet *Das System*. Der Kurs dauert die ganze nächste Woche und Dick denkt, prima, da hab ich quasi frei. Er klickt auf *Ausdrucken* und geht die Papiere im Druckbüro holen. Er nimmt sie mit nach Hause und nach dem Abendessen schiebt er die Teller beiseite und breitet den Kurs auf dem Küchentisch aus. Mutter stört sich am Titel, sie sagt, *System* hat etwas Bedrohliches, das passt nicht zur Alten Jungfer. Die ist halt auch digitalisiert worden, sagt Vater und fragt, ob Dick morgen Samstag schon was vorhat.

Ausschlafen.

Du musst mir im Geschäft helfen.

Als Mutter die Küche verlässt, um die Wäsche aus dem Keller zu holen, sagt Vater leise:

Wir müssen reden.

Worüber?

Das siehst du morgen.

29

Nach dem Frühstück setzen sie sich in den Wagen und fahren los. Vater redet nicht und Dick fragt sich, ob es ein bedrücktes oder ein strafendes Schweigen ist. Wenn wenigstens das Radio gehen würde, aber Vater hat es noch nicht reparieren lassen. Dick fummelt daran herum, in der Hoffnung, es springt plötzlich an oder Vater sagt, hör auf, du machst es noch mehr kaputt.

Echt mühsam, sagt Dick.

Hm.

Vater hält sich mit beiden Händen am großen Lenkrad fest. Der Wagen ist ein alter Buick, der früher Herrn Welti gehörte. Als er starb, konnte Vater Frau Welti davon überzeugen, dass so ein schwerer Ami-Schlitten nichts ist für eine alleinstehende Frau. Er bot sich an, ihr diese Belastung abzunehmen, und nach mehreren Besuchen willigte sie schließlich ein. Auf ihrer ersten gemeinsamen Fahrt sagte Vater zu Dick, herrlich, dieses souveräne Gleiten durch Raum und Zeit. Das ist Amerika, wie man es sich vorstellen muss. Der Wagen war in tadellosem Zustand, auch das Radio funktionierte und das Erste, was Dick daraus hörte, waren die Elf-Uhr-Nachrichten.

Wieso sagst du nichts?, fragt Dick jetzt.

Was sollte ich denn sagen?

Das ist unangenehm so.

Hat da jemand ein schlechtes Gewissen?

Wieso sollte ich ein schlechtes Gewissen haben?

Das frag ich dich.

Ich hab kein schlechtes Gewissen. Ich wüsste nicht wieso.

Dann ist ja gut.

Was machen wir im Geschäft?
Wir müssen etwas verschieben.
Ein Regal?
Nein.
Worüber wolltest du mit mir reden?
Das kommt noch.

Sie rollen in die Stadt hinunter und auf der anderen Seite wieder hinauf, fahren von Witikon nach Uitikon, wo Vater eine kleine Drogerie besitzt und ein Fräulein Bodmer. Fräulein Bodmer macht ihnen die Tür auf und dann hält sie Vater einen vergilbten Drogistenkittel auf. Er schlüpft hinein, knöpft ihn zu und sieht aus wie ein trauriger Arzt.

Schön, dass du auch mal wieder hier bist, sagt Fräulein Bodmer mit einem Lächeln zu Dick. Als Kind hat sie ihm immer einen Kräuterzucker zugesteckt, wenn Vater nicht hinschaute. Sie war schon damals kein Fräulein mehr und heute ist sie fünfzig und riecht nach Trybol.

Dann wollen wir mal, sagt Vater.

Neben der Kasse steht ein kleiner Schalter, der neu ist in der Drogerie. Vater erklärt, sie werden zur Poststelle, schon bald wird Uitikons gesamter Brief- und Paketverkehr über die Drogerie Meier abgewickelt. Fräulein Bodmer ist dabei, eine entsprechende Ausbildung zu absolvieren, und jetzt müssen sie noch den Schalter ein wenig verrücken, damit er nicht so viel Ladenfläche einnimmt. Vater bittet Fräulein Bodmer, sich hinter den Tresen zu stellen, und dann heben er und Dick ihn an und schieben ihn zur Wand. Dick denkt, das arme Fräulein hat ja jetzt schon keinen Platz, aber sie sagt, nur zu, da geht noch mehr. Sie sagt es mit piepsiger Stimme, weil sie den Bauch einzieht, und Vater ist zufrieden, denn jetzt kann das Gestell mit den Fleckenentfernern wieder hin.

Nachher verabschieden sie sich von Fräulein Bodmer und steigen in den Buick. Für die Rückfahrt darf Dick ans Steuer. Er lässt den Motor an und Fräulein Bodmer beginnt mit den Händen zu fuchteln. Vater sagt *halt!*, kurbelt das Fenster herunter und fragt, was los ist.

Ihr Kittel, Herr Meier, sagt Fräulein Bodmer, wobei das *Herr Meier* wie *Dr. Meier* klingt, und Dr. Meier steigt aus, streift den Drogistenkittel ab, übergibt ihn Fräulein Bodmer und steigt wieder ein. Sie fahren los. Im Rückspiegel winkt Fräulein Bodmer mit Vaters Kittel über dem Arm wehmütig hinterher und Dick weiß, wie ihr zumute ist, denn Uitikon ist wie Witikon, ein von Wald umzingeltes Nest, worin sich die Stunden zäh wie Tannenharz ziehen.

Dick lenkt den Buick auf die Hauptstraße. Während sie Richtung Zürich gondeln, presst Vater die Lippen zusammen und starrt vor sich hin. Geht das wieder los, denkt Dick, aber dann entringt sich Vater ein Seufzer und er sagt, also gut, es geht um Amys Briefe. Wir müssen sie finden.

Wir?

Die Sache hat eine unschöne Entwicklung genommen, sagt Vater. Er hat Mutter dabei erwischt, wie sie zwanzig Franken aus dem Haushaltsportemonnaie abzwacken wollte. Sie stritt es zwar ab, aber das Geld war für Amy bestimmt, er ist nicht blöd. Sie scheint in Not zu sein und wenn man die Briefe hätte, könnte man ihr helfen.

Du willst ihr helfen?

Natürlich.

Quatsch, du willst nur hören, dass es ihr schlecht geht, denkt Dick. Vater hat Amy schon früh ein unglückliches Leben prophezeit, weil sie nie auf ihn hörte, und nun will er sich bestätigt fühlen. Er sagt, sie müssen ihre Suchaktion koordinieren und vielleicht sollten sie auch ein Versteck außerhalb des Hauses in Betracht ziehen.

Hast du Mutter mal im Garten graben sehen?

Könnte sein.

Wo?

Unter dem Rhododendronstrauch.

Wirklich?

Ich glaub schon.

Wieso lachst du?

Weil's lustig ist.

Das ist kein Spaß, sagt Vater. Die Briefe sind wichtig für uns.

Dick musste lachen, weil er weiß, wo Mutter die Briefe versteckt. Im Keller, in Vaters kleinem Zeitungsarchiv, wo er die *NZZ*-Artikel aufbewahrt, die er im Ruhestand nochmals lesen möchte.

Was kriege ich, wenn ich die Briefe finde?

Nichts, das ist ja auch in deinem Interesse.

Vater schaut auf die Uhr und dreht am Radioknopf. Er dreht ihn wieder zurück und sagt, hoffentlich ist kein Stau. Stau ist Gift für den Buick oder besser gesagt fürs Autoportemonnaie. Dann säuft er noch mehr, man kann ihn dann regelrecht gurgeln hören mit dem Benzin.

Nicht zu dicht auffahren, Dick. Dick!

30

Die Glatze ist größer geworden. Dick sieht es, weil Remo sich über seine Papiere beugt. Auf dem Schreibtisch stehen zwei leere Brennnesselflaschen.

Remo schaut langsam auf und fragt aus kleinen, verlorenen Äuglein:

Wo warst du letzte Woche?

Wieso?

Du hast eine ganze Woche gefehlt.

Ich war im Kurs.

Im Kurs?

Hat man dir nichts gesagt?

Remos Kopf senkt sich wieder und Dick setzt sich an seinen Platz und startet den Computer. Er probiert ein paar Anwendungen aus, die er gelernt hat, bis Remo fragt:

Was für ein Kurs denn?

System.

System? Alles klar, sagt Remo, sie wollen mich absägen.

Quatsch, absägen.

Doch, doch. Dasselbe machen sie gerade mit einem aus ihren eigenen Reihen, einem Fantastischen, der krank geworden ist. Er hat Lungen- und Hodenkrebs und ich habe Zucker und Haarausfall, so sieht's nun mal aus.

Er irrt sich, sagt Dick, man will ihn nicht absägen. Er wurde in den Kurs geschickt, um ihn besser unterstützen zu können. Für die F5 ist Remo klar die Nummer eins. Woher will Dick das wissen? Von Leonhard. Ist das wahr? Ja, Leonhard hat gesagt, Dick wird zur zweiten Kraft aufgebaut, was bedeutet, dass

Remo die erste ist. Und auf die erste Kraft kann man schlecht verzichten, da verlöre man ja den ganzen Schub.

Stimmt.

Remo holt erleichtert eine neue Flasche Haarwasser aus der Schublade und gönnt seiner Kopfhaut eine Erquickung.

Bin ich verrückt, Dick?

Nein, aber vielleicht etwas überarbeitet. Was sind das für Zeichen da auf deinen Blättern?

Zeichen? Ich sehe keine Zeichen.

Dick holt sich einen Kaffee und nachher besucht er Dr. Sager, den er eine Woche nicht gesehen hat. Dr. Sager sagt, die Aktien der Schweizerischen Bankanstalt sind im Steigen begriffen, weil Gerüchte über eine Fusion die Runde machen. Er empfiehlt, sich den Filmklassiker *Wall Street* zu Gemüte zu führen, der auch von Aktien und Fusionen handelt. Dick steckt die Kopfhörer ein und verbringt einen lehrreichen Morgen mit Michael Douglas und Charlie Sheen auf Youtube.

Kurz vor Mittag trifft eine Mail ein:

Lunch im Zeughauskeller. Gruß, Frank L.

Vorher geht Dick noch die Hände waschen.

Der Zeughauskeller ist mehr Zeughaus als Keller. Schwarze Kanonen stehen bei den Eingängen und an den Wänden hängen Karabiner, Äxte und Hellebarden. Es summt und brummt unter dem Deckengewölbe, die Tische sind mit glatt rasierten Geschäftsmännern gefüllt und Leonhard sitzt am Rand eines Zwölfertisches und rudert mit den Armen. Dick setzt sich zu ihm.

Wie war der Kurs?

Gut.

Das System im Griff?

Ist nicht schwer.

Die Kellner karren das Essen auf langen Holzwagen heran, geschnetzelte Kalbsleber, Siedfleisch, meterlange Kanonenputzerwürste. Dick bekommt eine Schweinshaxe mit Kartoffelsalat, Leonhard einen Nüsslisalat mit Ei.

Dann lass uns mal Tacheles reden, sagt Leonhard. Bachmann muss weg.

Ich weiß, sagt Dick, er braucht dringend Ferien.

Hehe. Sie sind viel zu lieb für diese Welt.

Ich bin nicht lieb.

Schön. Wir wollen, dass Sie unser neuer Bachmann werden.

Was?

Genau.

Leonhard nimmt einen Schluck Süßmost und sagt, Dick soll essen und zuhören. Ihnen bricht da oben gerade ein Mann weg, Krebs, große Tragödie. Er kann nicht ersetzt werden, Personalstopp, noch größere Tragödie. Zudem spielen die Kunden verrückt. Sie haben Angst, die Alte Jungfer könnte von Amerika noch mehr gefickt werden, und laufen scharenweise zur CS und zur UBS über, auch Kunden der F5. Um den Aderlass zu stoppen, mussen die verbleibenden vier Fantastischen noch fantastischer werden. Aber hierfür brauchen sie ein gesundes und stabiles Backoffice, auf das sie sich verlassen können. Da aber Bachmann weder gesund noch stabil ist, wird Dick ihn ersetzen, und zwar möglichst rasch. Er braucht noch einen weiteren Kurs, dann ist er mit allen Skills ausgerüstet und kann übernehmen. Er bekommt die Unterschrift und wird zum Handlungsbevollmächtigten befördert, was hier noch keiner geschafft hat in so kurzer Zeit. Doch, die Koch, aber die hat auch vollen Körpereinsatz geleistet, hehe.

Nun, was sagen Sie? Sie essen ja gar nichts.

Dick ist der Appetit vergangen. Ein Bachmann werden? Nie im Leben. Er sagt, eigentlich wollte er die Berufswelt lieber etwas gemütlicher angehen. Wenn er mit gemütlich cool meint, dann nur zu, sagt Leonhard. Sie brauchen eine coole Lösung da unten und Bachmann ist alles andere als cool. Eine überforderte Pfeife ist er, obwohl doch das System die ganze Arbeit erledigt. Außerdem stinkt er.

Wir wollen was Frisches. Wir wollen Sie.

Wie lange habe ich Bedenkzeit?

Bis ich vom Kacken zurück bin.

Leonhard steigt die Treppe zu den Toiletten hinunter und Dick streicht etwas Senf auf seine Haxe. Er hat nur aus Höflichkeit nach der Bedenkzeit gefragt, er hätte auch gleich absagen können. Nie und nimmer wird er diesen Job annehmen. Er will doch nicht der Sklave der Fantastischen werden. Und ein Verräter will er auch nicht sein, am Ende überschüttet sich Remo noch mit Brennnesselwasser und zündet sich an.

Leonhard kehrt zurück. Er legt seine sauberen Hände auf den Tisch und sagt, und, wie lautet Ihre Zusage? Wir haben noch nicht über Geld gesprochen: 8000 im Monat.

Dick spürt, wie sich seine Mundwinkel nach hinten ziehen. Er hört Mutter zu Frau Welti sagen, Sie, mein Sohn verdient 8000 Franken. Leonhard fügt an, Dick kann sich überdies eine Assistentin aussuchen, eine leckere Tussi, die ihn anhimmelt, Personalstopp hin oder her.

Ich weiß nicht, sagt Dick.

Was wissen Sie nicht?

Ob ich den Job könnte.

Jetzt klingen Sie wie Bachmann.

Dachte, ich soll Bachmann werden.

Gut pariert. Schlafen Sie darüber und morgen schicken Sie mir eine Mail. Essen Sie den Saufuß noch? Zahlen bitte!

Auf dem Rückweg versucht Dick mit Leonhards langen Beinen Schritt zu halten. Die braune Hose schlackert windig über den weißen Socken. Dick fühlt sich wohl neben ihm, obwohl er ein Arschloch ist. Auch jetzt wieder höchst arschlöchig, was er zum Abschied sagt, kein Wort zu Bachmann, verstanden? Der soll es erst erfahren, wenn Dick ready for take-off ist. Und es wäre gut, wenn Bachmann selber kündigen würde. Vielleicht kann man ihn irgendwie dazu bringen.

Im Büro schaut Dick zu, wie Remo in den Computer tippt. Kannst aufhören, denkt er. Egal, wie sehr du dich anstrengst, sie werfen dich eh raus. Sei ein Mann, Remo, spring aus dem Fenster und flieg davon. Flieg, Remo, flieg.

Was soll ich?

Nichts, Remo, nichts.

Du hast was von Fliegen gesagt.

Niemand fliegt.

Dick atmet tief durch die Nase ein und versucht zu riechen, ob Remo stinkt. Kein bisschen. Oder hat Leonhard das Haarwasser gemeint? Was wollte er eigentlich damit sagen, dass man Bachmann vielleicht zum Kündigen bringen kann? War das eine versteckte Aufforderung zum Mobbing? Ich bin doch kein Mobbing Dick, denkt Dick. Und dann denkt er, er hätte sich die Haxe einpacken und mitgeben lassen sollen, er hat Hunger.

Er geht in den Zeughauskeller zurück, aber sein Teller ist natürlich längst abgeräumt, der ganze Tisch ist abgeräumt, alle sind wieder bei der Arbeit. Er setzt sich und bestellt eine Portion Pommes Frites mit Brot und ein großes Glas Süßmost. Nach dem Essen trinkt er einen Kaffee und ein zweites Glas Süßmost. Er sollte Remo einweihen, aber wie? Er mag nicht ins Büro zurückgehen.

Haben Sie Zeitungen?

Da vorne.

Der *Tages-Anzeiger* spekuliert über mögliche Fusionspartner der Bankanstalt. Auch ausländische Banken werden genannt, darunter zwei chinesische.

Um fünf Uhr geht Dick ins Büro zurück und fährt den Computer herunter. Remo hat seinen Schreibtisch aufgeräumt und ist dabei, mit dem feuchten Zeigefinger Haare von der leeren Tischplatte zu tupfen.

Alles gut?, fragt Dick.

Ich weiß jetzt, was los ist, sagt Remo.

Dick setzt sich. Jemand muss mit ihm gesprochen haben. Er wirkt sehr gefasst.

Wer hat es dir gesagt?

Marianne Koch. Gehen wir etwas trinken?

Dick greift zum Hörer und ruft in Witikon an. Vater nimmt ab. Er fährt immer zeitig nach Hause, um nicht in den Abendverkehr zu geraten mit dem Buick. Dick sagt, er schafft es nicht zum Abendessen.

Aber es gibt Cordon bleu. Mutter ist extra nochmals los, um Paniermehl zu kaufen.

Sorry, ich kann wirklich nicht, im Büro ist die Hölle los.

Dann ist etwas dran an den Gerüchten?

Ja, Dad, und es riecht nicht gut.
Wonach riecht es denn?
Nach was Chinesischem.
Ist das wahr?
Und nach Haarwasser.

31

Sie können nicht sofort los, weil Remo noch aufs Telefon aufpassen muss. Als sie endlich rauskommen, ist es dunkel.

Zuerst wollen sie in den Zeughauskeller, aber dann sehen sie die Gold Wing des Vizedirektors davor stehen und Remo meint, vielleicht besser, sie gehen an einen Ort, wo keine Leute von der Bankanstalt sind. Zum Beispiel in die Brauerstraße, die ist sicher. Dick ist einverstanden, wenn Remo verspricht, nicht wieder so schnell zu trinken.

Wir trinken keinen Alkohol, sagt Remo. Wir müssen wichtige Dinge besprechen.

Sie fahren zum Helvetiaplatz und gehen die Langstraße hinunter. Sie kaufen ein Sandwich, biegen in die Brauerstraße ein und vor dem Fellini 4 bleibt Dick stehen und sagt, hier trauen sich keine Banker rein.

Sieht nach Räuberhöhle aus, findet Remo.

Keine Angst, man kennt mich da drin.

Sie essen das Sandwich auf und gehen hinein. Zum Wirt mit den Hexenhaaren sagt Dick, das ist Remo.

Und jetzt?
Ein Freund von mir.
Spannend.
Eigentlich ist er mein Chef und …
Herrgott, was wollt ihr trinken?
Zwei Sinalco. Oder haben Sie Süßmost?

Sie kriegen kein Glas und trinken aus dem Fläschchen. Dick wartet darauf, dass Remo zu reden beginnt, aber der schaut zur Jukebox und nickt im Takt zur Musik. Er wirkt nicht sonderlich niedergeschlagen, eher entspannt, fast so, als sei er froh, nicht mehr lange für die F5 arbeiten zu müssen.

Darf ich dich etwas fragen?
Klar, Dick.
Wie hat es dir Frau Koch gesagt?
Mit den Augen.
Mit den Augen?
Sie hat mich so seltsam angeschaut, dass ich gleich Bescheid wusste.

Dick kann sich vorstellen, wie das ausgesehen haben muss – ein Blick voll spöttischem Erbarmen.

Was hast du jetzt vor?
Zunächst werde ich mir nichts anmerken lassen.
Finde ich gut.
Was findest du gut?
Na, was du sagst.
Du weißt doch noch gar nicht, worum es geht.
Doch, Frau Koch hat es ja gesagt.
Sie hat mit dir geredet?
Nein, mit dir, mit den Augen.

Genau.

Remo kratzt sich mit zwei Fingern an der kleinen, runden Glatze. Die Lampe über seinem Kopf verströmt ein warmes Licht. Die Jukebox öffnet die Doors und lässt einen Led Zeppelin fliegen und Remo sagt:

Sie werden mich nach oben holen.

Nach oben holen?

Ich werde befördert.

Befördert?

Ich hätte schon viel früher draufkommen müssen, Anzeichen gab's genug, aber …

Du wirst befördert?

Bitte erzähl es nicht rum, ja?

Okay, aber …

Das wird auch für dich Konsequenzen haben.

Für mich?

Sie werden dich zu meinem Nachfolger machen.

Das kann doch nicht wahr sein, stöhnt Dick und Remo sagt, doch, doch, drum haben sie dich den Kurs machen lassen. Du wirst Handlungsbevollmächtigter und ich werde Prokurist.

Dick schüttelt ungläubig den Kopf.

Meinst du das wirklich ernst?

Todernst. Wir können uns gratulieren.

Dick geht auf die Toilette und hält die Hände unters kalte Wasser. Remo ist nicht nur verrückt, er ist ein kompletter Idiot. Wohin willst du denn befördert werden? Auf die Straße wirst du befördert, du Geistesgestörter.

Als er zurückkehrt, stehen zwei große Biere auf dem Tisch. Remo will mit ihm auf die Zukunft anstoßen und das geht nun mal nicht mit Limonade.

Auf uns!

Er stürzt sein Glas hinunter.

Was guckst du so?

Ich bin schockiert.

Keine Angst, ich halt mich zurück.

Nicht das Trinken, die Beförderung.

Versteh schon, was du meinst. Aber mach dir keine Sorgen, ich werde weiterhin für dich da sein. He, Sie, kann ich noch ein Bier haben?

Der Wirt bringt ein neues Großes und Remo stößt ein zweites Mal mit Dick an. Dick fragt, wo er denn Prokurist werden will, etwa in ihrem Büro?

Wo denkst du hin, bei den Fantastischen natürlich. Ich werde da oben den kranken Mann ersetzen.

Den kranken Mann. Das passt.

Und wie das passt. Wegen des Personalstopps können die niemanden von außen holen, also müssen sie intern einen nachziehen und der bin ich.

Aber das ist Vermögensverwaltung und du kannst nur Backoffice.

Wozu gibt es Kurse? Außerdem habe ich auch schon Geld angelegt, mein eigenes.

Und bist pleitegegangen damit.

Remo lacht und sagt, stimmt, er hat eine Menge Lehrgeld zahlen müssen, aber jetzt scheint es sich auszuzahlen. Als F5-Prokurist wird er locker 15 000 verdienen, mit Bonus sogar 20 000. Da hat er seine Schulden ratzfatz abbezahlt. Er trinkt sein Bier aus und bekommt ein drittes. Dick fragt, ob er das alles in Marianne Kochs Augen gelesen hat, die Prokura, die Umschulung und so weiter. Remo nickt. Sie hat ihn mit einer Mischung aus

Staunen und Bewunderung angesehen. Dasselbe Gesicht hat sie letzten Monat gemacht, als der Vizedirektor verkündet hat, dass er bald zum Stellvertretenden Direktor befördert wird.

Das Glas ist schon wieder leer. Remo steht auf und wankt zur Toilette. Dick schaut ihm nach und denkt, so eine Tragödie. Man muss es ihm sagen. Man muss ihn da runterholen, bevor er sich noch weiter in seinen Wahn hineinsteigert. Dick beschließt, ihm reinen Wein einzuschenken, sobald er wieder am Tisch sitzt. Und Alkohol gibt es auch keinen mehr für ihn.

Zum Glück bleibt er lange weg, Dick hat Zeit, sich die richtigen Worte zu überlegen. Der Wirt stellt sich neben ihn und fragt, was sein Freund so lange auf dem Klo treibt.

Vielleicht muss er noch spritzen, sagt Dick, woraufhin der Alte nach hinten geht, gegen die Kabinentür poltert und ruft, wixen kannst du auch zu Hause, Sportsfreund.

Draußen spendiert Remo eine Runde Mentholzigaretten. Sie schlendern die Brauerstraße hinauf und Dick wartet auf einen günstigen Moment, um es Remo zu sagen. Vor dem Wohnhaus bleiben sie stehen und schauen die Fassade hoch. Dick kriegt einen Tropfen ins Auge. Irgendwo schreit eine wütende Frau. Remo sagt, dieses Haus ist eines Handlungsbevollmächtigten unwürdig, er wird ihm eine andere Wohnung suchen. Dick denkt, jetzt oder nie, dreht sich zu Remo um und sagt:

Jetzt oder nie.

Mh?

Ich muss dir jetzt was sagen.

Was denn?

Hallo, Süßer.

32

Neben ihnen ist Cornelle aufgetaucht. Sie ist noch größer als letztes Mal, trägt einen Minirock aus schwarzem Leder und sagt:

Hatten wir schon mal das Vergnügen?

Jau, ich bin's, Remo.

Ah, Remomann.

Und das ist mein Freund Dick.

Dick? Armer Kerl.

Er wohnt hier.

Wo?

In dem Haus da.

Nein, bestimmt nicht.

Doch, sagt Dick.

Ah, so ein Lügner.

Dick lügt nicht, sagt Remo, er ist der ehrlichste Mensch, den ich kenne.

Ein Bubi ist er, sagt Cornelle, und das ist kein Haus für Bubis.

Wetten wir hundert Franken, dass er hier wohnt?

Remo hält ihr die Hand hin. Sie mustert Dick und fragt, welcher Stock?

Dritter, sagt Dick. Nein, vierter.

Sie schlägt ein, schaukelt auf ihren hohen Schuhen zum Eingang und drückt die kaputte Tür auf. Dick und Remo folgen ihr. Der Lift ist defekt, sie müssen die Treppe nehmen und Cornelle schimpft und gibt Remo ihre schwere Handtasche zum Tragen. Oben geht Dick voraus, schreitet den Korridor hinab und bleibt vor seiner Wohnung stehen.

Hier ist es.

Dann mach mal auf.

Ich hab noch keinen Schlüssel.

Wie, noch keinen Schlüssel?

Wohnungsübergabe ist erst nächste Woche.

Dann krieg ich jetzt einen Hunderter von Remomann.

Wieso, ist doch Dicks Wohnung.

Wie heißt er mit Nachnamen?

Meier.

Cornelle beugt sich zum Türschild hinunter und sagt, da steht aber ein anderer drauf.

Ist noch der Vormieter, sagt Dick.

Cornelle drückt auf die Klingel und sagt, wenn jetzt einer öffnet, der nicht wie Dick aussieht, kriegt sie hundert Franken bar auf die Hand oder sie macht Theater. Dick wird die Sache langsam peinlich, aber zum Glück regt sich nichts in der Wohnung.

Die machen hier natürlich nicht freiwillig auf, sagt Cornelle und beginnt mit der flachen Hand auf die Tür zu schlagen, sodass es durchs ganze Haus hallt.

Spinnst du?, sagt Dick und will sie wegziehen, traut sich aber nicht, sie anzufassen. Als Nächstes trommelt sie mit den Fäusten gegen die Tür und ruft, aufmachen, Polizei. Plötzlich springt die Tür auf. Es wird still. Alle starren auf den dunklen Spalt.

Das hat nichts Gutes zu bedeuten, sagt Remo.

Ich muss mal für große Mädchen, sagt Cornelle, nimmt ihre Tasche, stößt die Tür auf und verschwindet in der Wohnung. Dick und Remo bleiben draußen. Gleich hören wir einen Schuss, sagt Remo, aber dann hören sie nur, wie jemand im Stehen pinkelt. Die Spülung gurgelt. Dick sagt:

Du, ich wollte dir vorhin etwas Wichtiges sagen.

Was denn?

Ist jetzt wahrscheinlich nicht der günstigste Zeitpunkt, aber …

Jesses!, schreit es aus der Wohnung.

Was ist?, ruft Remo, eine Leiche?

Schlimmer!

Sie gehen hinein. Die Wohnung ist leer. Das einzige Licht kommt aus dem Bad, ein gelbliches Neonlicht. Cornelle ist nicht mehr drin, sie steht im hinteren Zimmer und rührt sich nicht.

Was ist das?, fragt Remo.

Ich weiß es nicht, flüstert Cornelle. Es macht mir Angst.

Dick zieht den Rollladen hoch und im Widerschein der Brauerstraßenbeleuchtung erkennen sie einen alten Zahnarztstuhl.

Mich so zu erschrecken!, schimpft Cornelle und schlägt auf die Armlehne des Stuhls. Ich brauch einen Drink.

Sie holt eine Wodka- und eine Wasserflasche aus der Tasche, geht in die Küche und sucht nach einem Trinkgefäß. Remo bringt ein Zahnputzglas aus dem Bad. Cornelle füllt es halb mit Wasser und halb mit Wodka, trinkt es aus, macht ein Glas für Remo und dann noch eins für Dick. Dick will zuerst nicht, aber Cornelle schaut ihn an wie ein Bubi und Remo sagt, ist doch deine Einweihungsparty, also trinkt er mit. Es tut ihm sogar gut. Der Drink breitet sich wohlig warm im Körper aus und Remo fragt, ob man hier rauchen darf, und Dick sagt, hier darf man alles. Er nimmt auch eine Zigarette, zieht den Rollladen hoch und raucht aus dem Küchenfenster. Er sieht in die verschwommenen Lichter des Langstraßenviertels, es riecht nach gebratenen Zwiebeln und er fühlt eine tiefe Geborgenheit. Die Nacht ist zu einem weichen, tröstenden Rauschen geworden.

Die anderen sind ins hintere Zimmer gegangen. Sie trinken Wasser mit Wodka und bestaunen den Zahnarztstuhl. Dick stellt sich dazu und Cornelle fragt, wozu er einen Folterstuhl braucht, ob er hier Frauen fesselt und vergewaltigt.

Dick ist doch viel zu lieb, lacht Remo.

Ich bin nicht lieb, sagt Dick.

Remo zieht das Hemd hoch und kratzt sich am nackten Bauch, der fülliger ist, als Dick erwartet hat. Remo sagt, Dick ist der liebste Mensch, den er kennt. Das ärgert Dick, denn nachher wird Cornelle überall herumerzählen, dass hier ein gutmütiger Trottel wohnt, und alle werden ihn ausrauben wollen.

Ich bin nicht lieb, sagt er. Ich bin nach Dick Cheney benannt und der ist alles andere als lieb.

Dann mach mal was Böses, sagt Cornelle.

Jau, kann er nicht, sagt Remo und nimmt einen Schluck aus der Wodkaflasche. Im Geschäft ist er auch so lieb. Eigentlich ist er viel zu lieb für eine Bank, aber ich werde ihn beschützen. Das ist das Gute an einer Prokura, man kann sie wie einen Schirm über die Seinen spannen.

Du wirst nicht Prokurist, sagt Dick.

Was?

Du wirst nicht Prokurist.

Wetten?, sagt Remo und streckt Dick die Hand hin. Einen Hunni, dass ich Prokurist werde?

Dann wendet er sich Cornelle zu und sagt, von dir krieg ich auch noch einen Hunni, Kleines.

Wieso nimmst du kein Brennnesselwasser?, sagt Cornelle.

Doch, nehm ich doch.

Sie beugt sich über seinen Kopf und riecht an der Glatze. Dick füllt das Zahnputzglas mit Wasser und Wodka. Er hofft, das friedliche Gefühl von vorhin kehrt zurück, denn im Moment spürt er nur Wut. Er ist wütend, dass Remo und Cornelle in seiner Wohnung sind und dass Remo so dämlich grinst, während Cornelle an seiner Glatze schnuppert. Er ist wütend, dass der Vormieter den Zahnarztstuhl in der Wohnung zurückgelassen hat und dass sie geraucht haben in der Wohnung und dass er ein zweites Glas Wasser mit Wodka trinkt, das nicht mal wirkt.

Du wirst nicht Prokurist, sagt er.

Wieso nicht?

Du wirst etwas anderes.

Was denn?

Entlassen wirst du, will Dick sagen, aber das ist ihm zu wenig hart, er möchte etwas viel Böseres sagen, doch geht das überhaupt? Was ist schon schlimmer für Remo, als gefeuert zu werden, da bricht doch seine ganze Welt zusammen und dann steht er da mit seinen Schulden und seiner Brennnesselglatze und seinem Bauch unter dem raushängenden Hemd, Blödmann Bachmann, fick dich doch, denkt Dick und sagt:

Vizedirektor.

Was?

Du wirst Vizedirektor.

Ich werde Vizedirektor?

Sie machen dich zu seinem Nachfolger.

Ist das wahr?

Ja.

Woher weißt du das?

Von meinem Vater.

Arbeitet der auch bei der Bankanstalt?

Nein, aber er ist ein guter Kunde mit Beziehungen bis ganz nach oben.

Dick, ist das wirklich wahr?

Nein.

Remo beginnt sich heftig am Kopf zu kratzen. Dann ballt er die Fäuste und sagt, er hat es gewusst. Er hat es gewusst, dass sie etwas Großes mit ihm vorhaben, aber dass es gleich die Direktion sein würde –

Cornelle, hast du das gehört? Vizedirektor!

Glaubst du das etwa?, sagt Cornelle.

Aber klar, Dick würde nie lügen, er ist der anständigste Kerl auf Erden. Zudem macht das alles enorm Sinn. Von den F5 können sie keinen wegbefördern, die sind jetzt schon zu wenig, und dass die Wahl auf ihn fällt, ist auch nicht verwunderlich, schließlich arbeitet er am meisten, er schuftet wie ein Tier und das ist jetzt der Dank dafür.

Er umarmt Dick und drückt ihm einen nassen Kuss auf die Wange. Dann will er auch noch Cornelle küssen, aber sie nimmt die Handtasche vom Boden auf und sagt, das wird ihr zu blöd hier, sie geht. Sie schlägt den Kopf am Türrahmen an.

Remo klettert mit der Wodkaflasche auf den Zahnarztstuhl und schaut wie von einem Thron auf Dick herunter.

Jau.

Er nimmt einen Schluck und sagt, jetzt ist ihm auch klar, wieso Leonhard immer so gemein zu ihm ist. Der spürt doch, dass er ihm in der Sonne steht. Verrückt, wie sich alles zusammenfügt.

Ich muss dir was sagen, Remo.

Nur zu, mein Lieber.

Ich bin kein Lieber.

Und ob, mein Lieber.

Ich hab einen Scherz gemacht, einen bösen.

Das spielt jetzt alles keine Rolle mehr, sagt Remo und wischt mit der Hand durch die Luft. Vergessen wir den Jux-Brief und alles, du gehörst zu meiner Seilschaft, ist doch klar. Egal, wie hoch ich in der Bank noch steigen werde, ich ziehe dich überallhin mit, versprochen.

Er zündet sich eine Mentholzigarette an und fragt, ob er Dick den Stuhl abkaufen kann für sein Vizedirektorenbüro. Ein bisschen Extravaganz kann nicht schaden in dieser Position und so ein alter Zahnarztstuhl ist hundertmal extravaganter als eine olle Gold Wing. Die Flasche rutscht ihm aus der Hand und er rülpst ein saftiges *Oops* zur Entschuldigung.

33

Am nächsten Morgen erwacht Dick mit einem harten Kopf. Er bleibt lange liegen, bis Mutter kommt und fragt, ob er krank ist. Nein, nicht krank, nur tot. Er würde gern alles rückgängig machen, den gestrigen Abend, die Wohnung, die Bank. Er würde gern sein Studierzimmer einrichten, Vorlesungen besuchen und mit den Eltern im Wald spazieren. Ein anständiges Leben in geruhsamer Langeweile – wäre es denn schon zu spät?

Er duscht lange, trinkt schwarzen Kaffee und macht sich dann auf den Weg zur Arbeit. Im Bus überlegt er sich ein paar Worte für Remo. Der wird zwar von selbst draufgekommen sein, dass die Sache mit dem Vizedirektor nicht stimmen kann, aber den Rest soll er auch noch erfahren.

Um zehn Uhr trifft er im Büro ein. Remo steckt in einem braunen Anzug aus abgewetztem Cord und sagt in geschäftigem Ton:

Na, ausgeschlafen? Leni hat dich gesucht.

Ich muss dir was beichten, Remo.

Ich dir auch.

Remo hat das Konto von Dicks Vater angeschaut. Nur um sicher zu sein, dass Dick ihn gestern nicht auf den Arm genommen hat. Wenn Alkohol im Spiel ist, kann das leicht passieren. Aber das Konto beweist, dass Dick die Wahrheit gesagt hat und –

Das Telefon klingelt. Remo nimmt Stift und Block und stapft aus dem Büro. Neue Schuhe trägt er auch, schwarze Großvaterschuhe mit dicken Sohlen. Auf seinem Schreibtisch lässt er ein selbst gemaltes Organigramm zurück; er hat bereits damit begonnen, die Abteilung umzustrukturieren.

Dick loggt sich in den Computer ein und tippt einen Brief:

Liebe Anstaltsinsassen, ich breche aus. Eigentlich wollte ich zu Hause ausbrechen, aber das ist mir nicht bekommen. Nun kehre ich ins traute Heim zurück, trinke warme Milch und esse Vollkornzwieback.

Er löscht den Text und ersetzt ihn durch ein seriöses Kündigungsschreiben. Als er auf *Drucken* klickt, trifft eine Mail von Leonhard ein. Der Kurs beginnt bereits morgen, Dick soll sich in der Personalabteilung melden. Da will ich gerade hin, denkt Dick, holt die Kündigung aus dem Druckbüro, geht ins Büro der Personalfrau und streckt ihr den Brief hin. Sie liest ihn durch und lacht.

Aber sonst geht es Ihnen gut?

Nein.

Er soll sich setzen und erzählen. Er setzt sich und erzählt. Dass er zurückwill. Studieren und spazieren will. Ein ehrbarer Sohn sein will. Sie guckt ihn an und fragt, ob er einen Kater hat.

Nein.

Zigarette?

Aufgehört.

Sie öffnet das Fenster und zündet sich eine an. Sie mustert Dick lange. Dann sagt sie, sie versteht ihn. Das alles geht viel zu schnell. Gestern ist er noch mit Cremeschnitten durchs Haus gerannt und jetzt soll er schon die Handlungsvollmacht erhalten. So rasant ist noch keiner aufgestiegen.

Doch, die Koch, sagt Dick.

Sind Sie sicher?

Sie will im Computer nachsehen, muss sich aber zuerst neu anmelden. Sie hebt die Tastatur und liest das Passwort von einem Post-it ab. Stimmt, sagt sie, Frau Koch wurde damals auch so kurzfristig befördert. Aber im Gegensatz zu Dick verfügt sie über eine kaufmännische Ausbildung und hat einen einflussreichen Fickbuddy.

Sie meinen den Vizedirektor.

Sie sind aber gut informiert.

Und der wird bald zum Stellvertretenden Direktor befördert.

Auch das ist richtig.

Und Bachmann denkt, er wird sein Nachfolger.

Das ist ein Scherz.

Als Scherz gedacht, aber er glaubt es.

Die Personalfrau drückt die Zigarette aus und sagt, über Bachmann wollte sie sowieso mit ihm reden. Ist Dick eine

Veränderung an ihm aufgefallen? Ja, er verliert Haare. Sonst nichts? Nein. Sie tippt eine kurze Notiz in den Computer und sagt, sie macht sich Sorgen um ihn. Wenn sie nicht aufpassen, kommt es noch zu einer Tragödie.

Was für eine Tragödie?

Darf sie nicht sagen, Personalgeheimnis. Aber Herrn Bachmann steht das Wasser bis zum Hals. Er arbeitet halt viel, sagt Dick. Die Personalfrau findet das unlogisch. Sie sagt, der ganze Kram wurde doch digitalisiert, heute erledigt doch das System alles. Dick überlegt, ob er ihr von Remos Kritzeleien erzählen soll. Nein, besser nicht, sonst drehen sie ihm daraus auch noch einen Strick.

Die Personalfrau möchte wissen, wieso sich Bachmann für den künftigen Vizedirektor hält. Steckt jemand von den F5 dahinter? Nein, es ist seine Schuld, sagt Dick. Sollte ein harmloser Jux sein, aber jetzt trägt Remo einen braunen Anzug wie Leonhard.

Und Sie kündigen einfach.

Ja.

Und lassen ihn im Stich.

Nein.

Dick nimmt nun doch eine Zigarette. Die Personalfrau gibt ihm Feuer und macht ihm einen Vorschlag. Sie sagt, er soll den Kurs besuchen. Es ist ein besonderer Kurs, den nur wenige Mitarbeiter absolvieren dürfen. Er wäre dann für ein paar Wochen weg vom Tagesgeschäft und könnte in Ruhe alles überdenken. In der Zwischenzeit würde sie mit Herrn Bachmann reden und ihn aufklären. Sie würde ihn sanft auf den Boden der Realität führen und ihm eine neue Zukunftsperspektive aufzeigen.

Was sagen Sie dazu?

Wie würden Sie's ihm denn sagen?

Das lassen Sie mal meine Sorge sein. Ich bin dafür geschult.

Sie rauchen fertig und Dick fragt, worum es in dem Kurs geht. Die Personalfrau weiß es nicht. Sie weiß nur, dass der Inhalt streng geheim ist, noch geheimer als das Bankgeheimnis.

Sie sehen müde aus, Herr Meier.

Bin wohl doch ein wenig verkatert.

Die Langstraße, habe ich recht?

Er nickt und sie schmunzelt.

Am Nachmittag bringt der kleine, bärtige Mann vom Postbüro einen goldenen Umschlag für Dick. Dick schlitzt ihn auf und zieht eine goldene Karte heraus. Der Bärtige fragt, ob das eine Einladung zu einem Fest ist, und Dick liest vor:

Einladung zum Vreneli-Kurs.

Bist du verrückt?, sagt Remo und bittet den Mann, das Büro zu verlassen. Dick kann das doch nicht einfach rumerzählen, das ist geheim.

Ich hab doch nur Vreneli-Kurs gesagt.

Das ist gefährlich, Dick. Wann geht's denn los?

Morgen.

Hm, sie scheinen es eilig zu haben, sagt Remo. Wenn Dick zurückkommt, sitzt er vielleicht schon oben. Übrigens, das mit dem Zahnarztstuhl hat er nicht ernst gemeint. Kein Problem, sagt Dick, er hat auch nicht alles ernst gemeint.

Um fünf Uhr steht er auf und zieht die Jacke an. Remo sitzt über seine Notizen gebeugt. In seinem braunen Cordanzug sieht er aus wie ein Teddybär. Dick ist froh, dass sich bald eine

geschulte Fachperson seiner annehmen wird. Vielleicht weiß sie ihm auch ein besseres Haarwuchsmittel.
Tschüss, Remo.

Ja, dir auch.

34

Beim Abendessen ist Mutter schlecht gelaunt. Sie sagt, in Dicks Zimmer hat es so komisch gerochen heute Morgen, wie nach Alkohol. Er hat ein Haarwasser ausprobiert, sagt er. Vater fragt, ob es neue Fusionsgerüchte gibt in der Bank. Dick sagt, er hat nichts gehört, und Vater raunt Mutter zu, er zählt wohl bereits nicht mehr zum Kreis der Eingeweihten. Mutter nickt enttäuscht und Dick steht auf und geht die goldene Karte vom Vreneli-Kurs holen.

Was ist das?

Der Schlüssel zum Kreis.

Mutter kratzt mit dem Daumennagel an der Goldfolie und Vater sagt, Vreneli klingt für ihn jetzt nicht gerade nach einer internationalen Projektgruppe.

Ihr habt ja keine Ahnung, sagt Dick.

Dann erklär's uns doch, sagt Mutter.

Nein, darf er nicht. Er darf nur sagen, dass es sich um eine elitäre Veranstaltung handelt, die noch geheimer ist als das Bankgeheimnis.

Und was bringt dir das?, fragt Mutter.

Nur eine Beförderung.

Ist das wahr? Mutters Augen leuchten auf. Du wirst Prokurist?

Nein, er kriegt die Unterschrift und wird Handlungsbevollmächtigter. Das ist aber nicht dasselbe wie Prokurist, oder? Nein, es ist eine Stufe darunter. Wieso wird er nicht Prokurist? Zu ihrer Zeit wollten alle Männer Prokurist werden. Der Abteilungschef war sogar Chefprokurist und er konnte allen befehlen, die Krawatte auszuziehen, wenn das Thermometer …

Wir kennen die Geschichte, sagt Dick.

Was hast du?, sagt Vater und Dick sagt, ist doch wahr. Außer ihm und der Koch hat noch nie jemand so schnell die Unterschrift gekriegt. Wer ist diese Koch? Die beste Vermögensverwalterin der Abteilung. Ist sie auch nur Handlungsbevollmächtigte? Nein, sie ist Prokuristin.

Siehst du?, sagt Mutter.

Aber he!, sagt Dick, nach einem Monat war die auch noch nicht so weit! Außerdem pennt die mit einem Vizedirektor!

Geht's auch in normalem Ton?, sagt Vater und strafft die Serviette über dem Schoß. Reißt euch bitte zusammen!

Dick stopft sich einen großen Löffel Kartoffelstock in den Mund, schluckt ihn runter und sagt, das ist ungerecht. Sie tun ja so, als wäre es keine richtige Beförderung. Eine richtige Beförderung würde mit einer Lohnerhöhung einhergehen, sagt Vater. Tut es doch, sagt Dick, nach dem Kurs verdient er 8000 Franken im Monat.

8000?

Das hätte er lieber nicht gesagt, denn jetzt holt Vater die Haushaltsbroschüre aus dem Wohnzimmer, fährt mit dem Finger die Tabelle rauf und sagt, neu schuldet ihnen Dick 3000 im Monat. Mutter fragt, wann denn eigentlich Zahltag ist, zu ihrer Zeit kam der Lohn immer ein paar Tage vor Monatsende aufs Konto.

Hat Amy wieder geschrieben?, fragt Dick.

Nein, warum?

Mutter untersucht nochmals die goldene Karte und findet, sie sieht doch recht nobel aus.

Kann ich die behalten?

Um sie Frau Welti zu zeigen?

Ach, Schatz, sei doch nicht so empfindlich.

Sie tätschelt seine Hand und Vater fragt, ob er nach dem Vreneli-Kurs Kundenkonten ansehen darf. Dick schüttelt den Kopf und Mutter meint, das dürfen vermutlich nur richtige Prokuristen.

35

Den Veranstaltungsort hat sich Dick glamouröser vorgestellt. Er dachte, der Kurs wird im Seminarraum eines schönen Hotels durchgeführt, aber er findet im Keller eines alten Schulhauses statt. Die Kursleiterin ist ebenfalls alt, ein trockenes Mütterchen mit geröteten Nasenflügeln. Sie sagt, Dick muss zuerst einen Test machen. Sie händigt ihm ein liniertes Schulheft aus und stellt einen Hellraumprojektor an, der eine Liste mit Wörtern an die weiß gekalkte Kellerwand wirft.

Wenn Sie das bitte abschreiben wollen.

Kommen noch andere Kursteilnehmer?

Nein. Sie haben zehn Minuten.

Das Mütterchen setzt sich ans Lehrerpult und Dick überträgt Worte wie *Lampenschirm*, *Regenbogen* und *Essiggurke* ins Heft. Er ist schon nach fünf Minuten fertig und bringt das Heft nach vorn. Das Mütterchen zückt einen Rotstift und streicht jedes Wort durch.

Nicht gut, sagt sie.

Wieso nicht?

Ihre Handschrift. Ich dachte, Sie wären weiter.

Sie erklärt, eine saubere Handschrift ist die Grundvoraussetzung für den Kurs. Müssen sie halt bei Adam und Eva beginnen. Sie wechselt die Folie und auf der Wand erscheint in großen, sauberen Buchstaben:

Adam und Eva.

Dick soll das zehnmal abschreiben. Er kehrt an seinen Platz zurück, eine ausrangierte Schulbank, die nach verschwitztem Holz riecht.

Im Keller zieht es. Die Kursleiterin legt sich ein graues Wolljäckchen über die Schultern. Eine Spinne läuft über den Projektor. Oben läutet die Pausenglocke und eine Horde Kinder trampelt durch die Gänge und entkommt an die frische Luft.

36

Am Abend hat Dick von den Schreibübungen einen Krampf in der Hand, weshalb er beim Abendessen zweimal das Messer in den Teller fallen lässt. Was ist denn mit dir los?, fragt Mutter und Vater macht *ssst!*, weil im Radio die Nachrichten kommen.

Dick massiert sich den Daumenballen. Die Kursleiterin hat gesagt, es wird noch schmerzhafter werden, denn sie werden die nächsten Tage hart an seiner Schrift feilen müssen. Er überlegt, ob er morgen zur Abwechslung mal mit links schreiben soll, wäre sicher lustig zu sehen, wie die Kursleiterin dreinschaut, apropos schauen, am Küchentisch stimmt was nicht, die Eltern starren ihn an. Hat er etwa wieder laut gedacht?

Wieso hast du uns nichts gesagt?, fragt Vater.

Vom Schreibkrampf?

Dass ihr fusioniert habt.

Der Nachrichtensprecher redet von einer New American Bank. Sie soll sich heute mit der Schweizerischen Bankanstalt zusammengeschlossen haben. Der Präsident hat sicher eine Mail an alle Mitarbeiter geschickt, aber das ist natürlich nicht bis zu Dick in den Keller gedrungen.

Warum hast du das nicht gewusst?, fragt Mutter.

Er hat es gewusst, sagt er. Er hat nur nicht gewusst, dass sie es heute schon kommunizieren. Vater beugt sich zu Mutter und flüstert ihr etwas ins Ohr. Sie nickt und Dick denkt, ich sollte ihnen noch erzählen, was ich den ganzen Tag im Kurs gemacht habe, dann sind sie vollends enttäuscht von mir. Doch dann wendet sich das Blatt. Dank einem Wirtschaftsredakteur, der im Radio erklärt, dass es sich bei dem Bankendeal de facto nicht um eine Fusion, sondern um eine Übernahme handelt. Die Alte Jungfer ist keine Braut, die von den Amerikanern geheiratet wird, sondern eine Kuh, die gefressen wird. Bleibt nur zu hoffen, dass von ihr mehr als Haut und Knochen übrig bleiben. Die Bankanstalt hatte nach der hohen Strafzahlung an die US-Behörden keine andere Wahl, als sich zu verkaufen. Die Strafzahlung soll übrigens nicht nur zwei Milliarden betragen haben, sondern fünf Milliarden.

Was, fünf?, sagt Vater. Hat er fünf Milliarden gesagt?

Ja, Paps. Schrecklich.

Aber nein, das ist fantastisch.

Was soll daran fantastisch sein?

Unser Sohn, Honey. Er hat es gewusst. Nicht mal die *NZZ* hat von den fünf Milliarden gewusst, aber unser Sohn schon. Verdammt!

Nun fällt auch Mutter das Messer aus der Hand. Vater hat noch nie *verdammt* gesagt und schon gar nicht am Küchentisch. Dann strahlen beide Dick an, wie sie ihn seit der bestandenen Aufnahmeprüfung ins Gymnasium nicht mehr angestrahlt haben. Er spürt, wie er von ihrer Wärme rote Ohren kriegt. Das tut so gut. Er fühlt sich plötzlich ganz leicht und frei, als habe er ein Glas Wasser mit Wodka getrunken. Er würde gerne noch mehr von ihrer Bewunderung trinken, was dann auch möglich wird, denn Mutter fragt jetzt, warst das du, der das eingefädelt hat?

Was?

Die Fusion. In deinem Fritzli-Kurs?

Vreneli-Kurs. Und es ist keine Fusion, sondern ein Verkauf.

Wie viel hast du rausgeholt?

Die Verhandlungen haben andere geführt, sagt er, er ist ja noch nicht Handlungsbevollmächtigter, das kommt erst nach dem Kurs. Aber er hat auch für die New American Bank gestimmt, die Amis sind ihm lieber als die Chinesen mit ihren komplizierten Schriftzeichen, wo einem schon beim Anblick die Hand wehtut. Mutter verglüht fast vor Stolz. Sie schaufelt Dick alles, was noch in den Pfannen ist, auf den Teller und Vater sagt, wenn Dick mal einen Anlagetipp weiß, soll er es ihm bitte sagen, er würde glatt ein paar hundert Franken auf seine Empfehlung hin investieren. Er steht auf und nimmt ein Bier aus dem Kühlschrank.

Du trinkst ein Bier, Paps?

Wieso nicht?

Das hat es noch nie gegeben, dass Vater unter der Woche ein Bier trinkt. Doch, einmal, als Frau Weltis Mann gestorben ist.

37

Am Freitag darf Dick eine halbe Stunde früher in die Mittagspause, weil er seine Finger nicht mehr bewegen kann. Vorher klebt ihm das Mütterchen noch ein Wärmepflaster auf die Hand, damit sich die Verkrampfung hoffentlich bald löst.

Er isst einen Kebab vor dem Schulhaus. Herr Leonhard ruft an und sagt, Dick soll heute Abend ins Büro kommen. Er ist kurz angebunden und Dick denkt, die Kursleiterin hat sich beschwert. Hat sich darüber beklagt, dass sie noch kein Vreneli machen können, weil er immer noch wie ein Arzt schreibt. Was ist los mit Ihnen?, wird Leonhard fragen und er wird antworten, gar nichts ist los, es ist ein blöder Kurs und ich würde lieber ein paar Fusionen einfädeln.

Am Nachmittag rächt er sich bei der alten Petze, indem er ein neues Wort in die Liste schmuggelt, die er vom Hellraumprojektor abschreiben muss: *Judas*. Die Kursleiterin merkt es nicht, sondern lobt den Schwung des J-Bogens. Ihr graues Wolljäckchen riecht etwas streng.

Punkt fünf Uhr ist Dick im Büro. Remo trägt immer noch seinen braunen Teddybäranzug, also hat die Personalfrau noch nicht mit ihm geredet.

Wir müssen zu den F5 hinauf, sagt er und geht voraus. Seine Glatze ist gewachsen, sie hat jetzt die Größe einer Tonsur. Auf der Treppe legt er Dick den Arm um die Schulter und fragt, warst du schon mal da oben? Nein? Wie läuft's im Kurs? Weißt du, was man sich über die Kursleiterin erzählt?

Dass sie eine Sadistin ist?

Dass sie die Mutter von Leonhard ist.

Mist, denkt Dick, dann hat sie ihn wohl tatsächlich angeschwärzt. Remo sagt, niemand kann es mit Bestimmtheit sagen, die Identität der Kursleiterin ist ebenso geheim wie ihr Kurs, aber wenn er Vizedirektor ist, wird er der Sache nachgehen. Auch wenn er dann vermutlich Wichtigeres zu tun hat.

Er führt Dick in ein Sitzungszimmer. Es wird von einem ovalen Tisch ausgefüllt, auf dem ein paar Sektgläser und ein Schüsselchen mit Chips warten. An der Wand hängt ein Bild mit Farben.

Ich geb dann mal Bescheid, sagt Remo und verschwindet. Kurz darauf kehrt er mit Leonhard und einem kleinen, dicklichen Mann zurück. Marianne Koch erscheint ebenfalls, entkorkt eine Flasche Prosecco und schenkt ein. Dann stoßen alle miteinander an, wobei Dicks Glas nicht richtig klirrt, was ihm peinlich ist.

Schön, Sie mal persönlich kennenzulernen, sagt der kleine, dickliche Mann und blickt Dick neugierig in die Nase. Er ist der Vizedirektor.

Die Personalfrau kommt auch hinzu, füllt sich ein Glas bis zum Rand und prostet in die Runde. Leonhard hält eine kurze Ansprache. Er hat diesen Apéro organisiert, um Dick mit der Abteilung bekannt zu machen. Zwei Fantastische werden noch von der Arbeit festgehalten und stoßen später dazu, aber jetzt soll erst mal Dick etwas sagen, los, Meier, stellen Sie sich vor.

Dick nimmt einen Schluck und sagt, ich bin Dick Meier und arbeite schon fast einen Monat bei der Bankanstalt und …

Bankanstalt ist passé, sagt der Vizedirektor.

Durch die Übernahme werden sie ihren Namen verlieren, erklärt er. Die Schweizerische Bankanstalt und die New American Bank verschmelzen demnächst zur Swiss American Bank. Er weiß es von seinem Freund aus der Zentraldirektion, der es von seinem Freund aus der Generaldirektion hat. Ist noch geheim, also bitte nicht weitererzählen, auch die Frau von der Personalabteilung nicht.

Was für Idioten!, lacht Leonhard. Swiss American Bank klingt ja so, als hätten wir die Amerikaner geschluckt und nicht umgekehrt!

Der Vizedirektor stimmt in sein Lachen ein und auch Remo und die Personalfrau lachen. Frau Koch lacht nicht, sie streicht sich das Haar hinters Ohr und hält mit strengem Blick das Schüsselchen mit den Chips in Schach.

Wie läuft der Kurs?, fragt Leonhard, um die Aufmerksamkeit wieder auf Dick zu lenken. Alles im Griff? Dick sagt, er hat ein Verwundetenabzeichen gekriegt, und zeigt sein Wärmepflaster. Leonhard nickt und meint, je rascher er das Backoffice übernimmt, desto besser.

So ist es!, ruft Remo und streckt sein leeres Glas in die Luft, als wolle er einen Toast ausbringen. Dann sagt er, ich muss noch schnell was holen, und geht hinaus.

Er weiß es noch nicht, oder?, sagt der Vizedirektor.

Im Gegenteil, sagt Marianne Koch, er denkt, er wird dein Nachfolger.

Das ist ein Witz, oder?

Der ganze Bachmann ist ein Witz, sagt Leonhard. Schau ihn dir doch mal an.

Dick guckt zur Personalfrau. Sie weicht seinem Blick aus, indem sie sich nachschenkt. Statt mit Remo über die Zukunft zu reden, hat sie mit den anderen über Remo geredet. Das wird ein Nachspiel haben, denkt Dick.

Remo kehrt mit einer angebrochenen Flasche Haselnusslikör ins Sitzungszimmer zurück. Er will allen einschenken, aber nur Dick hält sein Glas hin, die anderen möchten lieber noch Prosecco. Während die Personalfrau mit Frau Koch loszieht, um eine neue Flasche aufzutreiben, stoßen Dick und Remo mit dem Haselnusslikör an. Dann steckt Remo die freie Hand in die Hosentasche und schlendert zu Leonhard und dem Vizedirektor hinüber. Er versucht ein wenig Smalltalk zu machen und erkundigt sich nach dem Benzinverbrauch der Gold Wing. Der Vizedirektor gibt freundlich Auskunft.

Und der Lenker?, fragt Remo, ist der original?

Alles ist original.

Aha. Der Sattel auch?

Die Frauen kommen zurück und die Personalfrau macht mit frischem Prosecco die Runde. Dick trinkt seinen Likör aus und hält ihr das klebrige Glas hin. Aber nein, sagt sie, er bekommt natürlich ein frisches Glas. Sie nimmt ein sauberes vom Tisch und füllt es auf. Er fragt, ob sie über Herrn Bachmann reden können, und sie sagt, wir reden später, versprochen, und eine Viertelstunde später unterhalten sie sich tatsächlich, aber nicht über Herrn Bachmann, denn die Personalfrau findet, Dick macht sich zu viele Gedanken über andere. Er soll sich lieber mit seiner eigenen Zukunft beschäftigen. Was denkt er, was mit der Alten Jungfer passieren wird? Sie wird von den Amis so richtig durchgerüttelt werden und das ist für einen jungen Senkrechtstarter wie Dick ein Glücksfall. Da tun sich jede Menge Chancen für ihn auf und vielleicht kann er sogar mal in den USA arbeiten, das ist doch der Traum aller jungen Leute, New York, Los Angeles, das ist noch besser als das Langstraßenquartier. Hat er eine Freundin? Nein? Wie ist das möglich bei einem so flotten Burschen mit einer so tollen Wohnung?

Er zieht erst nächste Woche ein.

Ach, und dann kommen die Mädels ganz von alleine angetanzt oder wie stellt er sich das vor?

Sie hat einen Schwips. Dick spürt den Prosecco ebenfalls. Er hört Frau Koch zu, die neben ihm mit dem Vizedirektor über einen Nahrungsmittelfonds spricht. Er kriegt Hunger davon. Ein ganz heißer Tipp, dieser Nahrungsmittelfonds, sagt Frau Koch und ihre Stimme klingt auch heiß, weil sie heiser ist. Dick stellt sich vor, wie der Mops sie besteigt, den Anlasser am

Busen drückt und sich in die Kurve legt. Sie geht ab wie eine brennende Sirene mit ihrer heiseren Stimme.

Dick sucht die Toilette auf und trinkt kaltes Wasser vom Hahn.

Im Reihenhäuschen ist das Gemüse verkocht. Dick ist eine Stunde zu spät nach Hause gekommen. Die Eltern sind nicht böse, sie fragen nur, ob der Kurs länger gedauert hat. Nein, aber er musste noch zu einer wichtigen Sitzung. Die Bank sucht einen neuen Namen, er hat Swiss American Bank vorgeschlagen, mal sehen, vielleicht nehmen sie ihn sogar.

Mutter entdeckt das Pflaster auf seiner Hand. Hat er sich verletzt? Ein Rheumaschub, sagt er, es ist feucht im Kursraum und es zieht.

Seid ihr etwa in einem Keller?

Nein, in einem Bunker.

38

Am Samstag schläft Dick aus. Dann setzt er sich mit einer Tasse Kaffee im Garten an die Sonne und schaut Vater zu, der neben dem Rhododendron kniet und mit der Blumenschaufel Löcher in den Boden gräbt. Vater trägt die grüne Gärtnerhose, die er sonst zum Jäten anhat. Jäten entspannt ihn, aber das Buddeln scheint ihn aufzuregen. Er schüttet die Löcher wieder zu und drückt die Erde fest. Während er aufsteht und die

Knie abwischt, sagt er, Dick könnte sich ruhig auch mal darum kümmern.

Um den Garten?

Um die Briefe!

Dick hat auch schon gesucht. Im Kühlschrank und im Vorratsschrank. Apropos: Er hat einen Anlagetipp für Vater. Nahrungsmittelfonds.

Ist das nicht etwas heikel?

Vater meint, mit Nahrungsmitteln sollte man nicht spekulieren. Wegen Unwettern und Dürren und so, da kann man bestimmt viel Geld verlieren. Nicht, wenn der Tipp von einer Person kommt, die sich mit Essen auskennt. Tut sie das? Ja, denn sie heißt Koch. Vater überlegt. Dann geht er ins Haus und kehrt mit zwei Fünfzigernoten zurück, die er Dick in die Hand drückt.

Aber mit Bedacht einsetzen.

Das könnte etwas wenig sein, sagt Dick, das wird allein schon von den Gebühren aufgefressen. Vater nimmt die Nötchen wieder an sich. Von dieser Frau Koch hat Dick auch schon erzählt, oder? Kann sie mit Geld umgehen? Frauen sind ja eher fürs Ausgeben als fürs Einnehmen bekannt. Sollten sie's dennoch riskieren?

Sag schon, Dick. Wie viel wollen wir investieren?

Ich investier gar nichts, sagt Dick, ich investier schon in ein Reihenhäuschen.

Du baust?

Dick hat das Geld gemeint, das er zu Hause abliefern muss. Vater sagt, das ist die Lösung. Dick soll für diesen Monat nichts abgeben, sondern alles in den Nahrungsmittelfonds stecken, die ganzen 3000. Ist Vater sicher? Doch, er vertraut Dick. Und das Verlustrisiko ist weit geringer, als wenn Mutter das Geld in die Finger bekommt. Dann würde sie es Amy geben, er kennt seine Frau und Amy würde damit ihre nichtsnutzigen Freunde unterstützen, er kennt seine Tochter. Statt das Geld diesen Habenichtsen in den Rachen zu werfen, sollten sie lieber auf den Welthunger setzen.

Oder was meinst du?

Dick meint, er geht noch schnell frühstücken, bevor es Mittagessen gibt.

Da haben wir's, sagt Vater. Gegessen wird immer.

39

Am Montag liegt eine schwarze Bibel auf dem Hellraumprojektor. Die Kursleiterin zündet eine Kerze an und bittet Dick, nach vorn zu kommen. Heute beginnt der richtige Kurs, sagt sie, und der beginnt mit einem Eid, dem Vreneli-Eid. Dick muss die rechte Hand auf die Bibel legen und ihr nachsprechen:

Hiermit schwöre ich zu schweigen. Zu schweigen über den Vreneli-Kurs und zu schweigen über den Vreneli-Code. Amen.

Das Mütterchen guckt ihm streng in die Augen und er versucht, nicht zu lachen. Dann wird die Bibel durch ein *Heidi*-Buch ersetzt, auf dem Dick noch einen zweiten Schwur leisten muss, nämlich, die Schätze der Schweiz nicht ans Ausland zu verkaufen. Dieser zweite Eid ist neu und wurde nötig, nachdem ein Bankmitarbeiter Kundendaten an Amerika verraten hat.

So ein Halunke, schimpft das Mütterchen und macht einen bitteren Mund, als wolle sie ausspucken. Dick verspricht, kein Halunke zu werden. Er mag die Schweiz und hat nicht vor, ihr zu schaden. Sicherheitshalber stellt er dem Eid noch sein Ehrenwort zur Seite, indem er sagt, Ehrenwort, ich schwöre.

Die Kursleiterin bläst die Kerze aus und Dick darf an seinen Platz zurückkehren. Er ist froh, dass der Schreibdrill überstanden ist und es endlich losgeht.

Die Kursleiterin öffnet einen versiegelten Umschlag und holt eine Klarsichtfolie heraus. Sie legt sie vorsichtig auf den Projektor. Bevor sie ihn einschaltet, fragt sie, ob Dick weiß, was im Zentrum einer Vermögensverwaltung steht.

Geld, sagt er.

Nein, sagt sie, Kunden. Ohne Kunden kein Geld. Bei der Schweizerischen Bankanstalt unterscheidet man zwei Sorten von Kunden: normale Kunden und unsichtbare Kunden. Die normalen Kunden bekommen Kontoauszüge, die unsichtbaren nicht. Die normalen Kunden haben Namen, die unsichtbaren nicht.

Denn, sagt sie und erhebt den Mahnfinger: Die unsichtbaren Kunden existieren gar nicht. Haben Sie das verstanden?

Ich denke schon.

Gut.

Sie legt den Finger auf den Ein-Aus-Schalter und sagt, was er nun zu sehen bekommt, wird sein Leben verändern. Er wird ein neuer Mensch werden dank neuem Wissen und neuer Verantwortung. Ist er bereit?

Ja, bin ich.

Wer bist du denn?

Na, Dick Meier.

Wie bist du hierhergekommen?

Na, wie immer, durch …

Die Kursleiterin spricht nicht mit ihm, sondern mit einem kleinen Jungen, der sich in den Keller verirrt hat. Der Junge sagt, er will nicht hier sein, und die Kursleiterin sagt, er darf auch nicht hier sein. Der Kleine beginnt zu weinen und die Kursleiterin schüttelt verärgert den Kopf. Sie schiebt die Folie in den Umschlag zurück und sagt, Dick hat zehn Minuten Pause, sie muss zuerst dieses Kind nach oben schaffen. So etwas ist in den letzten dreißig Jahren noch nie vorgekommen, unglaublich, so was.

Dick will einen Kebab essen, aber der Stand neben dem Schulhaus hat noch zu, es ist erst zehn. Beim Anblick der Fotos mit den verschiedenen Speisen muss er an den Nahrungsmittelfonds denken. Er ruft die Zentrale an und lässt sich mit Frau Koch verbinden. Ihre Stimme ist immer noch ein wenig heiser und er sagt, er möchte von diesem Nahrungsmittelfonds kaufen, geht das?

Welcher?

Von dem Sie beim Apéro erzählt haben.

Wie viel?

Für 3000.

Mindestens zehn.

So viel hab ich nicht.

Schon klar, sagt sie und er bereut, dass er angerufen hat. Sie wird es Leonhard erzählen und der wird ihn nicht mehr cool finden. Er versucht sich herauszureden, indem er sagt, er ist im Moment nicht flüssig wegen anderer Investitionen, und Frau Koch sagt, als Mitarbeiter kann er sein Konto um drei Monatslöhne überziehen, zinsfrei.

Ich will keine Schulden machen, sagt er und sie sagt wieder:

Schon klar.

Mann, denkt er, ich verspiel hier gerade mein ganzes Image, ich Jammerlappen. Er sieht seinen Vater vor sich, wie er mit erdigen Hosenbeinen zwei Fünfzigernoten in der Hand hält. Da sagt er:

24 000.

Sicher?

Sure.

Auf dem Weg ins Schulhaus ballt er die Faust. Yes, ich bin zurück! Welcher Jungbanker wirft schon so cool 24 000 Franken auf den Markt? Mit zitternden Knien steigt er in den Keller hinab, setzt sich in die Schulbank und hört sein Herz in den Ohren klopfen. Es schlägt einen festen Takt. Er fühlt sich schon jetzt wie ein neuer Mensch, noch bevor er Vreneli gesehen hat.

Die Kursleiterin holt die Folie aus dem Umschlag und legt sie auf. Sie schaltet den Projektor ein und Dick wird schlagartig klar, dass Remo vielleicht doch nicht so verrückt ist, wie er dachte.

40

Beim Abendessen fragt Mutter, wann Dick das Geld nach Hause bringt, damit sie es ins Haushaltsportemonnaie tun kann. Vater sagt, von Dicks Geld kommt nicht alles ins Haushaltsportemonnaie.

Nicht? Wieso nicht?

Wozu brauchst du überhaupt mehr Geld?

Wenn Mitte Monat immer alles aufgebraucht ist.

Dann musst du halt besser haushalten.

Aber wenn Dick immer so viel isst.

Dann willst du das Geld also in Esswaren investieren?

Ja, genau.

Gut. Das hat Dick nämlich bereits für dich erledigt. Nicht wahr, Dick?

Dick nickt und stopft sich eine Süßkartoffel in den Mund.

Was soll das heißen?, fragt Mutter.

Vater geht aus der Küche und kommt mit den zwei Fünfzigernoten zurück. Er legt sie Mutter neben den Teller und sagt, nun ist hoffentlich Ruhe. Aber Dick muss doch viel mehr abliefern, sagt sie, warum gibt's dann nur so wenig fürs Haushaltsportemonnaie? Eben, weil Dick schon Esswaren gekauft hat. Was für Esswaren denn? Nahrungsmittelfonds.

Nun wird Mutter böse. Was sind sie bloß für herzlose Menschen? Wie können sie mit Essen spielen, während in ihrer Nähe ein Familienmitglied verhungert? Ha, jetzt hat sie sich verraten, jubelt Vater, sie wollte das Geld Amy geben. Wieso braucht Amy Geld? Hat sie Probleme?

Mutter sagt, sie hat es so satt. Sie steht auf und wirft ihren Teller in die Spüle, sodass er zersplittert. Vater springt vom Stuhl auf und Mutter will auch noch seinen Teller nehmen, aber da beginnt im Wohnzimmer das Telefon zu klingeln. Für gewöhnlich ruft nie jemand zur Essenszeit an. Da muss was passiert sein, sagt sie und hastet ins Wohnzimmer. Kurz darauf kehrt sie zurück und sagt, es ist nur Fräulein Bodmer.

Was will sie?

Keine Ahnung, sie heult.

Auch das noch.

Vater geht zum Telefon. Nachher erzählt er, Fräulein Bodmer hat ein falsches Paket aufgerissen. Sie hat es für eine Lieferung Duftkerzen gehalten, dabei war es ein Paket für den Postschalter, der heute aufgegangen ist.

Schon am ersten Tag das Postgeheimnis verletzt!, schimpft er und zieht Schuhe und Mantel an. Er muss nach Uitikon, um nach dem Rechten zu sehen. Wie er das hasst, in der Dämmerung durch den Wald zu fahren. Herrn Welti ist mal ein junges Reh auf die Motorhaube gesprungen.

Mutter liest die Scherben in der Spüle zusammen. Sie sagt, wenn das blöde Fräulein Bodmer einen Blödsinn macht, rast Paps sofort zu ihr, aber wenn seine Tochter mal Hilfe braucht, hat er nur Spott und Hohn übrig. Dick fragt, was mit Amy los ist, und Mutter sagt, das geht ihn einen feuchten Kehricht an. Wieso musste er mit Paps zusammenspannen?

Immer sind alle gegen Amy, sagt sie.

Und du nimmst sie immer in Schutz, denkt Dick. Das war schon als Kind so und er hat das immer als ungerecht empfunden. Während er für das geliebt wurde, was er machte – gute Noten etc. –, wurde Amy für das geliebt, was sie war: ein rebellisches Mädchen, das sich nichts sagen ließ, auch von Mutter nicht. Ab morgen werde ich auch rebellisch sein, nimmt sich Dick vor. Morgen ist Wohnungsübergabe und anschließend wird gepackt und dann tschüss Reihenhäuschen.

Wohin gehst du?, fragt Mutter.

Wieso?

Du hast tschüss gesagt.

41

Im Kurs muss Dick eine Geheimschrift lernen. Die Kursleiterin nennt es stolz den Vreneli-Code. Dank diesem Code wird die Bankanstalt überleben, auch wenn das Bankgeheimnis dereinst ganz abgeschafft werden sollte.

Wir sind doch aufgekauft worden, sagt Dick.

Trotzdem wird es uns ewig geben, sagt die Kursleiterin, wenn auch unter anderem Namen.

Dick muss sich zahlreiche Symbole einprägen, die den Hieroglyphen auf Remos Notizblättern erschreckend ähnlich sehen. Es gibt Zeichen für Zahlen, Wörter und ganze Sätze. Der Vreneli-Code bringt nicht nur Kunden zum Verschwinden, sagt die Kursleiterin, er lässt einen auch schneller schreiben, viel schneller. Sie will es vorführen und sagt, Dick soll ihr einen Satz diktieren.

Was für einen Satz?

Was Ihnen gerade einfällt.

Mir fällt nichts ein.

So machen Sie doch.

Mir tut die Hand wieder weh.

Die Kursleiterin zaubert zwei Zeichen auf den Hellraumprojektor und sagt, gesehen? Schneller als Stenografie.

Ein guter Geheimdienst hat das doch in fünf Minuten geknackt, sagt Dick.

Die Kursleiterin stellt den Projektor ab. Sie atmet tief ein, sodass die geröteten Nasenflügel zittern, und sagt, jetzt soll er mal gut zuhören. Erstens kämpfen sie hier nicht gegen Geheimdienste, sondern gegen ausländische Steuerbehörden. Und zweitens hat sich Vreneli seit dreißig Jahren bewährt.

Aber einmal wurde es überlistet, sagt Dick.

Das ist leider wahr, aber da hat es den Schwur auf das *Heidi*-Buch noch nicht gegeben.

Weiß man, wer es war?

Nein. Es könnte jeder gewesen sein.

Auch Herr Leonhard?

Frank? Ausgeschlossen.

Was ist mit Remo?

Welcher Remo?

Remo Bachmann.

Ach, Herr Bachmann, sagt sie, der beste Schüler, den ich je hatte.

Und was ist mit mir?, sagt Dick.

Sie? Sie sind nicht besonders gut.

Aber könnte ich nicht auch der Verräter sein?

Wie denn, das passierte doch vor Ihrer Zeit. Außerdem wurden Sie überprüft.

Überprüft?

Natürlich.

Sie schaltet den Projektor wieder ein und legt eine neue Folie auf.

In der Mittagspause fährt Dick in die Brauerstraße zur Wohnungsübergabe. Die Verwalterin der Schaeppi Grundstücke empfängt ihn mit einem fröhlichen Strahlen. Sie ist noch kleiner und pummeliger als bei der Wohnungsbesichtigung und Dick denkt, sie könnte glatt die Schwester des Vizedirektors sein. Ihr Gesicht wird plötzlich ernst und sie sagt, er darf jetzt bitte nicht erschrecken. Sie führt ihn ins hintere Zimmer. Er rechnet damit, dass dort der Vizedirektor steht, den Kopf schüttelt und sagt,

Brauerstraße, wie können Sie nur, aber da steht bloß der alte Zahnarztstuhl. Den hat der Vormieter dagelassen, sagt die Verwalterin, ein polnischer Zahnarzt, der hier vermutlich schwarz Zähne gezogen hat. Sie rüttelt an dem schweren Ungetüm, aber es bewegt sich nicht, es ist fest im Boden verschraubt.

Was machen wir damit?, fragt sie und schaut Dick herausfordernd an, sodass er das Gefühl hat, in einer Prüfung zu sein. Vielleicht ist sie wirklich die Schwester des Vizedirektors und man will testen, wie er in einer außergewöhnlichen Situation reagiert. Er sagt:

Wir verkaufen ihn.

Sehr gut. Könnten Sie das übernehmen?

Klar.

Das Geld, das er dafür bekommt, darf er behalten, sagt sie und dann sagt sie, iiih, da, was ist das? Hinter dem Stuhl liegt eine alte Männerunterhose. Wie eklig, sagt sie und verspricht, eine Putzmannschaft aufzubieten, damit alles schön sauber ist, wenn hier endlich mal ein anständiger Mensch einzieht. Wo arbeitet er schon wieder, bei der Post? Ha, ha, als ob Sie das nicht wüssten, denkt Dick und sagt, Bankanstalt. Sie fragt, was jetzt mit der Alten Jungfer passiert, und er sagt, sie verliert ihre Unschuld. Sie lacht herzhaft und er hört sie zu ihrem Bruder sagen: Du, der ist witzig, dein junger Kadermann.

Sie händigt ihm die Wohnungsschlüssel aus und bittet ihn, erst am Abend abzuschließen, damit die Putzleute noch reinkönnen. Dann wünscht sie ihm eine gute Zeit und sagt, er soll vorsichtig sein, es ist eine dunkle Ecke hier, besonders nachts. Und dann sagt sie noch, grüßen Sie meinen Bruder bei der Bank, aber das sagt sie nicht wirklich, sondern nur in Dicks Kopf.

Am Nachmittag lernt er weitere Zeichen kennen. Die Kursleiterin legt eine Folie nach der anderen auf und das graue Wolljäckchen verbreitet einen säuerlichen Geruch im Keller, als sei es dreißig Jahre nicht gewaschen worden. Dick hebt die Hand:

Darf ich Sie etwas fragen?

Fragen Sie.

Wie wurde ich überprüft?

Die Kursleiterin stellt den Hellraumprojektor ab und sagt, von seiner Handschrift wurde ein grafologisches Gutachten erstellt. Man hat seine Persönlichkeit analysiert und seinen Charakter entschlüsselt.

Wie einen Code?

Wenn Sie so wollen.

Darf ich das Gutachten sehen?

Nein.

Wurde Herr Bachmann auch entschlüsselt?

Natürlich.

Wieso ist er Ihr Lieblingsschüler gewesen?

Er stellte nicht so viele Fragen.

Sie schaltet den Projektor wieder ein und Dick denkt, wenn sie wirklich Leonhards Mutter ist, dann ist klar, wieso er so fies zu Remo ist. Aus Eifersucht. Dick muss dafür sorgen, dass er nicht auch zu ihrem Liebling wird. Er streckt nochmals auf, um sie mit einer weiteren Frage zu nerven. Ob sie ihm sagen kann, was der Grafologe über ihn herausgefunden hat.

Dass sie kein böser Mensch sind, sagt sie.

42

Am Feierabend kauft Dick eine Matratze. Er versucht sie ins volle Tram zu zwängen, aber niemand rückt zur Seite, weshalb er sie auf dem Kopf balancierend durch die Stadt trägt. Unterwegs legt er eine Verschnaufpause ein und telefoniert mit Vater. Er sagt, der Kurs dauert länger, sie sollen ohne ihn essen. Vater will wissen, wie es ihrem Nahrungsmittelfonds geht, in der Zeitung hat er gelesen, Argentinien rechnet mit Ernteausfällen.

Das ist doch gut für uns, oder?

Als Dick die Matratze durch die Wohnungstür schiebt, weht ihm der frische Duft von Zitronen entgegen. Die Putzleute sind also da gewesen. Nein, sie sind noch hier, er hört ein Klatschen aus dem hinteren Zimmer. Er stellt die Matratze an die Wand und geht nachschauen. Die Tür ist angelehnt, er stößt sie auf und blickt in den runzligen Hintern eines alten Mannes. Der alte Mann kniet ohne Hose und Unterhose verkehrt rum auf dem Zahnarztstuhl, während Cornelle sein käsiges Gesäß mit einem Teppichklopfer zum Wabbeln bringt.

Jesses, wie peinlich!, lacht sie, als sie Dick sieht.

Was ist?, keucht der alte Mann, was ist?

Er versucht sich umzudrehen, aber das geht nicht, da er mit Klettverschlussbändern an der Rücken- und an den Armlehnen festgemacht ist.

Keine Panik, sagt Cornelle, das ist nur Dick, der darf hier sein. Wie geht's denn immer, Dickiemann?

Ich will runter, sagt der alte Mann.

Das ist Rolf, sagt Cornelle zu Dick. Möchtest du auch mal?

Sie hält ihm den Teppichklopfer hin, aber Dick möchte nicht, er möchte, dass sie seine Wohnung verlassen.

Ah, so ein Spielverderber, sagt Cornelle.

Ich will runter, sagt Rolf.

Bist du sicher, Rolfimann?

Ich will runter.

Cornelle bindet ihn los und hilft ihm vom Stuhl. Er ist ein ruhiger, birnenförmiger Opa mit zerzaustem Haarkranz. Er sammelt Hose und Schuhe ein und schleicht mit eingezogenem Gesicht aus dem Zimmer. Cornelle fragt, wann Dick einzieht und was mit dem Stuhl ist, hat er sich den etwa aufschwatzen lassen?

Kannst du ihn bitte sauber machen?, sagt Dick.

Da ist doch noch gar nichts passiert, sagt Cornelle.

Mach ihn bitte sauber.

Cornelle holt ein paar Feuchttücher aus der Handtasche und wischt über das Sitzpolster. Dann hängt sie die Tasche um und stöckelt ohne sich den Kopf anzuschlagen aus Zimmer und Wohnung. Rolf ist auch weg.

Dick sperrt alle Fenster auf und lüftet. Er legt die Matratze im vorderen Zimmer auf den Boden und probiert sie aus. Dann geht er einkaufen, Schokolade, Chips und Karamellbonbons, und macht auf der Matratze ein Picknick. Er knipst ein Foto vom Zahnarztstuhl und stellt es auf eBay. Dazu schreibt er *echt antik* und gibt als Mindestpreis 200 Franken an.

Hinter dem Stuhl liegt schon wieder eine alte Männerunterhose. Er schaufelt sie mit dem Teppichklopfer vom Boden und wirft sie in hohem Bogen aus dem Fenster. Den Teppichklopfer und die Klettverschlussbänder will er gleich hinterherwerfen, aber jemand hat die Unterhose auf den Kopf gekriegt und schaut nach oben. Dick lässt den Rollladen runter. Er muss auf die Toilette. Das Bad ist abgeschlossen, er rüttelt an der Klinke und hinter der Tür hebt ein zittriges Stimmchen an und jammert:

Da ist kein Papier.

Rolf!

43

Nach drei intensiven Wochen mit vielen Übungen und Hausaufgaben sagt die Kursleiterin, Dick braucht nächste Woche nicht mehr zu kommen. Er beherrscht den Vreneli-Code einigermaßen, außerdem wird er dringend am Paradeplatz benötigt.

Ist was mit Herrn Bachmann?, fragt er.

Die Kursleiterin zuckt mit den Schultern und sagt nur, er hatte so eine schöne Schrift.

Dick holt zwei Cremeschnitten aus einer Bäckerei und die Kursleiterin isst eine halbe mit ihm zum Abschied.

Am Montag ist er froh, nicht mehr in den feuchten Keller zu müssen. Dafür fürchtet er sich vor einem Wiedersehen mit Remo. Aber vielleicht hat sich ja alles zum Guten gewendet. Die Personalfrau hat ihm eine schöne Perspektive aufgezeigt und es sprießen wieder Haare auf seinem Kopf. Positiv denken, sagt sich Dick und als er das Büro betritt, ist er positiv überrascht, denn Remo ist weg und sein Schreibtisch bis auf eine leere Schachtel Mentholzigaretten geräumt. Offenbar wurde er freigestellt. Oder hat er sich etwas angetan? Dick sucht den Teppich nach Blutspuren ab. Dann ruft er die Personalfrau an und sie fängt gleich an zu schimpfen, sagt, Dick hätte nicht so viele Anteile vom Nahrungsmittelfonds zeichnen dürfen, noch verdient er nicht den großen Lohn. Aber bald, sagt er. Trotzdem, sie musste beide Augen zudrücken, um das Überziehungslimit seines Kontos anzupassen. Außerdem ist da noch der Vorschuss, den er für die Mietkaution beanspruchte.

Wo ist Bachmann?

Sie legt auf.

Er loggt sich in den Computer ein und studiert seine Finanzen. Das Konto ist saftig im Minus, dafür besitzt er jetzt ein Wertschriftendepot. Der Fonds ist sogar ein bisschen gestiegen. Aber wieso ist es ein Rohstoff- und kein Nahrungsmittelfonds? Hat ihn Frau Koch falsch verstanden? Er ruft sie an und sie sagt, Nahrungsmittel werden als Rohstoffe verbucht, damit die Leute weniger Hemmungen haben, mit Essen zu spekulieren.

Sie wissen nicht gerade viel übers Anlagegeschäft, was?

Dafür kann ich den Vreneli-Code.

Dürfen Sie das am Telefon sagen?

Wo steckt Herr Bachmann?

Sie legt auf.

An Remos Telefon blinkt ein roter Knopf. Die Rufumleitung ist eingeschaltet. Dick wählt Remos Nummer und irgendwo im Haus nimmt er ab. An der geschäftigen Art, wie er rangeht, erkennt Dick, dass er keine Ahnung von seiner bevorstehenden Entlassung hat.

Hey, du bist zurück. Komm rauf!

Dick findet ihn im Büro neben dem Sitzungszimmer, wo der Apéro stattgefunden hat. Es ist ein großes Einzelbüro mit schwarzen Ledersesseln. Remo sitzt hinter einem schweren Schreibtisch und schwitzt. Er hat zugenommen. Er trägt den braunen Anzug und ein neongelbes Hemd. Sein Kopf ist jetzt zur Hälfte Glatze. Er deutet auf einen Ledersessel und Dick nimmt Platz. Remo sagt, das ist das Büro des Vizedirektors. Der musste mit einer Schweizer Delegation zu einem Workshop nach Amerika und Frau Koch hatte die Idee, Remo soll sich doch hier schon mal ein bisschen akklimatisieren. Die F5 schauen regelmäßig vorbei und erkundigen sich, wie er sich fühlt. Er fühlt sich großartig.

Möchtest du einen Kaffee? Ich lass uns zwei Tässchen bringen.

Er telefoniert herum, aber niemand scheint zu wissen, wer für so etwas zuständig ist. Muss ja nicht sein, sagt Dick, aber Remo will unbedingt mit ihm Kaffee aus Porzellantässchen trinken. Er lässt sich sogar mit dem Sekretariat der Generaldirektion verbinden und während er wartet, geht die Bürotür auf und Herr Leonhard und ein alter, kräftiger Wachmann treten ein.

Kommt ihr wegen des Kaffees?, fragt Remo und legt auf. Für mich schwarz und ohne Zucker und für meinen Freund hier – möchtest du einen Cappuccino, Dick?

Dick steht auf. Der Wachmann atmet tief in seinen Brustkasten hinein. Er riecht nach Holz. Leonhard sieht müde aus, Gesicht und Lippen sind weiß. Er schüttelt Dick die Hand und sagt, na, ready for take-off?

Und wie Dick ready ist, sagt Remo und steht ebenfalls auf. Er steckt beide Hände in die Hosentaschen und strahlt erwartungsvoll in die Runde. Leonhard sagt zu ihm, dann kann er jetzt gehen.

Sie meinen, wieder nach unten?

Nein, ich meine ganz.

Ganz?

Leonhard lässt die Verwirrung ein paar Sekunden wirken, ehe er sagt, die Amerikaner wollen, dass Köpfe rollen. Da seiner mit der Platte besonders gut rollt, trifft es ihn als Ersten. Remo versucht zu lachen. Er blinzelt zu Dick und wartet darauf, dass dieser den Scherz auflöst, aber Dick kann nichts auflösen, er kann nur zum Wachmann schauen, der ein Gesicht macht, als hole er gleich den Teppichklopfer hervor. Leonhard sagt, es gibt noch einen anderen Weg. Dass Bachmann selber kündigt. So würde ihm die Schmach eines Rauswurfes erspart bleiben und er könnte hier erhobener Glatze hinausmarschieren. Es ist alles vorbereitet. Er braucht nur zu unterschreiben.

Leonhard legt ihm ein Sichtmäppchen mit einem Brief auf den Schreibtisch. Der Wachmann zieht eine schwarze Plastiktüte aus der Uniformtasche. Remo lässt sich langsam auf den Stuhl sinken, während der Wachmann die Tüte vor seinem Gesicht aufschüttelt, was aussieht, als fächle er ihm Luft zu. Remo soll seine persönlichen Gegenstände da reintun, Kaffeetasse, Fotos und so weiter. Leonhard sagt zum Wachmann, er soll ihn zuerst in Ruhe unterschreiben lassen. Zu Bachmann sagt er, er soll sich einen Ruck geben. Nachher ist er frei und kann tun und lassen, was er will. Er kann wie der echte Vizedirektor nach Amerika fliegen, auf die Freiheitsstute klettern und sich den Wind durch die restlichen Haare wehen lassen.

Leonhard hat Farbe im Gesicht bekommen, lächelt rosa, während Remo im Stuhl versinkt. Wenn er nicht spurt, können sie auch anders, sagt Leonhard. Dann hängen sie ihm einen Fristlosen an, ein Kinderspiel mit dem Verweis, den er letzten Monat gekriegt hat.

Machen Sie mal vorwärts, sagt der Wachmann und raschelt ungeduldig mit der Tüte.

Remo tastet wie in Trance nach einem Stift. Tu es nicht, denkt Dick. Lass dich nicht so herumschubsen. Steh auf und wehr dich. Wenn du jetzt klein beigibst, müssen sie dir nicht einmal die Kündigungsfrist zahlen. Also unterschreib nicht, hörst du, tu es nicht, tu es nicht, tu es nicht.

Was sagen Sie?, dreht Leonhard den Kopf zu Dick und der Wachmann sagt zu Remo, falls er noch Kaffeejetons hat, werden die ihm ersetzt und nun soll er alle persönlichen Gegenstände in die Tüte tun, *Vorwärts, marsch!*, brüllt er plötzlich los, sodass Leonhard zusammenzuckt und den Wachmann anherrscht, er soll hier nicht den Dirty Harry spielen, nur weil er eine große Taschenlampe hat, und Dick sagt zu Leonhard:

Ich möchte keine Frau.

Hä?

Sie haben gesagt, ich kann mir eine Assistentin aussuchen, aber ich möchte lieber einen Mann.

Wie Sie wollen. Das besprechen wir später.

Ich brauch ihn aber sofort.

In Ordnung. Dann briefen wir nachher die Personaltante, damit sie ein paar Blödmänner aufbietet und …

Ich will Bachmann.

Hä?

Bachmann ist mein Mann.

Hat es Ihnen ins Hirn geschissen?

Er ist der Beste.

Kommen Sie mal mit!

Leonhard stößt Dick ins Sitzungszimmer nebenan. Er baut sich mit verschränkten Armen vor ihm auf und schnauft ihm ins Gesicht.

Was soll das?

Dick klopft das Herz bis zum Hals. Leonhard stopft sich eine Muratti zwischen die Lippen und zieht den Ärger tief in die Lunge. Dann beginnt sein Mund zu zittern und Dick glaubt, er fängt vor Enttäuschung an zu weinen wie Mutter, als sie erfuhr, dass er das Studium abgebrochen hat, aber Leonhard muss nur niesen.

Gesundheit.

Ach, hören Sie doch auf!

Am Ende bringt sich Remo noch um, murmelt Dick.

Ach, veranstaltet er deshalb diesen Zirkus? Damit sich der andere nicht aus dem Fenster schmeißt? Soll er doch! Dann können sie es den Amis anhängen, seht her, euer Druck-erzeugt-Qualität-Scheiß funktioniert bei uns nicht, ihr tötet unsere besten Leute!

Die Tür geht auf und ein Mann mit Laptop unter dem Arm kommt herein. Muss Leonhard hier rauchen?, fragt er. Leonhard deutet auf Dick und sagt, Meier probt schon an seinem ersten Tag als Chef Backoffice den Aufstand.

Das ist Meier?

Der andere mustert Dick mit leerem Gesicht. Leonhard sagt, Meier will Bachmann behalten, als Assistenten, ist das zu fassen? Vielleicht nicht die dümmste Idee, meint der andere. Er erinnert Leonhard an den Einstellungsstopp. Bachmann soll Systemarbeit verrichten, bis sie wieder frisches Material reinbekommen.

Bachmann stinkt, sagt Leonhard.

Deine Zigarette auch.

Leonhard drückt sie aus und der andere streckt Dick die Hand hin und sagt:

Steiner.

Dick kennt den Namen. Steiner belegt Rang drei in der Abteilungsstatistik. Steiner sagt, sie sollen jetzt gehen, er hat einen Skype.

Als Dick und Leonhard ins Büro des Vizedirektors zurückkehren, liegt Remo auf dem Boden und der Wachmann kauert auf seinem Rücken und drückt ihm das Knie ins Kreuz.

Der Sauhund wollte sich Drogen spritzen.

Er hat Diabetes, sagt Dick.

Auch das noch!

Unten im Büro tauschen sie die Plätze. Als Chef darf Dick mit dem Gesicht zur Tür sitzen. Remo starrt aus dem Fenster. Dick prüft, ob man es verriegeln kann. Nein. Am besten lässt er Remo nicht aus den Augen.

44

Zu Hause schneidet Mutter warmen Schinken und schöpft Reis. Vater stellt das Radio an und der Nachrichtensprecher sagt, die Schweizerische Bankanstalt ist Geschichte, sie wird zur Swiss American Bank. Mutter findet das schade. Mit der Bankanstalt geht ein schöner Teil ihrer Vergangenheit verloren.

Aber Honey, sagt Vater, das ist doch von Dick.

Was?

Swiss American Bank. Hat unser Sohn erfunden, hat er doch erzählt.

Oh, stimmt, sagt Mutter. Wie viel bekommst du dafür?

Einen Franken, sagt Dick.

So wenig?

Für jedes Mal, wenn der Name in den Medien auftaucht.

Mutter tätschelt seine Hand und Vater zählt mit, wie oft der Sprecher Swiss American Bank sagt. Nach den Nachrichten ist Dick sieben Franken reicher. Vater holt die Haushaltsbroschüre und den Taschenrechner aus dem Wohnzimmer und stellt ein paar Berechnungen an.

Wer kontrolliert eigentlich, wie oft der Name genannt wird?

Das war ein Scherz, Dad.

Swiss American Bank ist nicht von dir?

Schon, aber ich verdiene nichts daran, es gehörte zu meinem Job.

Vater klappt die Broschüre zu und Mutter lässt Dicks Hand los. Dick sagt:

Ich habe eine Wohnung. Ich habe sie in den letzten Wochen, in denen ich später nach Hause gekommen bin, eingerichtet. Nun ist sie fertig und ich ziehe hier aus und dort ein. Ich weiß, dass ihr dann auch aus dem Reihenhäuschen müsst, aber da kann ich nichts dafür, ich habe die Statuten nicht gemacht. Ich hoffe, ihr freut euch für mich. Ich kann es kaum erwarten.

Die Eltern reagieren nicht. Er hat es nicht laut gesagt und auch nicht laut gedacht. Aber es stimmt, die Brauerstraße ist bereit, sogar der Kühlschrank ist aufgefüllt und im Bad hängt ein Waschlappen. Fehlt nur noch der richtige Zeitpunkt, um es den Eltern zu sagen. Doch den gibt es nicht. Also kann er es genauso gut heute Abend verkünden, jetzt gleich. Er atmet tief ein und Mutter sagt:

Das Haushaltsportemonnaie ist leer.

Geht das wieder los, sagt Vater und schlägt die Zeitung auf.

Mutter sagt, es ist nicht ihre Schuld, und zählt auf, was alles ausgegangen ist, bis Vater sagt, es reicht. Ihr reicht es schon lange, sagt sie, holt ein Taschentuch hervor und schnäuzt laut hinein. Null Unterstützung hat sie in diesem Haus, immer muss sie alleine gegen zwei Männer kämpfen. Wenn Amy noch hier wäre, könnte man nicht so mit ihr umspringen.

Dann hol sie doch zurück, sagt Vater.

Gute Idee, sagt Dick. Damit wäre uns allen geholfen.

Inwiefern wäre dir damit geholfen?, sagt Vater.

Mutter würde nicht mehr weinen, sagt Dick.

Jetzt darf man nicht mal mehr weinen?, sagt Mutter.

Doch, sagt Dick, aber wenn Amy wieder hier wohnen würde, könntet ihr zusammen weinen.

Toll. Macht euch nur über mich lustig.

Mutter steht auf und verlässt die Küche. Das war jetzt blöd von Dick, unsensibel. Mutter darf schon etwas mehr Unterstützung von ihren Kindern erwarten, sagt Vater.

Dick stellt das Geschirr zusammen.

Als die Eltern schlafen, steigt er in den Keller und holt Amys Briefe aus Vaters *NZZ*-Archiv. Ihre Adresse steht gleich auf der ersten Seite, die er liest. Sie schreibt, Mutter darf sie nicht besuchen, auf keinen Fall. Sie soll Geld schicken und Kaffee. Sie soll sich von ihrem Mann befreien. Sie soll ausbrechen und leben. Der Text klingt wie die Parole einer untergetauchten Terroristin.

Dick schiebt die Briefe in den Stapel zurück. Vom obersten Artikel grinst ihn Donald Trump an. Vorsprung ausgebaut, lautet die Überschrift.

45

Remo trägt keinen Anzug mehr, dafür hängt ihm das Hemd wieder aus der Hose. Außerdem hat er sich einen Kahlkopf rasiert, was nicht schön aussieht. Er sieht dick aus. Er spricht den ganzen Morgen kein Wort und gibt ein dunkles Brummen von sich. Am Nachmittag zieht er das Hemd aus und sitzt mit nacktem Kopf und Oberkörper da. Das gibt ihm ein Gefühl von Freiheit, sagt er.

Kannst du dich bitte wieder anziehen?, sagt Dick.

Remo gehorcht und das gibt Dick ein Gefühl von Macht.

Kannst du mir einen Kaffee holen?

Kannst du die Abteilungsstatistik machen?

Kannst du mit dem Brummen aufhören?

Remo macht alles, was er sagt, und um vier Uhr sagt Dick: Ich muss früher gehen. Kannst du übernehmen?

Was übernehmen?

Die Büroleitung.

Amy wohnt am Zürichberg. In einer alten Villa mit zerschmettertem Brunnen im Garten. Über dem Eingang flattert ein Transparent:

BESETZEN STATT BESITZEN.

Drinnen steigt Dick über Matratzen, schlafende Hunde und Berge von Kleidern. Er findet Amy in der Küche, wo sie mit ein paar Leuten am Tisch sitzt und Tee trinkt. Sie hat einen Stiefel neben ihrer Tasse stehen.

Woher willst du wissen, dass es ein Kerl war?, sagt ein Mann mit Ziegenbart.

Genau, es könnte auch ein Hund gewesen sein, sagt ein Mann mit Hut.

Ein Hund, genau, sagt Amy. Ein Schweinehund.

Neben ihr sitzt eine grauhaarige Mutter mit einem Baby im Arm.

Hallo, Amy, sagt Dick.

Hey, was machst denn du hier?, sagt Amy.

Vielleicht ist das der Gesuchte, sagt der Ziegenbart. Hast du Amy in den Stiefel gewixt?

Das ist mein Bruder, du Idiot. Was willst du hier?

Können wir reden?

Woher hast du die Adresse? Von Mutter?

Es geht ihr nicht gut.

Ist sie krank?

Können wir unter vier Augen?

Sag schon. Sind alles Freunde.

Dick sagt, Mutter isst nichts mehr, seit Amy weg ist. Und Vater hat ihr das Haushaltsgeld gekürzt, weil sie weniger einkaufen muss, da sie ja nichts mehr isst. Das Baby beginnt zu heulen. Die grauhaarige Mutter wiegt und küsst es, aber es lässt sich nicht beruhigen. Dick weiß, es schreit seinetwegen. Weil er versucht, Amy ein schlechtes Gewissen einzureden. Das Baby wird immer lauter. Dick hat noch nie ein so lautes und hässliches Baby gesehen.

Stimmt das mit Ma?, fragt Amy.

Ja.

Ehrenwort?

Dick weicht aus, indem er sagt:

Tausend Franken.

Was?

Wenn du zurückkommst.

Ei, der denkt, Amy ist käuflich, sagt der Ziegenbart.

Warum soll ich zurückkommen?, sagt Amy.

Na, wegen Ma. Ich mach mir Sorgen.

Ma ist dir nur tausend Franken wert?

Im Monat, sagt Dick. Er will Amy jeden Monat, den sie im Reihenhäuschen aushält, tausend Franken geben.

Ehrenwort?

Ehrenwort.

Amy steht auf und verschwindet. Die grauhaarige Mutter zündet sich eine Zigarette über dem Kopf des Babys an. Es hat aufgehört zu weinen und mustert Dick. Es hat den Mund eines alten Mannes, der nicht mehr will, dass man mit ihm spricht. Der Mund erinnert Dick an den Fellini-Wirt.

Amy kehrt mit einer vollgestopften Ikea-Tasche zurück und sagt, gehen wir. Sie hängt die Tasche über die Schulter und nimmt der Grauhaarigen das Baby aus dem Arm.

Tschüss alle, sagt sie in die Runde.

Dein Stiefel, ruft der Mann mit dem Hut ihr hinterher und sie dreht sich um und sagt, trink Champagner draus, Wixer.

Auf dem Weg zur Tramhaltestelle meint sie, sie wäre sowieso bald ausgezogen, das ist kein Ort, um ein Kind großzuziehen.

Dann ist das dein Baby?

Ja, das ist Wilhelm.

Und der Vater?

Wilhelm braucht keinen Vater.

Sie fahren zum Bellevue. Dick sagt, er kommt später nach Hause, er muss noch arbeiten. Amy soll den Eltern bitte nichts sagen von ihrem Deal. Am besten gar nicht erwähnen, dass sie sich getroffen haben. Mutter soll glauben, Amy kommt ihretwegen zurück.

Komm ich ja auch, sagt sie.

Dick kauft ein Brot und geht in seine Wohnung. Er nimmt Aufschnitt und Essiggurken aus dem Kühlschrank und macht sich ein Sandwich. Der Küchentisch wackelt. Er hat ihn aus dem Secondhandladen, wie auch den Kleiderschrank, der im vorderen Zimmer steht und keine Rückwand hat. Wozu braucht ein Schrank eine Rückwand, wenn er sowieso an der Wand steht? Sobald Dick den großen Lohn hat, spart er zwei, drei Monate und schafft sich dann eine richtige Wohnungseinrichtung an.

Das hintere Zimmer wird immer noch vom Zahnarztstuhl eingenommen. Dick hat ihn auf zwei weiteren Marktplätzen ausgeschrieben sowie auf einer Erotikplattform, nachdem Cornelle und Rolf bewiesen haben, dass er sich auch für Sadomasospiele eignet. Bisher hat sich noch niemand gemeldet.

Er klettert auf das Monstrum und ruft zu Hause an, um Bescheid zu geben, dass es länger dauert im Geschäft. Mutter sprudelt sofort drauflos:

Rate mal, wer nach Hause gekommen ist.

Amy?

Woher weißt du das?

Ich höre sie mit Vater streiten.

Ist das nicht herrlich?

Da brüllt noch was anderes – ein Baby?

Ja! So ein süßer Wurm!

Mutter sagt, sie hat es gewusst, aber sie durfte nichts sagen. Jetzt muss sie sich nur noch überlegen, wie sie Frau Welti erklären soll, warum das Kind keinen Vater hat. Aber Wilhelm sieht so klug aus, so altklug. Der wird bestimmt mal Professor.

Dick streckt die Beine auf dem Stuhl aus und lauscht dem Geschrei hinter Mutters Stimme. Er fühlt sich wie auf einem Thron. Er trinkt aus einer Cola-Flasche und rülpst zur Decke.

Hörst du mir überhaupt zu?

Ja, Ma. Ist toll.

Nicht wahr?

46

Am nächsten Tag sagt Remo, gestern Abend war noch Action. Was für Action, fragt Dick und Remo sagt, er ist für ihn eingesprungen, aber man war nicht erfreut.

Was redest du da?

Remo holt einen kleinen Rasierapparat aus der Schublade und beginnt sich den Kopf zu schmirgeln. Dick würde gern mehr über den gestrigen Abend erfahren, aber sein Telefon klingelt. Es ist Frau Koch, er soll ins Sitzungszimmer raufkommen.

Frau Koch sieht müde aus. Sie hat dunkelroten Lippenstift aufgetragen. Sie fragt Dick, wieso er gestern Bachmann in die Kammer geschickt hat.

Welche Kammer?

Bachmann darf das nicht mehr tun, sagt sie, er ist nur noch Assistent. Sollte das je wieder vorkommen, gibt es einen Verweis.

Bachmann hat schon einen.

Für Sie!

Ihre Augen funkeln und Dick denkt, wütend ist sie noch hübscher. Aber wohl ist ihm nicht dabei. Die Tür geht auf und Herr Steiner betritt das Sitzungszimmer. Er trägt wieder einen Laptop unter dem Arm. Er sieht noch müder aus als Frau Koch und sie sagt zu ihm:

Er hat Bachmann in die Kammer gelassen.

Ist das wahr?

Er guckt Dick an und Dick spürt die Enttäuschung hinter seinem reglosen Gesicht. Dick fragt, was für eine Kammer denn. Hat ihm Leonhard keine Einweisung gegeben? Nein.

Frau Koch steckt das Zünglein zwischen die Lippen und sagt, Leni hat's gerade nicht so im Griff. Steiner pflichtet ihr bei. Die Umstrukturierung scheint Leni zu überfordern, dabei haben die Amerikaner noch gar nicht richtig losgelegt.

Sie schweigen und schauen Dick an, als erwarten sie von ihm einen Kommentar zu Leni oder den Amerikanern. Er sagt, der ist prima, der Nahrungsmittelfonds, danke für den Tipp, Frau Koch. Die andern sehen ihn unverwandt an und er hat das Gefühl, weiterreden zu müssen, und sagt, wenn er könnte, würde er glatt noch mehr davon kaufen. Kann er doch, sagt Steiner. Er kann sein Depot belehnen und weitere Papiere zeichnen. Nennt sich Lombardkredit.

Er hat nicht viel Ahnung vom Bankwesen, sagt Frau Koch.

Doch, sagt Dick, ich werde das vielleicht sogar tun.

Als er ins Büro zurückkehrt, schimmert Remos Glatze rötlich. Das ganze Zimmer riecht nach Brennnesselwasser.

Was ist das für eine Kammer?

Die Folterkammer, sagt Remo.

Leonhard platzt ins Zimmer und Dick sagt, gut, dass er kommt, er braucht dringend eine Einführung. Nein, er braucht einen Einlauf, sagt Leonhard und klatscht ihm die neue Abteilungsstatistik auf den Tisch. Marianne Koch steht auf Rang eins. Dick schaut zu Remo, dessen Kopf nun leuchtet.

Bringen Sie den Scheiß in Ordnung, Meier. Sofort!

Er verschwindet wieder und Dick sagt zu Remo, er weiß, was er im Schilde führt. Er versucht das Backoffice zu sabotieren, damit Dick rausfliegt und er wieder Chef werden kann. Aber so weit wird es nicht kommen, denn wenn Remo mit seinen Ränkespielen nicht aufhört, wird Dick ihn durch eine Assistentin ersetzen. Eine, die noch hübscher ist als die Schlange Koch.

Schlange?

Sie züngelt.

Ich liebe es, wenn sie das tut.

Kein Grund, die Statistik zu fälschen.

Sie stimmt.

Mach sie nochmals.

Sie stimmt.

Dick macht sie selber und stellt fest, dass Remo die Wahrheit gesagt hat. Frau Koch hat Leonhard tatsächlich geschlagen – um die lächerliche Summe von 24 000 Franken. Das ist genau der Betrag, den Dick bei ihr investiert hat. Er findet das lustig. Weniger lustig findet er, dass er Leonhard mitteilen muss, dass er wirklich nur die Nummer zwei ist. Er sagt es ihm per Mail.

Kurz darauf klingelt das Telefon. Dick soll ins Büro des Vizedirektors kommen.

Der Vizedirektor sieht müde aus. Er hat Ringe unter den Augen und dunkelroten Lippenstift am Ohr. Hinter dem Schreibtisch wirkt er nicht so klein und mopsig wie sonst. Leonhard sitzt in einem schwarzen Ledersessel und hat die Beine vor sich aufgestellt. Er hört dem Vizedirektor zu, der vom Workshop in den USA erzählt:

Sie fragen dich die ganze Zeit, how are you. Aber du darfst nicht darauf antworten, sie können damit nicht umgehen. Ein Generaldirektor sagte, es geht ihm nicht gut. Er hat von dem Stress einen Hörsturz erlitten und war auf einem Ohr taub, aber sie sagten nur, great to hear.

Leonhard nickt grimmig. Die sind gnadenlos da drüben, sagt er. Wenn sie die neue Abteilungsstatistik sehen, denken sie, die Koch ist besser als er. Die werden sich nicht die Mühe machen, frühere Statistiken anzuschauen, sondern einfach Marianne zum Vizedirektor befördern statt ihn.

Das geht nicht, sagt der Vizedirektor und reibt sich am Lippenstiftohr. Können Sie das korrigieren?, fragt er Dick.

Er kann nicht ins System eingreifen, sagt Dick.

Dann soll er Bachmann fragen, sagt Leonhard, der hat das auch schon gemacht, und zwar gegen ihn, der Hinterfotz.

Wieso arbeitet denn Bachmann noch hier?, fragt der Vizedirektor.

Weil Meier darauf bestanden hat, sagt Leonhard.

Es war eine strategische Überlegung, sagt Dick.

Strategisch am Arsch, sagt Leonhard und der Vizedirektor will wissen, was sich Dick dabei gedacht hat.

Bachmann weiß, wie man ins System eingreift, sagt Dick.

Clever, clever, sagt der Vizedirektor und reicht Dick die Hand. Bis wann können wir mit der neuen Statistik rechnen?

Zurück im Büro befiehlt er Remo, die Statistik zu frisieren. Remo weigert sich. Er mag Leonhard nicht helfen, der war immer fies zu ihm.

Die Koch etwa nicht?

Die ist nicht fies, die ist grausam. Das ist schön.

Du bist ein Psycho.

Nicht mehr, ich nehme Pillen.

Wegen Marianne?

Wegen euch allen.

Er musste zum Arzt nach der Geschichte mit dem Wachmann. Der Arzt hat ihm Psychopharmaka verschrieben. Great to hear, sagt Dick und Remo sagt, so great ist das nicht. Von dem Zeug nimmt man zu und aufs Klo kann man auch nicht mehr richtig. Aber lieber dick und verstopft als traurig und verrückt. Dick tut das alles sehr leid. Aber was soll er tun? Er kann ihm nur das stumme Versprechen geben, ihn nicht so mies zu behandeln wie die anderen. Aber die Statistik muss er dennoch für ihn machen, und zwar jetzt gleich.

Die Swiss American Bank ist kein Ponyhof, Remo.

Am Nachmittag zieht sich Remo für eine längere Sitzung auf die Toilette zurück. Währenddessen klingelt Dicks Telefon. Er nimmt ab, aber auf der anderen Seite meldet sich niemand. Er hängt wieder auf. Zwei Minuten später klingelt es erneut, wieder ist keiner dran und Dick denkt, Remo macht Telefonspielchen vom Klo aus. Aber das Display zeigt keine Nummer an, sondern nur einen verunglückten Smiley. Der Psycho kann sogar die Telefonanlage austricksen, denkt Dick.

Frau Koch kommt ins Büro gestöckelt und fragt, ob er taub ist. Hat er das Telefon nicht gehört? Sieht er das Zeichen auf dem Display nicht?

Den Smiley?

Das ist ein Goldvreneli, Sie Hirni. Mitkommen.

Kurz darauf sitzt er in einer fensterlosen Kammer. Sie grenzt an eine Kundenlounge. Was in der Kundenlounge vor sich geht, kann er nicht sehen, nur hören. Er hört Frau Koch mit einem reichen Kunden auf Englisch reden. Dann hebt sie die Stimme und sagt in Richtung Kammer:

Fürs Protokoll.

Ab hier muss Dick mitschreiben. Im Vreneli-Code. Frau Koch nennt den Decknamen des Kunden, eine Verarbeitungsnummer und diktiert zwei Anweisungen. Nachher ist die Sitzung beendet und Frau Koch begleitet den Besuch zum Ausgang. Dick muss in der Kammer warten, bis er rausgelassen wird. Die Tür lässt sich nur von außen öffnen, damit er nicht zu früh rauskommen und das Antlitz des Kunden erblicken kann. Es ist eng und stickig in der Kammer. Es riecht nach Holzleim.

Frau Koch kehrt nicht zurück. Sie lässt ihn schmoren, aus Rache für die falsche Statistik. Ich werde hier drin sterben, sagt Dick. Ausgerechnet jetzt, wo ich in eine eigene Wohnung ziehen wollte. Wirklich, Frau Koch, heute beim Abendessen wollte ich es der Familie bekannt geben, gleich nach den Nachrichten, aber nun …

Die Tür geht auf.

Sie müssen vielmals entschuldigen, sagt Frau Koch, ich habe Sie vergessen.

Sie berührt ihn an der Schulter. Auf dem Weg zum Lift fragt sie, mit wem er da drin geredet hat, ein Selbstgespräch? Sie lacht niedlich, berührt ihn nochmals an der Schulter und er bereut, dass er bei der Männerverschwörung mitgemacht hat.

Das Protokoll ist rasch verarbeitet. Man gibt Deckname und Verarbeitungsnummer im Computer ein und das System eröffnet einen verschlüsselten Vorgang. Dann kann man die Anweisungen des Kunden eintippen – fertig. Dick legt die Vreneli-Notizen in einem grauen Ordner fürs Archiv ab.

Eigentlich ganz easy, sagt er.

Abwarten, sagt sein Assistent.

47

Mutter hat die Spaghetti zu früh aus dem Wasser genommen, nun sind sie hart und bleiben beim Kauen an den Zähnen kleben. Dick isst nur einen Teller, dafür Amy zwei. Sie trinkt Rotwein dazu, obwohl es ein gewöhnlicher Mittwochabend ist, aber Vater sagt nichts. Mutter macht *tuzi-tuzi* zu Wilhelm, der in einen Tischsitz gezwängt ist und eine blaue Schnabeltasse bestaunt.

Dann steht Vater auf und schaltet das Radio ein. Mutters *Tuzi-tuzi* verstummt und Dick denkt, nach den Nachrichten ist es so weit, dann sag ich's. Herzklopfen füllt seinen Bauch aus, schon die ganze Zeit, sodass er auch bei normalen Spaghetti nicht viel mehr runtergebracht hätte.

Der Nachrichtensprecher sagt, Donald Trump hat die Vorwahlen der Republikaner gewonnen.

Schrecklich, sagt Mutter.

Peinlich, sagt Amy.

Ssst!, sagt Vater.

Nach den Nachrichten sind sich Mutter und Tochter einig, dass Amerika bald seine erste Präsidentin haben wird. Gegen eine Witzfigur kann Hillary nicht verlieren. Vater bricht ein Stück Brot über dem Teller und sagt, er weiß nicht recht. Was weiß er nicht? Na ja, ob das so sicher ist. Dass die Vernunft siegen wird. Dass Trump die schlechtere Wahl wäre.

Das ist nicht dein Ernst.

Amy schenkt sich Wein nach und Mutter sagt, Herr Trump ist gefährlich für die Welt. Das ist vermutlich nur Show, sagt Vater. Als Präsident würde er sich dann schon zusammennehmen.

Hat man bei Hitler auch gemeint, sagt Amy.

Mutter versteht nicht, wieso Paps seine Meinung geändert hat. Er fand doch auch, dass Herr Trump ein böser Mensch ist. Er hat sogar Freunde von Dick Cheney beleidigt. Cheney ist auch ein böser Mensch, sagt Amy, aber das lässt Mutter nicht gelten. Er ist hart und ehrgeizig, hat jedoch das Herz am rechten Fleck. Wie sonst hätte er fünf Bypass-Operationen überstehen können? Außerdem hat er immer sehr ihrem Chefprokuristen geglichen und der war ein toller Mensch.

Dick Cheney ist auch für Trump, sagt Vater.

Nein, ist das wahr?

Es hat in der *NZZ* gestanden.

Bruderherz, sagt Amy, sind die Amerikaner auf deiner Bank auch so behindert?

Dick hat noch keinen gesehen.

Aber ihr seid doch jetzt amerikanisch?

Vielleicht will niemand von denen in die Schweiz ziehen.

Die haben halt selber ein schönes Land, sagt Mutter und Dick sagt:

Ja, ich auch.

Was?

Ich hab es auch schön hier.

Warum sagst du das, Schatz?

Weil ich trotzdem umziehen werde.

Nach Amerika?

In die Stadt. Ich habe eine Wohnung.

Seit wann?, fragt Vater.

Seit heute.

Wilhelm wirft die Schnabeltasse auf den Boden und fängt zu schreien an.

48

Am nächsten Morgen muss Dick wieder in die Kammer. Frau Koch hat einen alten Mann zu Besuch, der seine Geldanlagen umschichten möchte, bevor er das Zeitliche segnet. Er sagt, er will eine heile Welt hinterlassen und darum nur noch in nachhaltige Werte investieren.

Only green products, do you understand?

Frau Koch versteht. Sie hat auch schon eine Idee.

Der Mann hustet und Dick hört, wie Frau Koch ihm ein Glas Wasser einschenkt. Er trinkt, verschluckt sich und hustet noch mehr. Wilhelm hat gestern vom Schreien auch einen Hustenanfall gekriegt. Vater fragte, ob Dick deswegen ausziehen will, weil jetzt ein lautes Baby bei ihnen wohnt. Er sagte, es ist wegen der Umstrukturierung, da ist es besser, wenn man in der Nähe der Bank wohnt. Kann er sich denn nicht von zu Hause einloggen, wie das andere auch tun? Zu gefährlich in seiner Position, er könnte das Ziel von Hackerangriffen sein. Mutter wollte wissen, wie er so rasch eine Wohnung finden konnte, und er sagte, der Vizedirektor hat eine Schwester, die bei einer Immobilienverwaltung arbeitet. Ist es wenigstens eine schöne Wohnung? Sehr. Sobald er eingerichtet ist, lädt er sie alle zum Essen ein.

Später, als er im Bett lag, kam Amy in sein Zimmer und sagte, du hinterhältiger Bruder du. Bist berechnend wie dein Vater.

Wieso, zahlt er dir auch 1000 Franken im Monat?

Der alte Mann in der Kundenlounge hat fertig gehustet und Frau Koch macht ihm den Nahrungsmittelfonds schmackhaft. Der besteht aus Grünzeug, sagt sie, natural food for cows and pigs.

I love animals, krächzt der Kunde und Frau Koch hebt die Stimme und setzt zum Protokoll an. Dick fällt das Vreneli-Zeichen für *kaufen* nicht ein und er schreibt es in Normalschrift hin.

Nach dem Mittagessen muss er erneut in die Kammer, diesmal für Steiner. Ein weiteres Zeichen kommt ihm nicht in den Sinn, das P, also notiert er *Panama* uncodiert. Nachher sagt er zu Remo, ganz schön viel los heute, und Remo, der in einer Frauenzeitschrift Frisuren studiert, meint, dann wart mal ab, bis richtig was los ist.

Du, ich hab Vreneli-Demenz.

Wieso?

Dick erklärt, dass er zweimal auf normale Buchstaben zurückgreifen musste, und Remo sagt, das ist nicht gut. Wenn die da oben das herausfinden, dann …

Er steht auf und geht hinaus. Dick schaut ihm nach. Der geht doch jetzt nicht etwa nach oben und verrät ihn? Er schreibt die Notizen aus der Steiner-Sitzung nochmals neu. Das P will ihm immer noch nicht einfallen, also schreibt er *Banama,* Hauptsache, alles ist Vreneli. Er zerreißt das alte Protokoll in kleine Fitzelchen und streut sie aus dem Fenster. Dann eilt er ins Archiv und holt den Ordner mit dem Protokoll von heute Morgen. Das schreibt er ebenfalls nochmals neu, wobei er für das Wort *kaufen* ein eigenes Zeichen erfindet, das nach Vreneli aussieht. Nachdem er das alte Protokoll feinsäuberlich zerrissen und aus dem Fenster hat schneien lassen, kehrt Remo zurück und Dick sagt zu ihm, ätsch, hast geschissen.

Und wie, sagt Remo und klopft sich zufrieden auf den Bauch. Er holt eine Medikamentenschachtel aus der Schublade und drückt eine Pille aus dem Blister. Dick verlangt, dass er ihm das P zeigt, aber Remo schüttelt den Kopf und sagt, er darf kein Vreneli mehr machen, Befehl von oben. Er steckt sich eine Pille in den Mund, schluckt sie ohne Wasser runter und schaut auf die Uhr. Schon fast fünf Uhr. Dicks Telefon klingelt und das Goldvreneli leuchtet auf. Er schnappt sich Stift und Block und spurtet aus dem Büro. Hoffentlich kommt nichts mit P.

49

Am Samstag ist es so weit. Dick trägt zwei Ikea-Taschen die Treppe hinunter. Die eine ist mit Kleidern gefüllt, die andere mit Bettzeug. Er stellt sie neben der Tür ab und geht in den Garten, wo die Eltern am roten Metalltisch sitzen und die Hand gegen die Mittagssonne halten.

Also ich geh dann jetzt, sagt er.

Wohin?, sagt Mutter.

Na, in die Stadt. Ich zieh jetzt aus.

Scheinst es ja eilig zu haben, hier wegzukommen.

Nein, Ma, ich kehr ja bald wieder zurück.

So? Wann?

Jeden Sonntag zum Mittagessen. Und Weihnachten und …

Es ist wegen des Geldes, sei ehrlich, sagt Vater.

Was für Geld?

Das du hier abgeben musst. Drum verlässt du uns.

Nein, wegen der Arbeit. Hab ich doch erklärt.

Glaubst du wirklich, du lebst in der Stadt günstiger als bei uns? Wie viel zahlst du für die Wohnung?

Wo liegt sie überhaupt?, fragt Mutter, am Paradeplatz?

Honey, bitte. Das kann sich doch kein Mensch leisten.

Dick vielleicht schon, er ist ja jetzt Großverdiener.

Im Langstraßenquartier, sagt Dick.

Was? Im Rotlichtmilieu?, sagt Mutter.

Amy kommt und fragt, ob jemand Wilhelm gesehen hat, sie kann ihn nirgends finden.

Dein Bruder zieht in die Langstraße, sagt Mutter.

Hip, sagt Amy. Die ganzen Partypeople wohnen jetzt dort.

Zu ihrer Zeit war das eine schlimme Gegend, sagt Mutter und Amy meint, heute ist nur noch die Brauerstraße schlimm. Ein Freund von ihr hat dort ein Messer in den Bauch gekriegt. Wilhelm schreit auf und Amy geht ins Haus zurück. Mutter sagt, sie hat noch etwas für Dick und geht ebenfalls ins Haus. Vater hält immer noch die Hand gegen die Sonne.

Dann hast du also vor, da unten die ganze Zeit Party zu machen?

Sicher nicht. Ich muss arbeiten.

Warum ziehst du dann nicht in ein ruhigeres Viertel?

War nichts frei.

Bei uns hättest du alle Ruhe der Welt.

Ich weiß, sagt Dick, die werde ich auch vermissen. Den Wald, die vielen Bäume …

Ausgerechnet jetzt, wo Mutter wieder all ihre Kinder beisammen hat. Du weißt doch, wie sehr ihr die Familie am Herzen liegt.

Drum komm ich auch jeden Sonntag zum Mittagessen.

Um dir den Bauch vollzuschlagen. Du schuldest uns noch das Geld für diesen Monat.

Sobald der Lohn auf dem Konto ist.

Stecks in den Nahrungsmittelfonds.

Mach ich.

Vater steht auf und geht zum Gemüsebeet. Mutter kommt mit einem silbernen Päckchen in den Garten, das in der Sonne glitzert. Es hat die Größe eines Buches und er darf es erst zu Hause auspacken, es ist etwas für die Wohnung.

Wann dürfen wir sie sehen? Wir sind sehr gespannt, gell, Paps?

Vater kauert ohne Gärtnerhose auf dem Boden und rupft

Unkraut aus der trockenen Erde. Mutter sagt nochmals, gell, Paps, aber er reagiert nicht.

Geh ruhig, Schatz. Er wird darüber hinwegkommen.

50

Dick stellt die Ikea-Taschen vor dem Hauseingang ab und schaut im Briefkasten nach, ob er schon Post gekriegt hat. Ja, einen Rabattgutschein für eine Salamipizza. Hinter ihm sagt jemand:

Hallo, Dickiemann.

Es ist Cornelle. Sie trägt ein rotes Kleid und lächelt. Auf die Taschen deutend fragt sie, ob er vom Waschen kommt. Nö, er zieht heute ein. Wie geht es dem Zahnarztstuhl? Gut. Dann ist er noch da? Nicht mehr lange. Könnte man ihn für gewisse Stunden mieten? Nein. Rolf hatte großen Spaß darauf. Nein. Dick würde auch seinen Anteil bekommen. Nein.

Warum so abweisend?

Ich bin nicht abweisend, sagt Dick und wendet sich wieder dem Briefkasten zu. Es dauert eine Weile, bis Cornelle geht.

In der Wohnung stülpt er das Laken über die Matratze, legt Decke und Kissen darauf – fertig ist sein Bett.

Unser Sohn schläft auf dem Boden, hört er Mutter sagen.

Wo ist eigentlich ihr Geschenk? Er hat es in die Tasche mit den Kleidern gelegt, aber dort ist es nicht mehr. Es muss unterwegs rausgefallen sein. Er geht hinunter und schaut bei den Briefkästen nach. Er geht den Weg zurück bis zum Helvetiaplatz, wo er aus dem Tram gestiegen ist. Das Päckchen ist nirgends. Er hat Mutters Abschiedsgeschenk verloren.

Er geht in den Secondhandladen, um sich ein Bettgestell zu beschaffen, damit er wenigstens nicht mehr auf dem Boden schläft. Es gibt nur große. Dafür entdeckt er einen Arztkittel, der praktisch neu ist und den er Vater schenken kann als Ersatz für seinen vergilbten Drogistenkittel. Er kauft ihn. Für Mutter will er auch ein Geschenk besorgen, aber nicht hier. Er fährt zum Globus-Warenhaus und findet eine hübsche Brosche, die die Form einer schwarzen Olive hat. Von der Brosche kriegt er Hunger. Er geht den Gutschein einlösen und nachher sitzt er in der Küche am kleinen, wackeligen Tisch und isst Salamipizza. Anschließend raucht er eine Zigarette aus dem Fenster und sieht, wie da hinten Cornelle aus dem Fellini 4 kommt. Ihr rotes Kleid leuchtet unter dem blauen Himmel und plötzlich weiß er, wo Mutters Geschenk ist. Er hastet aus dem Haus und rennt die Brauerstraße hinunter. Cornelle ist weg. Der Fellini-Wirt weiß nicht, wohin sie ist.

Was willst du von ihr?

Sie hat etwas von mir.

Hoffentlich nicht dein Herz!, lacht der Alte und meint, Dick soll es mal im Restaurant Sonne um die Ecke versuchen.

In der Sonne ist sie nicht. Dick fragt eine kleine, dunkelhäutige Prostituierte, in welchen Lokalen sonst noch Prostituierte verkehren, und sie sagt:

Prosti-was?

Na, wie du.

Du meinst Nutten?

Kennst du Cornelle?

Du suchst Cornelle?

Sie ist zwei Meter groß.

Ich bin Cornelle.

Gegenüber der Sonne ist ein Grillstand. Dick isst eine Wurst und ruft Remo an. Er will ihn fragen, wo er damals mit Cornelle hin ist, als er bei ihr übernachtet hat, aber Remo nimmt nicht ab. Am meisten macht Dick zu schaffen, dass er nicht weiß, was in dem Päckchen war. Mutter hat sich extra etwas ausgedacht für ihn, ist mit dem Haushaltsportemonnaie losgezogen und hat es gekauft für ihn. Aber er hat es zu wenig geschätzt und nun ist es weg und das tut weh. Warum will Remo das nicht begreifen? Der blöde Hund geht auch beim fünften Mal nicht ran.

Dick kehrt in die Wohnung zurück und macht ein Mittagsschläfchen. Sein erstes in der eigenen Wohnung. Als er aufwacht, ist es draußen dunkel. Er streckt den Kopf aus dem Fenster und schaut in die Lichter der Nacht. Es riecht nach gebratenem Speck und von der Langstraße trudelt brasilianische Musik ins Zimmer. Die Partypeople sind bereits am Feiern.

Er geht unter die Dusche, zieht sein bestes T-Shirt an und nimmt ein Bier aus dem Kühlschrank. Also doch Party, sagt Vater, während Dick das Fläschchen aufschraubt und einen großen Schluck nimmt. Trink nicht so schnell, sagt Mutter, sonst wirst du noch zum Alkoholiker. Er leert das Fläschchen, Mutter verschwindet und nach dem zweiten Fläschchen ist auch Vater weg. Dann schlüpft er in die Schuhe, steckt Geld und Zigaretten ein, prüft die Frisur im Badezimmerspiegel und geht hinaus. Seine erste Nacht in Freiheit.

Das Partyvolk strömt die Langstraße rauf und runter und Dick schwimmt eine Weile mit, schafft es jedoch nicht, richtig einzutauchen. Er schaukelt in der schwappenden Menge auf und ab, inhaliert eine Zigarette, trinkt eine Dose Bier und fühlt sich schuldig. Er ist viel zu schnell von zu Hause abgehauen. Sie konnten sich nicht mal richtig von ihm verabschieden. Und dennoch hatten sie ein Geschenk für ihn. Es hat so schön geglitzert in der Gartensonne und nun ist es futsch.

Er bricht aus der Jubelspur aus, biegt in die Brauerstraße ein und hält nach Cornelle Ausschau. Er muss sie finden. Wenn sie das Geschenk nicht freiwillig herausrückt, kriegt sie ein Messer in den Bauch. Das wird hier in der Brauerstraße so gemacht. Bier und Zigarette kreisen in seinem Kopf.

Im Fellini 4 liest der Wirt ein Kinderbuch hinter der Theke und grunzt vergnügt vor sich hin. Dann schaut er auf und sagt zu Dick, na, wie wollen wir's angehen? Dick bestellt ein Bier und fragt, ob Cornelle mal hier war.

Bist du immer noch hinter ihr her?

Ich muss sie dringend sprechen.

Du weißt schon, dass sie was übrig hat?

Für mich?

Da unten. Hehe.

Dick setzt sich neben die Jukebox, trinkt und wartet. Irgendwann wird die Schlampe hier auftauchen und dann wird's zum Showdown kommen. Dann wird er sie so lange an den Haaren reißen, bis sie das Geschenk herausrückt. Das Bier macht ihn aggressiv, das ist nicht schön. Er geht auf die Toilette, hält die Hände unters kalte Wasser und reibt sie mit rauem Papier trocken. Im Abfalleimer schimmert silberne Geschenkfolie.

Er zieht sie raus. Er gräbt in den feuchten Papierknäueln und stößt auf einen Fotorahmen. Er dreht ihn um und spürt einen Stich im Magen. Er gräbt weiter im Abfall und findet ein kleines, verschlossenes Kuvert, auf dem *Dick* steht. Er trägt alles zu seinem Tisch, streicht das Geschenkpapier glatt und wickelt Fotorahmen und Brieflein darin ein. Das Päckchen sieht fast wieder so aus wie heute Mittag im Garten. Er ruft zum Wirt, ob er Klebeband hat, und der Wirt ruft zurück, sehe ich aus wie eine Papeterie?

Nein, wie eine Hexe, sagt Dick.

Der andere klappt das Kinderbuch zu und kommt nach hinten.

Wie war das?

Hexe.

Hä?

Dick streicht über das Päckchen. Der Wirt sagt, zu viel Bier gehabt? Dick sagt, schon mal ein Messer im Bauch gehabt? Der Wirt bekommt einen roten Kopf unter seinen weißen Fäden. Dick wartet darauf, dass er losbrüllt, aber er ballt nur die Faust, knurrt und bebt. Dick kann die Hitze seiner Wut auf seiner Wange spüren. Er trinkt das Glas aus. Der Wirt zischt mit Geifer auf der Lippe, du weißt ja nicht, was du sagst. Er zieht das Hemd hoch und zeigt eine Narbe über dem Bauch, die so rot ist wie sein Kopf.

Siehst du das? He? Siehst du das?

Das ist aber kein Messer, sagt Dick.

Raus mit dir. Sofort!

Dick bleibt sitzen. Ich will noch ein Bier, sagt er. Der Wirt stapft in die Küche und wirft eine Pfanne auf den Boden. Dick steht auf und legt ein paar Münzen auf den Tisch. Beim Rausgehen fischt er eine Flasche Wodka von der Theke. Draußen steht ein Rockerpärchen und raucht. Es schaut ihm nach, wie er mit der Flasche in der Hand auf seinen Wohnblock zusteuert.

Dann hockt er am kleinen Küchentisch und wartet darauf, dass der Wirt ihn heimsucht. Das Rockerpärchen hat ihm gezeigt, wo Dick rein ist, und nun kommt er mit einem großen Messer, um sich die Flasche zurückzuholen.

Dick füllt das Zahnputzglas halb mit Wasser und halb mit Wodka. Er trinkt es aus und wenig später hat er nicht mehr das Gefühl, dass der Wirt auftaucht.

Er packt das Geschenk aus. Ein schöner Bilderrahmen mit einem schönen Foto drin. Das Foto zeigt eine glückliche Familie, die im Garten um den roten Metalltisch versammelt ist. Die Sonne scheint und alle strahlen, Vater, Mutter, Dick und sogar Amy, die sonst auf solchen Fotos immer eine Grimasse schneidet.

Dick macht das Brieflein auf. Mutter schreibt, dass er ein toller Sohn ist und dass ihn alle sehr lieb haben. Ihre Handschrift ist schön leserlich, die Kursleiterin hätte Freude daran. Er liest das Brieflein ein zweites Mal und muss plötzlich weinen. Er versucht sich dagegen zu wehren, aber es fließt einfach aus ihm raus. Er zerknüllt das Brieflein und wirft es aus dem Fenster. Dann wirft er auch noch die Brosche aus dem Fenster.

51

Am nächsten Morgen wird er von Kirchenglocken geweckt, die mit schwerem Geläut zum Gottesdienst rufen. Er steht auf und schließt das Fenster. Er hat in den Kleidern geschlafen. Er kocht Kaffee und setzt sich mit der Tasse auf die Matratze. Er weiß nicht, was er machen soll. Er geht durch die Wohnung und versucht sie mit den Augen der Eltern zu sehen. Was für ein Loch. Das kann er ihnen doch nicht antun.

Er setzt sich an den Küchentisch und schreibt einen Plan auf die Pizzaschachtel:

1. *Kein Alkohol, keine Zigaretten*
2. *Sport*
3. *Gesund essen, gesund trinken*
4. *Neue Wohnung suchen*
5. *Prokurist werden*

Er macht sich sofort an die Umsetzung. Zuerst wirft er Wodka und Zigaretten in den Mülleimer, dann legt er sich auf den Boden und macht fünfzig Liegestützen. Er isst einen Apfel und trinkt einen Liter Milch. Nun ist ihm schlecht, trotzdem schafft er fast hundert Rumpfbeugen, ehe er sich ins Bad schleppt und sich übergibt. Er nimmt eine heiße Dusche.

Nachher schlüpft er in frische Kleider, die nach Mutters Waschmittel riechen, und fühlt sich besser. Auf dem Handy schaut er sich Wohnungen an. Am liebsten würde er ins Hottinger Quartier ziehen, wo es schön ruhig und voller alter Bäume ist. Hier besuchte Frau Welti die höhere Töchterschule, was sie Mutter oft und gern erzählt. Dick stellt sich vor, wie ihn die Eltern in einer frisch renovierten Altbauwohnung besuchen und er in der großen Küche eine knusprige Gans aus dem Ofen zieht oder eine selbst gemachte Cremeschnitte.

Leider ist nichts frei in Hottingen. Dafür hat sich jemand für den Zahnarztstuhl interessiert, auf der Erotikseite, man bittet ihn um die Adresse für eine Besichtigung. Er zögert, möchte lieber keinen Sadomasotypen in seiner Wohnung haben, doch was kann man hier noch groß versauen? Er tippt Straße und Nummer ein und legt sich nochmals hin.

Er wird vom Handy geweckt. Es ist Mutter.

Wo bleibst du?, fragt sie.

Wieso?

Es ist zwölf, wir wollen essen.

Heute?

Du hast gesagt, du kommst jeden Sonntag zum Mittagessen.

Ich dachte, das gilt erst ab nächster Woche. Ich hab ja bis gestern noch bei euch gewohnt.

Oh, entschuldige, wir wollen dich natürlich nicht überbeanspruchen. Bist du etwa noch im Bett?

Nein, im Büro.

Wieso?

Ich muss arbeiten.

An einem Sonntag?

Ich möchte Prokurist werden.

Du hörst dich komisch an.

Ich muss in eine Sitzung.

Er hängt auf und geht aufs Klo. Danach holt er die Zigaretten aus dem Abfall und raucht eine aus dem Küchenfenster. Die Straße ist nass, es hat geregnet. Er legt sich wieder hin.

Er wird erneut geweckt, diesmal von der Türklingel. Sein erster Gedanke: die Eltern. Aber die kennen seine Adresse gar nicht. Oder hat Vater bei der Bank nachgefragt? Die wissen es auch noch nicht. An der Wohnungstür ist kein Guckloch, er kann nicht sehen, wer davorsteht. Es könnte auch der Wirt sein mit einem scharfen Messer oder Cornelle mit einem scharfen Rolf. Er atmet tief durch und macht auf. Eine kleine Thailänderin strahlt ihn an und sagt, sawadee, ich Adresse von Freund, haben Zeit?

Der Stuhl? Kommen Sie rein.

Er führt sie ins hintere Zimmer. Sie stellt ihre Handtasche neben dem Zahnarztstuhl ab und hüpft drauf.

Heng, heng!, lacht sie und riecht nach grünem Parfüm. Sie tätschelt die Armlehnen. Wie viel?

200, sagt er und denkt, wenn ihr das zu viel ist, kann sie ihn auch für 100 oder noch weniger haben, Hauptsache, er muss ihn nicht nach Hottingen mitnehmen.

Die Stunde?, fragt sie.

Nein, alles, ich vermiete ihn nicht.

Sie so jung, lacht sie.

Das dort können Sie auch haben, wenn Sie möchten.

Er zeigt in die Ecke, wo die Klettverschlussbänder liegen, die Cornelle und Rolf zurückgelassen haben, ein langes und zwei kurze. Sie möchte wissen, was das ist, und er holt das lange Band und zwirbelt es auseinander. Zum Fixieren, sagt er und sie nickt und hält die Arme hoch. Offenbar will sie es ausprobieren. Er wickelt das Band vorsichtig um Oberkörper und Rückenlehne, wobei er aufpasst, dass er ihre Brüste nicht berührt. Anschließend befestigt er mit den kurzen Bändern die Handgelenke auf der Lehne und fragt, bequem? Er könnte ihr noch sagen, dass man auch verkehrt rum auf dem Sitz knien kann, die sogenannte Rolfsstellung, aber das wird sie mit ihrem Freund selber herausfinden.

Sie so jung, sagt sie wieder.

Dann schließt sie die Augen, macht den Mund auf und stöhnt *eeeeh*. Was soll das? Sie sperrt den Mund noch weiter auf, *eeeeh!*, und er denkt, vielleicht will sie, dass er sie knebelt. Er könnte ihr das Küchentuch in den Mund stopfen, aber inwieweit hilft ihr das bei der Entscheidungsfindung?

Alles gut?, fragt er.

Sie nickt und streckt die Zunge raus. Da geht ihm ein Licht auf. Sie ist nicht wegen des Stuhls gekommen. Sie ist eine Arbeitskollegin von Cornelle und wurde geschickt, um ihn zu veräppeln. Nachher stecken sie im Fellini die Köpfe zusammen und lachen darüber, wie verklemmt er ist. Und Cornelle wird sagen, die ganze Familie ist verklemmt, sie hat ein Foto gesehen, die Leute sind zum Fortwerfen.

Er schaut zur Decke, ob da eine Kamera ist. Vielleicht lässt die Thailänderin das Handy in der Tasche laufen, damit Cornelle mithören kann. Er könnte nachsehen. Wozu? Cornelle soll ruhig mitkriegen, wie er ihre Freundin zum Reden bringt. Zuerst auf die sanfte Tour:

Wer hat Sie geschickt?

Jan.

Nicht Cornelle?

Jan.

Er geht in die Küche und nimmt den Wodka aus dem Abfall.

Er gießt das Zahnputzglas voll, geht zurück und flößt es ihr ein. Sie nimmt alles brav im Mund auf und beginnt zu gurgeln. Sie sprudelt wacker drauflos und nach einer Weile hört sie auf und schaut sich nach einem Speibecken um.

Schlucken, sagt er.

Sie zögert kurz und gehorcht dann, worauf es Dick warm durchzuckt. Er könnte jetzt alles mit ihr anstellen, was er will. Sie hechelt nach dem starken Drink mit der Zunge und fragt, ob er Pole ist. Er sagt, nein, der Vormieter war Pole, er ist Amerikaner.

Aber Sie auch Doktor?

Sure. I'm Dr. Cheney.

Er geht den weißen Kittel aus dem Brockenhaus anziehen. Dann sagt er, sie soll den Mund aufsperren und *aaaah* machen. Sie macht *eeeeh*. Er sagt, es sieht nicht gut aus da drin, die Zunge ist zu wenig locker, sie müssen sie noch mehr lösen. Er geht in die Küche und füllt das Zahnputzglas auf. Er will es ihr einflößen, aber diesmal spielt sie nicht mehr mit, presst die Lippen zusammen und dreht den Kopf weg. Er schüttet ihr den Drink in die Bluse.

Ee!

Tschuldigung. Wer hat Sie geschickt?

Jann!

Sie keucht aufgeregt. Ihre spitzen Brüste zittern und drücken durch die nasse Bluse. Sie windet sich in den Klettverschlussbändern und Dick holt den Teppichklopfer aus der Ecke und hält ihn ihr unter die Nase:

Wonach riecht das?

Weiß nicht!

Nach Rolf. Ein Freund von Cornelle.

Sie gafft ihn mit offenem Mund an. Sie schielt. Gleich gibt sie alles zu, denkt er, aber dann beginnt sie zu weinen. Große Tränen kullern ihr aus den Augen, sodass er rasch die Bänder löst. Sie rutscht vom Sitz, bückt sich nach der Handtasche, kippt vornüber und landet auf dem Gesicht. Sie rappelt sich auf, wirft Dick einen wütenden Blick zu und taumelt mit der Handtasche durch die beiden Zimmer. Die Wohnungstür knallt ins Schloss.

Er zieht den Kittel aus und setzt sich auf den Zahnarztstuhl. Das Polster ist ganz warm. Er zündet eine Zigarette an und versucht nichts zu denken. Nachher putzt er sich lange die Zähne. Er zieht Jacke und Schuhe an und bricht zu einem Sonntagsspaziergang auf.

Der Himmel hängt grau und tief über der Stadt. Es riecht nach Regen. Er schlendert durch Straßen und Quartiere und nach zwei Stunden merkt er, dass er in Hottingen gelandet ist. Von hier spaziert er den Zürichberg hoch und verschwindet hinter dem Zoo in den Wäldern. Der Abend kommt, die Bäume verlieren ihre Farbe und es beginnt heftig zu regnen.

Irgendwann steht er durchnässt in einem kleinen Garten und schaut in ein Wohnzimmer. Er sieht eine Familie auf dem trockenen Sofa sitzen und *Tatort* schauen. Links sitzt der Vater, in der Mitte die Mutter und neben der Mutter die Tochter mit dem schlafenden Wilhelm im Arm.

52

Heute sollte der neue Lohn auf dem Konto sein: 8000 Franken. Ein Grund zum Feiern, denkt Dick und schaut auf dem Weg zur Arbeit im Sprüngli vorbei, um sich ein großes Stück Schwarzwäldertorte zu kaufen. Die Sprüngli-Frauen bedienen ihn zuvorkommender als früher, als spürten sie, dass er nun Großverdiener ist.

Im Büro stellt er den Computer an und loggt sich ein. Bevor er den neuen Kontostand anschaut, macht er sich über die Schwarzwäldertorte her. Remo ist noch nicht da, er kann mit den Händen essen und sich die Schokostreusel von den Fingern lecken. Nachher klickt er auf sein Konto und merkt, dass er die Torte zu früh gegessen hat. Es wurde noch der alte Lohn überwiesen, der kleine, nicht der große. Die Personalabteilung hat vergessen, dem Lohnbüro mitzuteilen, dass er Handlungsbevollmächtigter geworden ist, weshalb eine falsche Zahlung ausgelöst wurde. Oder steckt Absicht dahinter? Will man testen, wie er reagiert, wenn Fehler passieren?

Er ruft die Personalfrau an und fragt, ob er bei Gelegenheit mal bei ihr vorbeischauen dürfte.

Kommen Sie jetzt, sagt sie.

Sie sieht müde aus. Der Pferdeschwanz baumelt schlaff am Hinterkopf und auf dem Tisch liegt ein graues Haar. Sie weiß, weswegen er kommt. Der Lohn. Dazu kann sie ihm Folgendes sagen: Seine Beförderung wurde auf Eis gelegt. Alle Beförderungen wurden auf Eis gelegt, eine Anordnung der Amerikaner. Die beziehen gerade ein paar Büros am Paradeplatz und werden die Personalentscheide der letzten Wochen neu beurteilen.

Aber Dick braucht sich keine Sorgen zu machen. Er übt ja bereits eine höhere Funktion aus, da kann er auch bald mit der entsprechenden Entlohnung rechnen. Anders sieht es beim Vizedirektor aus. Ob der noch zum Stellvertretenden Direktor befördert wird, ist fraglich, nachdem ihm da drüben die Ohren abgestürzt sind.

War das nicht der Generaldirektor?, sagt Dick und die Personalfrau nickt, stimmt, der Vizedirektor war der mit dem Nasenbluten. Nicht weniger blamabel.

Was ist mit Herrn Bachmann?, fragt Dick.

Sie meinen, weil er immer dicker wird?

Nein, ich meine, hat er ebenfalls seinen alten Lohn erhalten?

Wo denken Sie hin. Das wäre ja –

Sie hebt die Tastatur, um das Passwort darunter abzulesen, meldet sich im System an und sagt, gibt's ja nicht.

Was?

Nichts.

Er hat immer noch den Cheflohn, oder?

Nein.

Sie holt die Zigaretten aus der Tasche und bietet Dick eine an. Sie sagt, sie muss es ausnutzen, solange sie noch ein Einzelbüro hat, hier entstehen lauter Großraumbüros. Sie versucht Dick Feuer zu geben, aber das Feuerzeug spuckt nur Funken. Sie geht hinaus, um ein anderes aufzutreiben, und Dick hebt die Tastatur und fotografiert das Passwort ab. Anschließend rauchen sie und machen Smalltalk.

Wie läuft es in der Langstraße?

Prima. Immer Party.

Wie ist das Chefsein? Sind Sie ein guter Chef?

Ich denke schon.

Die Personalfrau schließt die Augen und reibt sich die Schläfen. Sie sagt, die Amerikaner werden hier mächtig Dampf machen. Er soll zusehen, dass er den Druck nach unten weitergeben kann. Dick fragt, wie man das macht, und sie sagt, wie hat's denn Bachmann gemacht?

Gar nicht.

So? Kein Wunder, dass er zerbrochen ist.

Als Dick ins Büro zurückkehrt, sitzt Remo vor dem Bildschirm und kichert. Er lacht mich aus, denkt Dick, aber Remo lacht über ein lustiges Video.

Arbeite mal was.

Dann gib mir was.

Mach meinen Schreibtisch sauber.

Was?

Da, alles voller Schokostreusel.

In der Mittagspause probiert Dick das Passwort der Personalfrau aus. Es funktioniert und er hat freie Sicht auf die Konten der Angestellten. Remo hat doch tatsächlich seinen alten Cheflohn erhalten. Frechheit.

Mit dem Passwort lässt sich noch anderes ansehen: die Personalakten. In Remos Akte steht, wie viele Schulden er hat und wie es dazu gekommen ist. Er hat Lombardkredite aufgenommen und sich an der Börse verspekuliert, das arme Schwein.

Kein armes Schwein hingegen ist Frau Koch. Sie kommt aus reichem Haus und hat Jura studiert. In einem persönlichen Kommentar hält die Personalfrau fest:

Marianne verträgt nicht viel Alkohol.

Aus Herrn Leonhards Akte geht hervor, dass er ein ungeschickter Schürzenjäger ist. Vor zwei Jahren musste er sich gegen den Vorwurf der sexuellen Belästigung wehren. Ob er der Sohn der Kursleiterin ist, ist nicht ersichtlich.

Zum Schluss wirft Dick noch einen Blick in sein eigenes Dossier. Er stößt auf das grafologische Gutachten von seiner Handschrift. Ein Experte kommt darin zum Schluss, dass Dick harmlos ist. Die Personalfrau wusste dem noch eine eigene Beurteilung anzufügen:

Naiv.

Ihr schätzt mich völlig falsch ein, denkt Dick. Schade ist Remo noch im Mittag, er hätte ihn gern ein bisschen zusammengeschissen. Remo verbringt seine Mittagspause neuerdings mit langen Spaziergängen am See. Zur Strafe klaut Dick ihm einen Kaffeejeton aus der Schublade und schüttet etwas Brennnesselwasser auf seinen Stuhl. Dann klingelt das Telefon und er nimmt Block und Stift und saust aus dem Büro.

Als er in der Kammer sitzt, fällt ihm ein, dass er noch mit dem Passwort der Personalfrau angemeldet ist. Aber jetzt kann er nicht mehr zurück. Mist.

53

Es ist heiß in der Kammer. Hinter der Trennwand ringt Frau Koch mit einer Kundin, die tausend Wünsche hat. Frau Koch ist heiser, sagt immer wieder *furs Protokoll* und Dick schreibt und schwitzt. Er schwitzt nicht nur wegen der Hitze, sondern auch wegen der vielen Vreneli-Zeichen, die ihm nicht in den

Sinn kommen. Außerdem hat er Angst, dass die IT entdeckt, dass er mit dem Passwort der Personalfrau herumspioniert hat. Der Schweiß tropft ihm von der Stirn, der Kugelschreiber schmiert, er gibt Vreneli auf und wechselt auf Normalschrift. Remo sagt, das ist gefährlich. Na und? Ich bin auch nicht so harmlos, wie ihr denkt.

Was sagen Sie?, fragt Frau Koch auf der anderen Seite.

Nichts, alles gut, sagt Dick.

Je mehr Frau Koch diktiert, desto weniger Stimme hat sie, was das Mitschreiben zusätzlich erschwert. Dick füllt ein Blatt nach dem anderen, wobei er versucht, so leserlich wie möglich zu schreiben, aber er muss sudeln, um nachzukommen. Die Kursleiterin schaut ihm wütend über die Schultern, während das Papier sich wellt und der Kugelschreiber schlingert.

Plötzlich packt es ihn und er beißt sich in den Unterarm. Er schnappt mit voller Kraft zu, sodass er Sterne vor den Augen sieht und ihm ein Grunzen entfährt. Frau Koch ruft von der anderen Seite:

Was ist denn da drüben los?

Als es überstanden ist und Frau Koch ihn aus seiner Zelle entlässt, sagt sie, so etwas will sie nie mehr erleben. Was soll auch der Kunde denken? Sie züngelt giftig, aber die heisere Stimme knistert wohlig. Ihr Blick fällt auf die Notizblätter in Dicks Hand. Er dreht sie rasch um, damit sie die Klarschrift nicht sieht, doch es ist zu spät, sie greift nach seiner Hand. Aber es sind nicht die Papiere, die sie interessieren, sondern der Biss am Unterarm.

Was ist das?

Ein Hund?

Aber das können Sie doch nicht so lassen.

Sie führt ihn in die Lounge und er lernt die Welt auf der anderen Seite der Trennwand kennen. Es ist eine schöne Welt aus gedimmtem Licht und weichem Teppich. Auf dem Salontisch stehen benutzte Kaffeetassen und Champagnergläser. Frau Koch deutet auf das Sofa, er setzt sich, sie nimmt neben ihm Platz und holt ein Erste-Hilfe-Set aus ihrer Handtasche. Zuerst tupft sie ein paar Blutstropfen vom Arm, dann desinfiziert sie die Wunde mit einem Spray. Dick darf währenddessen das Teekonfekt aufessen, das der Besuch übrig gelassen hat. Frau Koch klebt zwei Pflaster kreuzförmig über den Biss und drückt sie sanft fest. Am Handgelenk schlenkert ein Armreif aus Elfenbein.

Ist der echt?, fragt Dick.

Ja. Von meiner Mutter.

Meine Mutter hat kein Elfenbein, sagt er.

Frau Koch sagt, er soll die Wunde einem Arzt zeigen, mit Hundebissen ist nicht zu spaßen. Ist er gegen Starrkrampf geimpft? Ihre Stimme klingt jetzt wie die einer verrauchten Bardame, was gut zum gedimmten Licht passt. Dick könnte ewig hier sitzen und ihr zuhören, aber sie nimmt die Handtasche und steht auf. Da sagt er:

Es war kein Hund.

Wie, kein Hund?

Ich hab mich selber gebissen.

Selber gebissen?

Sie sinkt langsam aufs Sofa zurück und schaut ihn an. Dann sagt sie, mein lieber Mann. Das behalten wir aber mal besser für uns.

Auf Dicks Schreibtisch liegt ein Zettel von Remo. Er hat sich am See die Glatze verbrannt und ist nach Hause gegangen. Mein lieber Mann, sagt Dick und schaut aus dem Fenster. Eigentlich müsste er jetzt einen Vorgang eröffnen und die Protokolle eintippen, aber er kann nicht. Er streicht über die Pflaster und spürt Frau Kochs Wärme. Er möchte ihr auch etwas Gutes tun. Einen Blumenstrauß schenken oder eine Brosche aus Elfenbein. Oder mag sie Schwarzwäldertorte? Nein, er weiß etwas Besseres.

Er ruft die Personalfrau an und sagt, er braucht einen Lombardkredit. Wie bitte? Ja, um weitere Anteile vom Nahrungsmittelfonds kaufen zu können. Das kann er vergessen, sagt sie und er denkt, sie hat den Passwortklau bemerkt. Aber sie hat nichts bemerkt, sie will nur nicht, dass er sich über Gebühr verschuldet. Was er genau genommen bereits getan hat, sagt sie, denn als sie ihm damals das Überziehungslimit angepasst hat, ist sie vom neuen Lohn ausgegangen.

Den ich ja bald bekommen werde, sagt Dick.

Sicher, davon sind wir nach wie vor überzeugt, nur …

Dick hat keine Geduld. Er sagt, er will sein Wertschriftendepot mit achtzig Prozent belehnen.

Sind Sie verrückt? Und wenn der Kurs fällt?

Er fällt nicht.

Woher wollen Sie das wissen?

Die Welt hat immer Hunger.

Werden Sie jetzt auch noch zum Zyniker?

Die Personalfrau schnaubt in den Hörer und Dick sagt, es ist ein Tipp von Frau Koch und die kennt sich mit Nahrungsmitteln aus. Ach ja, hat er sie jemals essen sehen? Aber bitte, wenn er lieber auf die Koch hört statt auf sie, kein Problem.

Die Personalfrau tippt auf der Tastatur herum, dann sagt sie, erledigt, jetzt kann er Nahrungsmittel kaufen, bis er platzt.

Aber kommen Sie nachher nicht angeheult, wenn die Sache schiefgeht.

Er schreibt Frau Koch eine Mail und ordert für knapp 20 000 Franken neue Anteilscheine. Klar, es ist nur ein winziger Betrag für sie, aber sie wird die Geste dahinter erkennen. Und wer weiß, vielleicht spült sein Betrag sie wieder auf Rang 1. Aber dann würde er Remo nicht mehr zwingen, die Statistik zu fälschen.

Er verarbeitet die Notizen. Er kann alles entziffern und ins System eingegeben. Anschließend macht er sich daran, die Notizen neu zu schreiben, im Vreneli-Code und in etwas, das so aussieht wie ein Vreneli-Code. Das Umschreiben nimmt viel mehr Zeit in Anspruch als die eigentliche Arbeit. Er legt die neuen Blätter im Archivordner ab und steckt die alten in die Jackentasche. Auf dem Heimweg entsorgt er sie in einem Abfallcontainer. Ein Auto hupt, aber es gilt nicht ihm. Die Straßenlaternen leuchten. Es regnet. Der Unterarm pulsiert.

54

Zu Hause fängt der Arm an zu brennen. Dick telefoniert mit Mutter:

Bin ich gegen Starrkrampf geimpft?

Hat dich wieder ein Hund gebissen?

Sie gibt den Hörer an Vater weiter, der in der *NZZ* gelesen hat, dass die Ernten in Südamerika ertragreicher ausfallen könnten als erwartet. Vielleicht besser, wenn Dick nicht nochmals in Nahrungsmittel investiert, sondern das Geld nach Hause bringt.

Er hat es soeben angelegt.

Auch gut. Er ist der Fachmann, er hat Vaters vollstes Vertrauen.

Amy will ihn auch noch sprechen. Sie braucht neue Stiefel, zudem schuldet sie einem Genossen in der besetzten Villa noch Geld. Wann kommt Dick mit dem Tausender rüber? He, sie hat gerade mal eine Woche geschafft. Außerdem ist er im Moment nicht flüssig, er hat sein Haushaltsgeld abgeliefert.

Wie, du gibst zu Hause was ab?

Jetzt nicht mehr.

Er reißt die Pflaster von der Haut und betastet die Wunde. Sie ist rot und fühlt sich kalt an. Vielleicht sollte man sie nochmals desinfizieren. Er leert etwas Wodka darüber. Dann leert er etwas Wodka ins Zahnputzglas, füllt es mit Wasser auf und setzt sich in den Zahnarztstuhl. Er trinkt in kleinen Schlückchen, spürt, wie sich der Kopf entspannt und die Gedanken weich und rund werden. Eine wohlige Wärme breitet sich in ihm aus, als hätte Marianne ein großes Pflaster auf seinen Bauch geklebt.

Läuft eigentlich alles recht gut, denkt er.

55

Am nächsten Morgen ist der Kurs des Nahrungsmittelfonds gesunken. Nur wenig, Dick braucht sich noch keine Sorgen zu machen. Er bittet Frau Koch per Mail um eine Empfehlung, ob er die Papiere halten oder abstoßen soll. Während er auf eine Antwort wartet, trifft eine andere Mail ein, vom Vizedirektor. Die Abteilung soll sich um zehn Uhr im Sitzungszimmer versammeln, es gibt eine wichtige Bekanntgabe.

Um halb zehn ist Remo noch nicht im Büro. Blöd, denn Dick möchte nicht ohne ihn zum Meeting, sonst heißt es, er hat seinen Assistenten nicht im Griff und verdient zu Recht kein Chefgehalt. Er ruft ihn an. Er ist beim Hautarzt, sagt er, er hat so komische Pickel auf dem Kopf.

Du musst punkt zehn hier sein.

Ist gut.

Schaffst du das?

Nein.

Die Abteilung steht im Sitzungszimmer um den ovalen Tisch herum und wartet auf den Vizedirektor. Er kommt in Begleitung eines großen Amerikaners, der eine schwarze Brille tragt. Der Vizedirektor stellt ihn als Richard vor, *Ritschard* ausgesprochen. Richard ist mit seinen Leuten oben in der Generaldirektion eingezogen und tourt nun durch die Abteilungen der Schweiz, um sich ein Bild von der ehemaligen Bankanstalt zu machen. Der Vizedirektor wippt beim Reden auf den Zehenspitzen, während Richard charmant auf ihn hinunterlächelt.

Dann ist der Amerikaner an der Reihe. Er sagt *hi* und legt los. Was die Swiss American Bank für ein großartiger Laden ist und wie alles noch viel großartiger werden wird. Er spricht von Großraumbüros, Casual Fridays und dass sich ab sofort alle duzen sollen.

We are one great family, sagt er und der Vizedirektor klatscht ergriffen in die Hände. Als niemand einsetzt, hört er wieder auf und Richard erzählt von seinem Vorhaben, jedem Mitarbeiter in der Schweiz die Hand zu schütteln, allen 22 000 beziehungsweise 15 000, die es bald noch sein werden. Er macht sich sogleich ans Werk und schüttelt Frau Koch die Hand. Währenddessen stellt ihm der Vizedirektor die Herren Leonhard und Steiner vor, die beiden anderen Fantastic Five.

Five?, wundert sich Richard, ohne von Frau Koch abzulassen.

Der Vizedirektor erklärt, die Bezeichnung stammt noch von früher. Seither ist einer gestorben und einer ist in eine Klinik eingeliefert worden.

Fischer ist tot?, fragt Leonhard.

Ja. Sonntag.

Was hat Bertschi?, fragt Steiner.

Ausgebrannt.

Für einen Moment ist es still im Sitzungszimmer und man hört nur das Schlackern des Elfenbeinarmreifs an Frau Kochs Handgelenk. Dann lässt Richard sie los, weil die Tür aufgeht und ein Servierwagen hineingeschoben wird mit Hotdogs und Coca-Cola. Dick ist als Erster beim Wagen, schnappt sich einen Hotdog und Leonhard ruft:

Dick, please!

Richard dreht sich zu Leonhard um und sagt, man soll ihn

bitte nur bei seinem vollen Namen nennen, da *Dick* in Amerika noch etwas anderes bedeutet.

Do you know, what Dick means?

Leonhard schüttelt den Kopf. Richard zeigt auf seinen Hosenschlitz und fragt den Vizedirektor, wie man dem auf Deutsch sagt.

Hosenstall, sagt der Vizedirektor.

Er meint Schwanz, sagt Leonhard.

Right, Schwanz, sagt Richard. Don't call me Schwanz, okay?

Leonhard sagt, dass er nicht ihn, sondern den jungen Meier da drüben gemeint hat. Er winkt Dick herbei und sagt zu Richard, das ist unser Swiss Dick. Richard möchte wissen, woher er den Namen hat. Von seinen Eltern, sagt Dick. Sure, but why? Dick überlegt, welche Version er auftischen soll, die Sechs-Kilo-Lüge oder die Dick-Cheney-Saga. Er beißt in den Hotdog und Richard sieht die Wunde an seinem Unterarm:

A dog?

A Hotdog, lacht Leonhard und Richard macht *wow!* und klopft Leonhard auf die Schulter. Frau Koch sagt, Dick hat sich selber gebissen. Richard rückt die schwarze Brille auf der Nase zurecht und fragt den Vizedirektor, was mit seinen Leuten los ist. Sie sterben, landen im Irrenhaus oder verstümmeln sich – *why?* Der Vizedirektor stellt sich wieder auf die Zehenspitzen und lächelt steif. Frau Koch steckt das Zünglein zwischen die Lippen. Dick schluckt seinen Hotdog runter und geht zum Servierwagen, um einen neuen zu holen. Richard will eine Zigarette rauchen und die Männer führen ihn hinaus, um ihm die Raucherkabine zu zeigen.

Dick schielt zu Frau Koch hinüber, die sich mit der Sekretärin des Vizedirektors unterhält. Reden sie über ihn? Nein, über den toten Fischer. Wieso hat sie ihn verraten? Er verdrückt einen weiteren Hotdog und spült ihn mit einer warmen Cola runter. Frau Koch schaut zu ihm rüber. Vielleicht tut es ihr leid. Vielleicht war es nicht gegen ihn gerichtet, sondern gegen den Vizedirektor. Er hat sie schlecht gebumst und zur Strafe wollte sie ihn vor Richard schlecht hinstellen. Oder sie wollte einfach nur die Missstände in der Abteilung unterstreichen.

Jetzt verabschiedet sie sich von der Sekretärin und kommt beim Hinausgehen an Dick vorbei. Er fragt:

Hast du meine Mail gesehen?

Und sonst geht's Ihnen gut?

Sie guckt ihn böse an. Dann sagt sie, sie ist doch nicht seine Vermögensberaterin. In Zukunft soll er seine Kaufaufträge der Personalabteilung schicken, wie alle anderen Mitarbeiter auch.

Arschkoch.

Er geht ins Büro zurück und denkt, wehe, Remo ist noch nicht da. Aber Remo sitzt gemütlich an seinem Schreibtisch und liest in einem alten Buch. Der Schutzumschlag ist zerfleddert und im Titel steht etwas von Mobbing. Seine Glatze ist mit roten Pickeln übersät.

Sonnenausschlag, sagt er vergnügt.

Was ist bloß mit dieser Abteilung los, schimpft Dick.

Was hast du?, fragt Remo.

Dick sagt, Remo darf ihn nicht mehr duzen. Anweisung von Richard, dem Amerikaner. Alle müssen sich siezen, nur Richard darf man duzen, am besten nennt man ihn Dick.

Das Telefon klingelt und Dick muss für Herrn Steiner in die Kammer. Als er zurückkehrt, liest Remo immer noch in seinem Buch.

Gibt's keine Kontoauszüge zu verschicken, Herr Bachmann?

Erst nächste Woche.

Gut, dann habe ich eine andere Aufgabe für Sie.

Remo soll ihm Nachhilfestunden in Sachen Vreneli-Code geben. Geht nicht, sagt Remo. Doch, das geht, sagt Dick und erinnert ihn daran, dass er der Musterschüler der Kursleiterin war. Remo will nicht. Wieso nicht? Remo befühlt die Pickel auf seinem Kopf und schweigt. Schon klar, sagt Dick, er will ihm lieber schaden statt helfen. Drum liest er auch dieses Buch über Mobbing, wo er fiese Tricks lernt, um ihn fertigzumachen.

Spinnst du?, sagt Remo. Das ist *Moby Dick.*

Trotzdem. Du willst mich fertigmachen.

Niemand will dich fertigmachen.

Frau Koch will mich auch fertigmachen.

Remo steht auf. Er sagt, er darf Vreneli nicht mehr anrühren, Befehl von oben. Sonst würde er ihm schon helfen. Braucht ja keiner zu erfahren, sagt Dick. Ne, zu gefährlich. Wieso gibt's eigentlich kein Handbuch zum Nachschlagen? Damit's niemand ins Netz stellen kann.

Remo stülpt sich einen Hut über den Kopf und geht in die Mittagspause.

Dick meldet sich im System als Personalfrau an und öffnet Frau Kochs Akte. Er sucht nach einer Idee, wie er es ihr heimzahlen kann. Sie wohnt in der Schrennengasse 6. Sechs wie Sex. Da ist die Idee. Er schreibt Adresse und Telefonnummer auf und loggt sich aus.

56

Er wartet mit seiner kleinen Rache, bis er zu Hause ist. Er ruft die Erotikseite auf, wo er den Zahnarztstuhl ausgeschrieben hat, und ersetzt seine Kontaktdaten durch Frau Kochs Daten. Jetzt kriegt sie komische Besuche und Anrufe. Hoffentlich. Richtig befriedigend ist das aber auch nicht.

Er isst einen Teller Ravioli mit Reibkäse, schaut eine Weile aus dem Fenster und geht dann ins Bett. Er kann nicht einschlafen. Die Abteilung hat sich in seinem Kopf versammelt und redet durcheinander. Don't call me Schwanz, he bit himself, Fischer tot, Hotdog wow.

Er steht auf und trinkt einen Tee in der Küche. Er schaut auf dem Handy Börsenkurse an. Er schaut nach, was Dr. Sager über Nahrungsmittelfonds sagt. Leider nichts, obwohl er eine bananengelbe Fliege trägt. Aber man kann ihm eine Frage mailen. Dick fragt, was er von seinem Fonds hält. Die Antwort kommt trotz fortgeschrittener Stunde postwendend. Als habe Dr. Sager nur darauf gewartet, dass sich endlich mal jemand meldet. Er schreibt:

Hände weg von Nahrungsmittelfonds. Die können sich sehr sprunghaft entwickeln. Außerdem sind sie vom ethischen Standpunkt aus betrachtet bedenklich. Investieren Sie lieber in solide Schweizer Schokolade. Haben Sie noch weitere Fragen?

Dick bedankt sich und Dr. Sager wünscht ihm eine gute Nacht. Er kann trotzdem nicht schlafen. Er überlegt, ein Gläschen Wasser mit Wodka zu trinken. Die Flasche ist leer. Er zieht sich an und geht hinaus. Auf der Langstraße weht ein frisches

Lüftchen. Er geht zum Helvetiaplatz und stellt sich in eine Telefonzelle. Er wirft eine Münze in den Schlitz und wählt Frau Kochs Nummer. Es dauert eine Weile, bis sie abnimmt.

Ja?

Sie klingt heiser, schlafheiser. Er sagt:

Wohnen Sie immer noch in der Schrennengasse 6?

Wer ist da?

Er schweigt. Sie sagt:

Bist du das wieder, Leni?

57

Die Woche vergeht schnell, weil so viele Kunden zu Besuch kommen. Dick verbringt Stunden in der Kammer und noch mehr Stunden beim Umschreiben der Notizen. Am Freitag arbeitet er bis tief in die Nacht, sodass der Wachmann, der damals mit Remo gerungen hat, nachschauen kommt, ob er keinen Unfug treibt.

Auf dem Heimweg spürt er, wie erschöpft er ist. Trotzdem ist er irgendwie glücklich. Er isst einen scharfen Kebab und trinkt ein großes Bier. Verrückt, was er diese Woche alles geschafft hat. Er vermag viel mehr zu leisten, als er dachte. Aber morgen wird ausgeschlafen. Darauf trinkt er noch ein zweites Bier.

Als er am Samstag gegen Mittag aufsteht, fühlt er sich wie neu geboren. Blauer Himmel drückt durchs Küchenfenster und er macht sich einen Kaffee mit viel Zucker. Anschließend nimmt er eine Dusche, zieht sich an und geht hinaus in die Sonne. Er traut sich sogar, am Fellini 4 vorbeizugehen, was er seit dem Streit mit dem Wirt nicht mehr getan hat. An einem Tisch auf dem Gehsteig sitzt eine junge Mutter mit einem roten Kinderwagen. Sie sagt zu Dick:

Was machst denn du hier?

Es ist Amy. Dick ist so überrascht, dass er die Wahrheit sagt:

Ich wohne hier.

In der Brauerstraße?

Nur vorübergehend. Behalt das bitte für dich, ja?

Wann krieg ich mein Geld?

Bald.

Er zündet sich eine Zigarette an. Amy will auch eine. Wilhelm will aus dem Wagen. Amy holt ihn heraus und setzt ihn auf den Boden, damit er herumkrabbeln kann. Dick will gerade fragen, was Amy hierherverschlagen hat, da kommt der Wirt mit einer Karaffe Weißwein heraus und ruft:

He! Was soll das?

Dick zuckt zusammen, doch der Alte meint nicht ihn, sondern Amy. Das kann sie doch nicht machen, schimpft er und hebt Wilhelm vom Boden hoch. Hier kotzen sie doch ständig hin. Er setzt Wilhelm auf Amys Schoß und schenkt den Weißwein ein.

Das ist mein Bruder, sagt Amy.

Kenn ich, sagt er.

Dann reden sie über Leute aus der besetzten Villa und Dick hört heraus, dass der Wirt auch mal dort gewohnt hat.

Ich muss weiter, sagt Dick.

In welchem Haus wohnst du?, fragt Amy.

Er zeigt darauf und der Wirt sagt, ein schlimmes Haus. Amy sollte auf ihren Bruder aufpassen.

Ich pass schon auf Wilhelm auf.

Pff, sieht man.

Dick geht einkaufen und als er in die Wohnung zurückkehrt und Milch und Joghurt in den Kühlschrank stellt, ruft Mutter an und fragt, wann sie ihn besuchen dürfen.

Sobald ich fertig eingerichtet bin.

Was fehlt denn noch?

Die Vorhänge.

Die können wir uns doch denken.

Stühle hab ich auch nicht genug.

Wieso dürfen wir die Wohnung nicht sehen?

Hab ich doch grad erklärt.

Weil sie in der Brauerstraße liegt?

Hast du mit Amy telefoniert?

Sie sagt, es ist ein schlimmes Haus.

Es ist überhaupt nicht schlimm, sagt er. Ein ganz normales Haus. Außerdem ist es nur eine Übergangslösung, er zieht bald nach Hottingen. Dürfen sie morgen vorbeikommen?, fragt Mutter. Wieso, morgen ist doch Sonntag, da kommt er zu ihnen. Sie konnen ja zur Abwechslung bei ihm essen oder hat er keine Küche? Klar hat er eine Küche, aber zu wenig Geschirr, er will nicht so viele Sachen nach Hottingen mitnehmen müssen.

Dann lad uns halt zum Kaffee ein. Das sollte doch möglich sein.

Nach dem Telefonat schaut Dick aus dem Fenster, ob Amy noch vor dem Fellini sitzt. Sie ist weg. Gut für sie.

Er macht die Küche sauber und schüttelt die Bettdecke aus. Wie soll er die Wohnung bis morgen herrichten, damit die Eltern keinen Schock bekommen? Am meisten macht ihm der Zahnarztstuhl zu schaffen. Die Brauerstraße werden sie verkraften und auch das düstere Haus, aber dieser Folterstuhl im Hinterzimmer, da werden sie denken, er hat irgendwelche dunklen Seiten, die er hier auslebt.

Das Monstrum wird er bis morgen nicht mehr los, da braucht er sich keine Illusionen zu machen. Soll er ein weißes Leintuch darüberwerfen? Das macht es nicht besser. Aber er könnte das Zimmer abschließen und behaupten, die Verwaltung hat den Schlüssel noch nicht geschickt. Wissen die Eltern überhaupt, dass es eine Zweizimmerwohnung ist? Er könnte die Tür hinter einem Wandteppich verschwinden lassen und behaupten, es ist eine Einzimmerwohnung. Vielleicht kann man auch den Schrank vor die Tür stellen?

Er schiebt ihn hin und er passt. Der Boden hat zwar jetzt ein paar Schrammen mehr, aber der Schrank deckt Tür und Türrahmen perfekt ab. Und da er keine Rückwand hat, kann man einfach durch ihn hindurchgehen, um ins andere Zimmer zu gelangen. Genial, jetzt hat er eine Wohnung mit Geheimkammer. Davon hat er schon als Kind geträumt. Er könnte später ein Pokerzimmer daraus machen oder eine Opiumhöhle.

Er fährt zum Secondhandladen und schaut sich die Bettgestelle an. Diesmal gibt es ein Einzelbett, aber es kostet 200 Franken und so viel will er nicht ausgeben. Er kauft einen Kerzenständer, eine Vase, ein Radio und zwei Kaffeetassen. Dann findet er noch eine dicke, nackte Frau in Öl, die nur fünf Franken kostet. Auf dem Rückweg besorgt er Blumen und eine Kerze und zu

Hause wäscht er die Tassen aus und steckt das Radio ein. Es funktioniert. Kann Vater morgen die Nachrichten hören.

Er schlägt zwei Nägel in die Wand und hängt das Ölbild auf. Die nackte Dicke gibt was her. Sie ist ein saftiges Weib mit einem gefährlichen Mund und sieht viel wertvoller aus als fünf Franken, auch wegen des Rahmens. Er hört Vater schon fragen:

Ist das echt?

Aber ja.

Was hat es gekostet?

Eine Million.

Eine Million?

Tja, du könntest dir fünf davon kaufen, was, Dad?

Der Mund ist wirklich faszinierend. Der Busen auch. Er hängt noch Mutters Familienfoto auf und dann macht er sich ans Putzen. Er schrubbt Bad, Küche und Böden, alles mit demselben Lappen, und als er fertig ist, überlegt er, auch noch das Treppenhaus zu wischen mit dem Lappen.

58

Am Sonntag regnet es. Die Eltern treffen eine halbe Stunde zu früh ein, weil Vater direkt einen Parkplatz gefunden hat. Dick nimmt ihnen Schirme und Mäntel ab und legt sie in die Badewanne. Mutter hat einen Kuchen gebacken. Er schneidet ihn auf dem wackeligen Tisch, den er von der Küche ins Zimmer getragen hat. Er zündet die Kerze an und schenkt Kaffee ein.

Die Eltern nehmen auf den Stühlen Platz, Dick setzt sich auf die Matratze. Sie trinken und essen. Dick erzählt von den Amerikanern, die am Paradeplatz eingezogen sind und dass der Chefamerikaner Richard heißt, also praktisch wie er.

Wissen die Leute bei der Bank, wie du wohnst?, fragt Mutter.

Nur Bachmann.

Und das macht ihm nichts aus?

Warum sollte es? Ich bin sein Chef.

Wieso kannst du nicht wohnen wie ein Chef?

Er zieht ja bald nach Hottingen um, sagt er. Vater steht auf und betrachtet die nackte Dicke. Er geht ganz nah heran, als wolle er an ihr riechen. Dick stellt sich neben ihn.

Ist das echt?

Aber ja.

Was hat es gekostet?

Eine Million.

Eine Million?

Nein, Scherz, ich muss es erst schätzen lassen. Willst du die Nachrichten hören? Ich hab ein Radio.

Vater geht zum Fenster und schaut in den Regen hinaus. Dick lässt sich wieder auf der Matratze nieder und nimmt ein neues Stück Kuchen. Mutter betrachtet seine Schlafstatt. Sie macht ein Gesicht, als denke sie darüber nach, wie sie die Wohnung Frau Welti erklären soll. Dann fragt sie, ob die Amerikaner schon etwas darüber gesagt haben, wann er Prokurist wird. Nein, noch nicht, aber die Chancen stehen gut, da verschiedene Beförderungen sistiert wurden. Was heißt das? Nun, dass zum Beispiel Leonhard noch nicht zum Vizedirektor und der Vizedirektor noch nicht zum Stellvertretenden Direktor berufen wurden. Wie es aussieht, werden die Karten neu gemischt.

Willst du damit sagen, du könntest sogar …?

Wer weiß. Mit Ritschi-Dick bin ich jedenfalls schon per du.

Mutter dreht sich zum Fenster und sagt:

Hast du das gehört, Paps?

Paps nickt und meint, bei den Amerikanern ist alles möglich. Er kehrt zu seinem Stuhl zurück und setzt sich wieder hin. Dick macht sich über den Rest des Kuchens her. Die Eltern schauen ihm dabei zu. Mutter bewegt schmunzelnd den Mund und Dick weiß, sie redet mit Frau Welti.

Wollt ihr noch etwas Kaffee? Ich kann noch welchen machen.

Es klingelt. Dick rührt sich nicht. Es klingelt ein zweites Mal und Dick denkt, bitte nicht, geh wieder weg, Cornelle.

Willst du nicht aufmachen, Schatz?

Es ist Sonntag.

Das wird Amy sein. Sie war noch bei einem Freund.

Amy trägt Wilhelm im Arm. Beide sind klatschnass und tropfen den Boden voll.

Dick macht frischen Kaffee. Amy hockt sich auf die Matratze und setzt Wilhelm auf den Boden. Er kriecht zum Schrank. Vater möchte die Nachrichten hören. Dick holt das Radio aus der Küche und stellt es an. Wilhelm patscht mit der Hand gegen die Schranktür. Der Nachrichtensprecher redet von Hagelschauern in der Nordschweiz. Wilhelm haut immer stärker gegen die Tür, sodass Dick befürchtet, sie könnte aufspringen und den Blick auf die zweite Zimmertür freigeben.

Kannst du ihn da bitte wegholen?, sagt er zu Amy.

Wieso?

Es stört wirklich, sagt Vater. Am Ende geht noch etwas kaputt.

Oh, sicher, sagt Amy, Wilhelm nimmt gleich den ganzen

Schrank auseinander. Aber keine Angst, dann kauf ich dir einen neuen, Bruderherz.

Womit denn?, fragt Dick und Vater sagt, mit den 1000 Franken, die du ihr jeden Monat zahlst.

Amy schaut zu Mutter:

Hast du es ihm erzählt?

Dick schaut zu Amy:

Hast du es ihr erzählt?

Mutter schaut zu Dick:

Das tut schon weh, Schatz, dass du Amy Geld gibst, damit sie bei uns wohnt. Als würdest du dich freikaufen.

Sie hören die Nachrichten zu Ende, dann drängt Vater zum Aufbruch. Er möchte hier weg sein, bevor es dunkel wird.

Ist doch erst drei, sagt Amy.

Das geht hier schnell, sagt Vater.

Dick verteilt Mäntel und Regenschirme und Vater schaut sich nochmals das Bild an.

Was heißt das, du musst es noch schätzen lassen? Das macht keinen Sinn.

Lass ihn, sagt Mutter, als Direktor wird er bald mehr haben als nur dieses Bild.

Dick wird Direktor?, sagt Amy. Warum nicht gleich Präsident?

Bei den Amerikanern ist alles möglich, sagt Mutter und gibt Dick einen festen Kuss auf die Wange. Er macht die Tür auf und zuckt zusammen. Da stehen Rolf und Cornelle. Cornelle wollte gerade klingeln. Ihr Make-up ist vom Regen zerlaufen, trotzdem kriegt sie ein charmantes Lächeln hin, während sie sagt:

Rolfimann hat furchtbar Druck, darf er ein Ründchen über dein Stühlchen furzen?

Rolf guckt verlegen auf seine Sandalen. Die roten Socken darin sind ganz aufgeweicht.

59

Am Montag kommt Leonhard ins Büro und sagt, Scheiße, Richard hat die Raucherkabine in die Generaldirektion raufschaffen lassen. Aber da oben geht er sicher nicht rauchen.

Stört es euch, wenn ich hier …?

Mich schon, sagt Remo.

Ach was, er soll sich nicht so aufspielen, er ist hier nicht mehr der Chef. Er kann ja mitrauchen, hilft beim Abnehmen, er sieht langsam wie ein Buddha aus. Remo holt seine Medikamentenschachtel hervor und schluckt eine Pille. Leonhard streckt Dick die Murattis hin und Dick greift zu, aber ohne Feuer zu nehmen.

Da kommt großes Ungemach auf die F5 zu, sagt Leonhard und lehnt sich mit dem Gesäß an Dicks Schreibtisch. Richard plant, alle ausländischen Kunden nach Amerika auszulagern. Dort ist ihr Geld sicherer als in der Schweiz, wo das Bankgeheimnis für ausländische Kunden nicht mehr gilt. Die Generaldirektion versucht zwar Richard zu überzeugen, dass es dank der Vreneli-Methode kein Bankgeheimnis braucht, doch es ist zwecklos. Für Schwarzgeld und Steuerhinterziehung ist Amerika die neue Schweiz, denn Amerika kann nicht vor Gericht gezerrt werden, da es selber das Gericht ist.

Aber keine Angst, sagt Leonhard, die F5 werden sich wehren. Wollen Sie wissen wie?

Dick würde lieber weiterarbeiten. Er ist gerade von einer langen Sitzung zurückgekehrt und hat seitenweise Notizen vor sich liegen.

Wir werden kämpfen, Meier. Wir werden die anderen Abteilungen angreifen und ihnen die Schweizer Kunden abjagen.

Leonhard raucht fertig und entsorgt den Zigarettenstummel in einem Kaffeebecher auf Remos Schreibtisch. Sein Blick fällt auf die Medikamentenschachtel. Was nimmt Bachmann da, Dickmacher? Hey, das sind ja Happy Pills, hat er Selbstmordgedanken?

Geben Sie mal eine her zum Probieren.

Nein.

Machen Sie schon.

Nein.

Remo verstaut die Schachtel in der Schublade und Leonhard stellt sich wieder zu Dick und sagt:

Zum Glück halten wir beide auch ohne Doping durch, was? Wir verlieren auch in harten Zeiten nicht den Humor, hehe. He! Was ist das?

Er nimmt die Notizen von Dicks Schreibtisch und blättert sie durch.

Sind Sie noch bei Trost? Das sind ja ganze Sätze!

Er fuchtelt mit den Blättern in Richtung Remo und brüllt:

Haben Sie ihm nicht gesagt, was passiert, wenn man uncodiert schreibt?

Ich bin hier nicht mehr der Chef, sagt Remo.

Leonhard schäumt. Da versucht die Generaldirektion mit allen Mitteln, die Schweiz vor Richard zu retten, und was macht

Dick? Setzt ihre einzige Hoffnung aufs Spiel, indem er Vreneli fickt. Dick wird heiß. Er möchte nun doch Feuer für seine Zigarette, aber Leonhard geht nicht darauf ein. Er klatscht ihm die Notizen auf den Schreibtisch und sagt, das wird ein Nachspiel haben. Hat ihm die Kursleiterin nicht eingebläut, wie verboten das ist? Hat sie oder hat sie nicht? Leonhards Lippen zucken, während er auf eine Antwort wartet, und Dick sagt:

Ist das Ihre Mutter?

Was?

Vreneli. Ich meine …

Nun verliert Leonhard vollends die Fassung. Er beginnt zu kreischen und mit den Armen zu fuchteln. Was wird hier gespielt? Will Dick ihn fertigmachen? Da hat er ihn wie einen Sohn behandelt, hat ihn beschützt und gefördert – und was macht er? Fickt Vreneli und fragt, ob das seine Mutter ist! Aber das wird er bereuen. Bis ins Steißbein wird er das bereuen!

Leonhard stürmt aus dem Zimmer.

Dick ordnet mit zitternden Fingern die Blätter. Remo sagt, er soll sich nichts daraus machen. Leni ist nervös, weil die Daten, die damals an die USA verkauft wurden, von einem F5-Kunden stammten.

Leonhards Kunde?

Nein, Fischers.

Hat er drum Krebs bekommen?

Hoffentlich nicht, sagt Remo und guckt betrübt auf seine Tischplatte. Fischer war unschuldig, sagt er, sein Haus und alles wurde durchsucht. Man hat nie herausgefunden, wer es war. Aber derjenige hat sicher nicht gewollt, dass Fischer stirbt, ganz bestimmt nicht. Remo schluckt eine zweite Pille, holt den *Moby Dick* hervor und liest.

Dick gibt die Protokolle ins System ein, anschließend schreibt er die Notizen um. Er muss sich beeilen für den Fall, dass Leonhard zurückkommt. Er hat immer noch sein Geschrei in den Ohren.

Um fünf vor fünf klappt Remo das Buch zu und sagt, geschafft. Er hätte nicht gedacht, dass er heute noch fertig wird damit.

Willst du *Moby Dick* haben?

Wozu?

Dein Namensvetter hat den bösen Kapitän besiegt.

Ich muss mich konzentrieren.

Dick hat nur noch eine Seite zu übersetzen. Er fragt Remo nach dem Zeichen für Gold und Remo sagt, er weiß es nicht mehr. Ach, komm schon. Nein, wirklich, er hat viele Zeichen vergessen. Dick soll einfach etwas erfinden, hat er auch immer so gemacht.

Du auch?

Machen doch alle so. Hauptsache, im Archiv landet nichts, das man entziffern kann. Die Berater können kein Vreneli und die Kursleiterin darf keine Kundensachen ansehen.

Dick fragt, was geschieht, wenn mal etwas überprüft werden muss. Ist noch nie vorgekommen, sagt Remo. Der Kunde hat eh immer recht, egal was aufgeschrieben wurde, also schaut man gar nicht erst nach. Aber was macht dann der ganze Aufwand für einen Sinn? Keinen, sagt Remo. Außer dass es denen da oben ein Gefühl von Sicherheit gibt.

Remo legt Dick das Buch auf den Tisch und geht nach Hause. Dick schreibt die Seite fertig, dann huscht er mit den anderen auf die Toilette, zerreißt sie und spült sie runter. Als er ins Büro zurückkehrt, steht Leonhard an seinem Schreibtisch und blättert in den neuen Notizen.

Wo sind die anderen?

Welche anderen?

Leonhard zündet sich eine Zigarette an und beobachtet Dick, wie er die Blätter im Archivordner ablegt. Er kneift ein Auge zu und sagt, er weiß, was hier läuft. Dick ist zu Richard übergelaufen.

Richtig?

Was?

Dick und Dick gesellt sich gern. Haben Sie das Mobbing-Buch von ihm?

Das ist *Moby Dick*.

Was versprechen Sie sich davon?

Vom Buch?

Von Ihrem Seitenwechsel!

Leonhard ist überzeugt, dass Richard Dick nicht viel nützen wird. Der ist nicht lange hier, denn wenn die Umstrukturierung abgeschlossen ist, haut der wieder ab. Aber er, Leonhard, wird bleiben und Tag für Tag das Archiv durchpflügen und wenn er auch nur das kleinste uncodierte Wörtchen findet, fliegt Dick hier alles um die Ohren und kein großer Amerikaner kann ihm dann mehr helfen.

Ich hab nichts mit Richard, sagt Dick.

Drum tauscht ihr Bücher aus.

Das ist von Remo.

Es ist englisch.

Nur der Titel.

Sie scheißen mich an.

60

Dick geht nach Hause und Leonhard geht mit. Er schreitet neben ihm her und redet auf ihn ein. Ich habe Sie wie einen Sohn behandelt, sagt er, und das ist jetzt der Dank dafür. Sie scheißen mich an.

Er kommt sogar in die Wohnung, setzt sich an den Küchentisch und redet weiter. Dick sagt, er wollte ihn nicht verärgern, es war ein Missverständnis, es tut ihm leid. Das tut es wirklich. Leonhard war immer gut zu ihm und es schmerzt, dass er sich von Dick verraten fühlt.

Ich bin nicht zu den Amerikanern übergelaufen.

Vreneli-Ficker, sagt Leonhard.

Ich bin auf Ihrer Seite.

Moby Schwanz, sagt Leonhard.

Das reicht. Er geht sich eine Flasche Wodka kaufen, füllt das Zahnputzglas halb-halb und trinkt es langsam aus. Lenis Stimme weicht auf und nach einem zweiten Glas ist sie verschwunden. Zur Sicherheit trinkt Dick noch ein drittes und dann ist er ziemlich beduselt. Er fragt sich, woher Leonhard das Recht hat, ihm so auf die Pelle zu rücken. Wegen dem Sack hat er zu viel Wasser mit Wodka getrunken. Er würde es ihm gerne heimzahlen, ihn auch heimsuchen und zutexten. Er schaut im Netz nach, kann seine Adresse aber nicht finden. Er muss nochmals ins Büro.

Als er am Paradeplatz aus dem Tram steigt, ist es auf der großen Uhr kurz vor Mitternacht. Trotzdem brennt noch vielerorts Licht in der Bank. Er setzt sich an Remos Computer, meldet sich als Personalfrau an und öffnet Leonhards Akte.

Beim Verlassen der Bank trifft er auf einen Wachmann, der seinen Ausweis sehen will. Sie machen ein wenig Smalltalk und reden über die Amerikaner.

Verrückte Kerle, sagt der Wachmann.

Ich bin auch ein halber.

Verstehe, drum der Vorname.

Yeah. Mein Großvater ist Dick Cheney.

Ist das der mit dem Bush?

Nein, er ist rasiert.

Was?

Yeah.

Dick schlendert zum Bahnhof und trinkt ein Bier in der Halle. Dann sucht er die öffentlichen Telefone auf, greift sich einen Hörer und wählt Leonhards Nummer. Es dauert nicht lange und er hört ihn sagen:

Wer ist da?

Mo–

Fast hätte er *Mobbing Dick* gesagt. Er hängt auf. Nach einem weiteren Bier ruft er nochmals an. Diesmal bleibt er dran, sagt:

It's me.

Was?

Richard. Can't find my way home.

What?

Pick me up at the main station.

Steiner, bist das du?

Don't call me Stoney.

61

Am nächsten Morgen muss Dick schon früh in die Kammer. Er hat einen Kater und Frau Koch hat einen betrunkenen Tunesier zu Besuch, der ein niedliches Französisch spricht. Er redet von der Sonne seines Landes und gibt eine Reihe verrückter Anweisungen. Frau Koch schlägt vor, einen größeren Betrag in den Nahrungsmittelfonds zu stecken, und er ist einverstanden. Dann diktiert sie das Protokoll zur Trennwand, während er ihr Komplimente macht. Er sagt, ich bin Ben, wollen wir uns schreiben? Sie lacht. Man hört es auf dem Ledersofa rutschen und Frau Koch lacht nicht mehr, sondern sagt *stopp*. Der Tunesier entschuldigt sich. Er verdoppelt den Betrag für den Nahrungsmittelfonds und Frau Koch sagt, vraiment?

Oui. Pardon.

Sie diktiert das Protokoll zu Ende und Dick schreibt wacker mit, alles in Klarschrift, er hat jetzt nicht den Kopf für Vreneli. Der Tunesier erzählt wieder von der Sonne seiner Heimat und plötzlich weiß Dick, woran ihn das Französisch erinnert: ans Schweizer Schulfranzösisch. Das ist eine Falle. Da sitzt kein betrunkener Tunesier in der Kundenlounge, sondern ein Frank Leonhard, der ihn auf frischer Tat ertappen will.

Dick reißt die Blätter vom Block, zerknüllt sie und stopft sie sich in den Mund. Während die Papiere im Speichel aufweichen, schreibt er alle Vreneli-Zeichen auf, die ihm in den Sinn kommen. Er kritzelt zwei Seiten voll. Hinter der Trennwand werden Kaffeetassen abgestellt und man erhebt sich. Dick zerkaut das Papier und schluckt es runter. Er setzt sich aufrecht hin, legt den Stift neben den Block und wischt sich den Schweiß von der Stirn.

Ich bin bereit, Leni.

Noch zwei, drei Minuten, dann wird die Tür aufgehen und Leonhard wird sich den Block schnappen. Er wird enttäuscht die Unterlippe hängen lassen und verlangen, dass Dick seine Taschen leert. Dick wird sich bis auf die Unterhose ausziehen und Leonhard wird seine Kleider durchsuchen und sich bis auf die Knochen blamieren.

Als endlich die Tür aufgeht, steht nur Frau Koch da.

Was soll ich damit?, sagt sie, weil Dick ihr den Block entgegenstreckt.

Er rennt ins Büro und versucht, das Protokoll aus dem Gedächtnis aufzuschreiben. Remo ist auch da. Er trägt sein gelbes Hemd und eine schwarze Sonnenbrille und sieht aus wie ein Playboy-Buddha. Er sagt, er hat eine Bindehautentzündung.

Ich darf kein Sonnenlicht mehr sehen.

Ist gut.

Weißt du, was hier fehlt?

Jetzt nicht, Remo.

Dick kann sich an alle Aufträge erinnern, nur die dazugehörenden Beträge bekommt er nicht mehr zusammen. Er zermartert sich das verkaterte Hirn, schwitzt und stöhnt und als Remo sagt, von einer Bindehautentzündung kann man blind werden, genau wie von Diabetes, stöhnt Dick, was soll ich denn jetzt machen?

Rollläden anbringen lassen.

Es bleibt Dick nichts anderes übrig, als Frau Koch anzurufen und um Hilfe zu bitten. Sie sagt, er soll vor der Mittagspause ins Sitzungszimmer raufkommen. Die wird mich umbringen, denkt er. Wenigstens bleibt ihm genügend Zeit, das Protokoll in einem schönen Vreneli-Code abzusetzen. Remo hilft ihm dabei. Um Viertel vor zwölf geht er hinauf und nimmt am ovalen Sitzungstisch Platz. Frau Koch setzt sich neben ihn und sagt, sie hat gemerkt, dass es in der Kammer nicht gut läuft. Sie hat ihn Blätter zerknüllen und laut schmatzen hören.

Keine Sorge, zusammen kriegen wir das hin.

Sie darf sich zwar in der Lounge keine Notizen machen, aber sie hat ein gutes Gedächtnis. Dick füllt erleichtert die Lücken auf seinen Notizblättern aus und als sie zum Nahrungsmittelfonds kommen, sagt er, diese Zahl weiß er noch.

Eine großartige Summe, nicht wahr?, sagt Frau Koch und erklärt, bei keinem anderen Produkt kann sie so viele Gebühren verrechnen wie bei dem. Vermutlich wird sie in der nächsten Abteilungsstatistik auf Rang 1 stehen.

Und ich werde nichts dagegen tun, sagt Dick.

Wie meinen Sie das?

Nein, nur ein blöder Spruch.

Wie geht es Ihrer Verletzung?

Er zeigt seinen Unterarm. Sie hält seine Hand, während sie die Wunde begutachtet, und er spürt wieder ihre Wärme, sie breitet sich wie Wasser mit Wodka in seinem Körper aus. Er schämt sich, dass er sie letzte Woche mitten in der Nacht angerufen hat. Aber das war nicht er, das war Mobbing Dick. Sie schaut ihm in die Augen und sagt:

Geht Ihnen nicht so besonders, hm?

Im Moment nicht.

Er könnte ewig hier sitzen, ihr Parfüm riechen und ihre Berührung spüren.

Was lächeln Sie?
Nichts.
Sie sehen müde aus.

Als er wieder an seinem Platz sitzt, fragt er sich, wieso sie so lieb zu ihm war. Vielleicht hat Leonhard ihr erzählt, dass er der Protegé von Richard ist. Oder sie mag ihn. Er mag sie ja auch. Er spürt immer noch ihre Wärme.

Ich brenne, seufzt er.

Ja, die Sonne ist höllisch, sagt Remo und wickelt sich für die Mittagspause in ein weißes Tuch ein.

62

Drei Tage später kehrt der Tunesier zurück. Er ist nicht mehr betrunken, dafür wütend. Seine Stimme singt vor Empörung und sein Französisch ist nicht mehr niedlich. Dick hört, wie er in der Kundenlounge auf und ab schreitet. Frau Koch bleibt ruhig. Sie lässt ihn erst mal Dampf ablassen.

Wegen ihr hat er viel Geld verloren, sagt er, sehr viel Geld. Sie hat seine Großzügigkeit ausgenutzt und ihm schlechte Papiere verkauft, sehr schlechte Papiere. Ein Kurssturz in dieser Größenordnung – wie ist das überhaupt möglich?

Er wird immer lauter. Dick denkt, gleich geht er auf Frau Koch los, würgt und schlägt sie. Was mach ich dann? Das Trennwändchen eintreten und den Mann in die Flucht schlagen. Frau

Koch vom Boden hochheben, aufs Sofa setzen und sich zum Dank in die Schrennengasse zum Abendessen einladen lassen.

Aber Frau Koch ist ein Profi. Sie weiß ihren Kunden zu besänftigen. Sie sagt, es gibt keinen Grund zur Panik. Rohstoffkurse können manchmal heftig ausschlagen, das ist normal, besonders bei Nahrungsmitteln. Die Produktionswerte sind vom Wetter abhängig und das Wetter lässt sich nicht kontrollieren. Erst jetzt realisiert Dick, dass vom Nahrungsmittelfonds die Rede ist. Er kriegt einen Schweißausbruch.

In der Lounge wird Kaffee eingeschenkt. Der Kunde scheint sich gesetzt zu haben. Er sagt, er will seine Anteile verkaufen. Frau Koch rät ihm davon ab. Der Kurs wird genauso schnell wieder steigen, wie er gefallen ist. Es braucht nur einen kleinen Tsunami, eine Trockenperiode oder eine Heuschreckenplage, schon ist er wieder im Profit. Solange er die Papiere nicht anrührt, ist es nur ein Buchverlust. Verkauft er sie hingegen, wird daraus ein echter Verlust.

Jetzt nicht die Nerven verlieren, sagt sie. Sie sind doch ein Mann.

Oui.

An Ihrer Stelle würde ich Anteile hinzukaufen.

Non.

Natürlich. So günstig kommen Sie nicht mehr dazu.

Der Tunesier schlürft seinen Kaffee. Dann schlägt er sich aufs Knie und gibt die Anschaffung weiterer Papiere in Auftrag.

Im Büro guckt sich Dick sein Konto an. Es sieht nicht gut aus. Das Telefon klingelt. Es ist die Personalfrau. Sie sagt, sie müssen reden.

Ihr Schreibtisch steht jetzt mitten in einem Großraumbüro.

Die Leute der Personalabteilung sitzen so eng beisammen, dass bei vertraulichen Gesprächen mit Mitarbeitern oder Bewerbern geflüstert werden muss.

Sie stecken tief im Schlamassel, flüstert die Personalfrau.

Wenn sein Fonds weiter sinkt, ist der Lombardkredit nicht mehr gedeckt und er muss Geld nachschießen. Sonst verkauft das System seine Anteile und er fährt einen respektablen Verlust ein.

Haben Sie noch irgendwo Geld?

Nein.

Ihre Eltern?

Nein. Wobei – nein.

Beten wir, dass der Kurs nicht weiter fällt.

Ich möchte hinzukaufen.

Sind Sie verrückt geworden?, zischt sie, sodass links und rechts die Köpfe hochgehen. Sie rechnet ihm seine aktuelle Verschuldung vor. Vorschuss, Lohnvorbezug und Lombardkredit belaufen sich auf rund 50 000 Franken.

Und das nach der kurzen Zeit, die Sie bei uns sind. Ich mache mir große Vorwürfe.

Jetzt nicht die Nerven verlieren, sagt er.

Wie können Sie so unbekümmert sein?

Ich bin ein Mann.

Ja, ein Mann, der bald große Probleme haben wird. Denken Sie an den Fall Bachmann.

Der hat noch viel mehr Schulden.

Woher wissen Sie das?

Hat er mir erzählt.

Er hat mit Ihnen über seine Finanzen geredet? Das ist verboten unter Mitarbeitern.

Er nimmt so Glückspillen. Die machen geschwätzig.

Herr Bachmann nimmt Antidepressiva?

Die Personalfrau zieht die Tastatur heran und tippt etwas in den Computer.

Dr. Sager trägt eine violette Fliege. Er reagiert verschnupft auf Dicks Bitte um eine Einschätzung. Hat er ihn nicht vor solchen Fonds gewarnt? Wozu holt man seinen Rat ein, wenn man ihn dann doch nicht beherzigt? Eine Mail später hat er sich beruhigt. Er hat sogar ein paar Kennzahlen zusammengetragen und ausgewertet. Alles deutet auf eine baldige Kurserholung hin. Sobald Dick aus der Verlustzone ist, soll er aussteigen.

Danke, das werde ich tun, schreibt Dick zurück.

Dann schreibt er noch, dass er sich überlegt, ganz auszusteigen. Um Himmels willen, er will sich doch nicht das Leben nehmen? Nein, nein, er meint die Swiss American Bank. Ist vielleicht nicht das Richtige für ihn. Hat er schon mal die Post in Erwägung gezogen?, fragt Dr. Sager. Ihn dünkt, Dick könnte da hinpassen.

Am Abend ist der Kurs leicht gestiegen. Alles wird gut, denkt Dick, packt zusammen und geht ins Wochenende. Was jetzt noch ein bisschen stört, ist die Personalfrau. Sie hat sich bei ihm eingehängt und begleitet ihn nach Hause. Sie redet über das Großraumbüro, Salamigeruch und fremde Fingernägel auf dem Schreibtisch. In der Brauerstraße will sie unbedingt mit hochkommen und als sie zusammen am Küchentisch sitzen, fragt sie, wieso es so leise ist auf der Langstraße, ist heute keine Party?

Im Moment hab ich andere Sorgen, sagt Dick.

Alles klar, welche?

Dass Sie mir nicht aus dem Kopf gehen.

Er isst eine Büchse Thunfisch. Zum Dessert löffelt er Nutella aus dem Glas. Die Personalfrau redet und redet. Er trinkt ein Bier. Sie redet weiter. Er steht auf, öffnet den Schrank und die Zimmertür dahinter und verschwindet in seine Höhle. Die Personalfrau kommt nicht mit. Er klettert auf den Stuhl, legt die Arme auf die Lehnen und entspannt sich.

Draußen schreien sich ein paar Nutten an und er kriegt Lust, sich einen runterzuholen. Er geht ins Badezimmer, aber dort taucht wieder die Personalfrau auf und drückt auf die Libido. Es hilft auch nicht, dass sie das Haarband vom Pferdeschwanz streift und die Haare aufschüttelt. Er holt die nackte Dicke von der Wand und stellt sie aufs Waschbecken.

Nachher putzt er sich die Zähne, zieht den Pyjama an und geht ins Bett.

63

Am Sonntag muss er zum Mittagessen nach Witikon. Mutter sagt, er sieht bleich aus, wird er krank? Nein, alles bestens. Er geht in den oberen Stock und wirft einen Blick in sein Zimmer. Wilhelm hockt auf dem Teppich und würgt eine Stoffente. Es ist jetzt sein Reich. Amy kommt aus ihrem Zimmer und sagt, Dick sieht alt aus. Abgestürzt letzte Nacht?

Dann sitzen sie in der kleinen Küche und essen Braten an

dunkler Zwiebelsauce. Dick passt auf, dass er unter dem Tisch Vaters Füße nicht berührt und Mutter betrachtet ihn von der Seite und meint, er sieht nicht gesund aus.

Isst du auch genug?

Mir geht's prima, Ma.

Hast du rausgefunden, wer die zwei komischen Gestalten waren letzten Sonntag vor deiner Tür?

Vater stellt die Nachrichten an. In Amerika demonstrieren sie gegen Präsidentschaftskandidat Trump.

Ein schrecklicher Mensch, sagt Mutter.

Vater hebt den Kopf und schaut sie an:

Ich dachte, wir wären uns einig.

Nein, ich trau dem nicht. Und dann diese Frisur.

Du bist von Amy beeinflusst, sagt Vater.

Nein, sagt Amy, Ma kann für sich selber denken. Trump ist ein Nero, der die Welt in Brand stecken wird.

Aber er ist Republikaner, sagt Vater. Und Republikaner sind gut für die Wirtschaft.

Du willst einem Chaoten Atomwaffen in die Hand drücken, nur damit deine Drogerie besser läuft?

Liebes, halt dich etwas zurück, sagt Mutter zu Amy. Vater sagt, Hillary ist genauso gefährlich, sie ist eine Frau.

Dad!

Mutter fragt Dick, für wen denn die Amerikaner auf seiner Bank stimmen werden, weiß man das schon?

Für Frau Koch, sagt Dick.

Siehst du, Paps, sie sind auch für eine Frau.

Vater verdreht die Augen. Er sagt, er kennt eine Menge Frauen, die für Trump sind.

Zum Beispiel?, fragt Amy.

Fräulein Bodmer, sagt Vater.

Das ist keine Frau, sagt Amy.

Das ist unerhört, sagt Vater. Auf seine Mitarbeiterin lässt er nichts kommen. Sie schmeißt den Laden und den Postschalter praktisch im Alleingang und war in den letzten fünfundzwanzig Jahren kein einziges Mal krank.

Ausbeuter, sagt Amy.

Was?

Du hast schon verstanden.

Aber Amy, sagt Mutter, lass uns nicht streiten.

Dich beutet er auch aus, Ma. Du musst seine Unterhosen waschen und dauernd um Geld betteln.

Vater schlägt mit der flachen Hand auf den Tisch. Mutter hatte stets genug Haushaltsgeld, bis Amy und ihr Sohn hier auftauchten, um ihnen die Haare vom Kopf zu fressen.

Ma hat Anrecht auf ihr eigenes Geld, sagt Amy. Sie könnte dich anzeigen.

Ja, das hat Frau Welti auch gesagt, sagt Mutter.

Was? Du redest da draußen über unser Privatleben?

Nur mit Frau Welti.

Aber sonst geht's dir noch gut? Das ist doch …! Aber bitte, wie du willst, du sollst dein Geld haben, kein Problem.

Vater atmet tief durch und wendet sich an Dick:

Dick, gib deiner Mutter das Geld, das du deponiert hast.

Deponiert? Ich hab Fonds damit gekauft.

Mach sie wieder zu Geld und gib es ihr, die ganzen … Wie viel war es nochmals? 6000?

Der Kurs ist gesunken.

Hab ich gelesen. Aber Mutter hat natürlich Anrecht auf den ganzen Betrag.

Das geht nicht.

Was geht nicht?

Na ja, der Fonds ist jetzt nicht mehr so viel wert.

Da kann doch deine Mutter nichts dafür.

Wovon redet ihr?, fragt Amy.

Dick hat Geld für uns angelegt. Aber das kommt jetzt alles ins Haushaltsportemonnaie, damit ihr Ruhe gebt.

Ich kann die Papiere nicht verkaufen, sagt Dick.

Wieso nicht?

Das wäre unklug. Dann würde aus einem Buchverlust ein realer Verlust werden.

Buchverlust, realer Verlust, davon versteht doch deine Mutter nichts. Heb das Geld einfach von deinem Konto ab und bring es nächsten Sonntag mit. Oder noch besser, überweis es auf mein Postkonto, sonst wird es dir noch gestohlen.

Dick legt sein Besteck in den noch vollen Teller.

Was hast du?, fragt Vater.

Nichts.

Gell, er hat was, sagt Mutter. Er ist so bleich.

Dick steht auf und geht aufs Klo. Er spült und reibt sich die Wangen vor dem Badezimmerspiegel, damit sie etwas Farbe bekommen. Im Zahnputzglas kehren sich die elterlichen Zahnbürsten die Rücken zu. Er würde sie gern herausnehmen und Wasser mit Wodka reintun. Das Glas langsam austrinken und dann in die Küche gehen und Mutter und Schwester über Vaters Bankkonto aufklären. Dann würde niemand mehr verlangen, dass er irgendetwas verkauft.

Als er an den Tisch zurückkehrt, schweigen alle, auch Wilhelm. Es ist ein vorwurfsvolles Schweigen und am lautesten schweigt Amy. Sie hat erfahren, in was Dick investiert hat. Wie kann er auf Hunger und Elend wetten, ausgerechnet er, der selber immer Hunger hat?

Isst du wirklich genug?, fragt Mutter.

Vater sagt, Amy hat recht, dieser Fonds ist ungerecht. Dick muss den Kauf rückgängig machen, damit die Familie wieder mit gutem Gewissen Mutters Sonntagsbraten genießen kann.

Willst du das für uns tun?

Ich kann nicht, sagt Dick. Zuerst muss der Kurs steigen.

Die Sache gefällt mir nicht, sagt Vater.

Mir auch nicht, Schatz.

Der Fonds stinkt, sagt Amy.

Womöglich hast du faules Getreide gekauft, sagt Vater.

Lasst mich doch in Ruhe, sagt Dick.

Etwas stimmt mit ihm nicht, sagt Vater.

Gell, er sieht krank aus, sagt Mutter.

Die ganze Welt ist krank, sagt Amy.

Wilhelm pupst.

64

Die Bank brennt. Von außen sieht man es ihr nicht an, aber drinnen schmelzen die Deckenlampen und die Farbe tropft von den Wänden. Die F5 arbeiten mit Hochdruck an der Umsetzung der neuen Strategie. Sie verabschieden ausländische Kunden nach Übersee und jagen anderen Abteilungen Schweizer Kunden ab.

Dick verbringt mehr Zeit in der Kammer als in seiner Wohnung. Immer wenn er denkt, es geht nicht mehr, kommt noch mehr Arbeit daher. Er ist erstaunt, wie viel er aushält. Einmal sagt er zu Remo, die unmenschliche Belastung macht einen Übermenschen aus mir, aber Remo antwortet nicht, er ist längst nach Hause gegangen.

Nachts sitzt Dick im Büro und schreibt die Notizen fürs Archiv um. Er hofft jedes Mal, das letzte Tram zu erwischen, aber er schafft es selten. Zu Hause kann er nicht einschlafen, obwohl er todmüde ist. Die Bank kocht in seinem Kopf weiter und die Fantastischen diktieren Müll und Mist. Ich muss hier raus, sagt er sich, die Kammer macht mich fertig. Aber zum Glück ist da noch eine andere Kammer, eine, in der er auftanken kann. Nacht für Nacht setzt er sich in den Zahnarztstuhl und schlürft Wasser mit Wodka. Er stellt sich vor, wie der Nahrungsmittelfonds endlich steigt und er alles verkaufen und die Bank verlassen kann.

Sobald ich frei bin, werde ich wieder mehr essen. Und weniger trinken.

Eines Nachts, als er im Zahnarztstuhl am Eindösen ist, sagt es:

Du musst den Druck weitergeben.

Jawohl, Frau Personalfrau.

Ich bin nicht die Personalfrau.

Wer bist du dann?

Von tief unten stößt ein dunkles *Hallllooo* herauf in einem Ton, von dem er nicht wusste, dass er ihn hat. Fasziniert sagt er immer wieder *hallllooo*, intoniert es wie ein gregorianischer Mönch und spürt ein kühles Vibrieren, das ihn zärtlich ausfüllt.

Die nächste Nacht sagt er eine Stunde lang *hallllooo* im Zahnarztstuhl, *hallllooo, hallllooo, hallllooo*. Dann bekommt er Lust auf Publikum, wirft den weißen Arztkittel über und geht auf die Straße.

Hallllooo, sagt er in die warme Nachtluft.

Am Helvetiaplatz sucht er eine Telefonzelle auf und wählt eine Nummer, die er seit seiner Kindheit kennt. Er muss lange warten, bis jemand abnimmt. Es ist drei Uhr morgens, aber dann hört er endlich:

Welti?

Hallllooo.

Ja, wer spricht denn da?

Hier ist Mobbing Dick.

Ich habe Sie nicht verstanden.

Zum Glück, sagt er und hängt auf. Das *Dick* hätte ihn verraten können, auch wenn er mit einer anderen Stimme sprach. War eine blöde Idee, so einen Anruf will er nie wieder machen.

In der Nacht darauf zieht er erneut los. Schreitet mit wehendem Arztkittel durch die leeren Straßen und hält nach einer Telefonzelle Ausschau, die nicht zu nah bei seiner Wohnung liegt. Er findet eine und ruft Herrn Steiner an:

Hallllooo, hören Sie auf, wie ein Fisch zu gucken.

Er ruft Frau Koch an:

Hallllooo, hören Sie auf, mich so spät anzurufen.

Er ruft Herrn Leonhard an:

Hallllooo, hören Sie auf Ihre Mutter.

Er ruft den Vizedirektor an:

Hallllooo, Ihre Gold Wing ist abgestürzt.

Er ruft die Personalfrau an:

Hallllooo, du Stute.

Zwei Nächte später traut er sich, bei seinen Eltern anzurufen. Vater nimmt ab und Mobbing Dick sagt:

Hallllooo, ich habe gehört, in Ihrer Drogerie geht die Post ab.

Er gurgelt mit Wodka ohne Wasser und inhaliert filterlose Zigaretten. Die Mobbing-Dick-Stimme wird immer besser. Das *Hallllooo* röchelt mittlerweile so unheimlich aus seinem Brustkasten, dass er jedes Mal eine Gänsehaut kriegt, wenn er seine Anrufe macht. Während die Eltern anfangen, nachts das Telefon auszuziehen, bleiben die Handys der anderen an. Dick vermutet, sie müssen für Richard und die Kunden auch im Schlaf erreichbar bleiben.

Eines Nachts, nachdem er zu viel geraucht und gegurgelt hat, führt ihn sein nächtlicher Ausflug zum Paradeplatz. Er stellt sich vor den Eingang, blickt zur neuen Leuchtschrift hoch, die in rot-blau-weißen Farben *Swiss American Bank* verkündet, und macht:

Hallll…

Es kommt ihm hoch. Er kotzt vor die Tür. Die Kameras schauen zu. Egal. Einem Mobbing Dick kann man nichts anhaben, er ist ein Übermensch, eine Mischung aus Zorro und Mephisto, ein Darth Vader in Weiß, ein Dick Cheney in Schön, ein Dick Meier in Freiheit. Er sucht eine Zeitung und deckt das Erbrochene zu.

65

An einem Donnerstag empfängt Frau Koch einen misstrauischen Schweizer Kunden in der Lounge. Er sagt, er hat nur wenig Zeit, er will nicht in den Abendverkehr geraten mit seinem Wagen. Frau Koch klärt ihn darüber auf, dass er ab sofort von der erfolgreichsten Vermögensabteilung des Hauses betreut wird.

Kostet das extra?

Sie sagt, er besitzt genug Vermögen, um bei ihnen von einer speziellen Methode zu profitieren, die noch sicherer ist als das Bankgeheimnis.

Noch sicherer?

Er wird als unsichtbarer Kunde geführt.

Heißt das, die Angestellten können sein Konto nicht ansehen?

Unter anderem.

Auch dann nicht, wenn sie dereinst Prokurist oder Direktor sein sollten?

Genau. Außerdem …

Ich bin einverstanden, sagt der Kunde.

Das ist noch nicht alles, sagt Frau Koch. Sein Vermögen wurde bisher zu defensiv verwaltet. Wenn man seine fünf Millionen richtig anlegen würde, könnten sie viel mehr Rendite abwerfen als das bisschen Zins, das er bisher erhalten hat. Was meint sie mit anlegen? Investieren. Nein, das ist Sparguthaben und darf nicht angerührt werden. Schade. Frau Koch wüsste da einen Fonds, der im Moment stark unterbewertet ist und …

Sie müssen mir helfen, sagt der Kunde.

Natürlich. Dafür bin ich da.

Es geht um meinen Sohn.

Ihren Sohn?

Er hat die falschen Papiere gekauft und will mir mein Geld nicht zurückgeben.

Ich kann Ihnen nicht ganz folgen.

Mein Sohn arbeitet hier. Er heißt Dick Meier.

Wie schön. Ich arbeite eng mit Dick zusammen.

Ich weiß. Sie müssen ihn dazu bewegen, das Geld zurückzugeben, den vollen Betrag. Es gehört seiner Mutter.

Ich bin mir nicht ganz sicher, ob ich …

Doch, er hört auf Sie. Sie waren es auch, die ihm diese Nahrungsmittelsache empfohlen hat. Aber mit Essen spielt man nicht, das hätte Dick wissen müssen. Bitte bringen Sie ihn zur Vernunft.

Wäre es nicht besser, wenn Sie mit ihm reden würden?

Das habe ich ja versucht, aber ich dringe nicht mehr zu ihm durch. Wir wissen auch nicht, was los ist mit ihm. Er ist so bleich geworden. Wir vermuten, er feiert die ganze Zeit Partys in der Langstraße.

Verstehe.

Man will ja nicht gleich gerichtlich gegen sein eigenes Kind vorgehen, aber es sind immerhin 6000 Franken.

Können wir nochmals kurz auf die fünf Millionen zu sprechen kommen?

Mein Sohn darf übrigens nicht erfahren, dass ich hier war.

Keine Angst, Sie sind ja jetzt unsichtbar.

Frau Koch zeigt ihm auf, wie er sein Vermögen innerhalb von zehn Jahren verdoppeln könnte, aber er ist nicht interessiert. Das Sparkonto ist tabu, sagt er. Frau Koch gibt nicht auf. Er soll ihr doch wenigstens gestatten, einen kleinen Betrag davon zu investieren, gewissermaßen als Testballon. Und während das Geld für ihn arbeitet, würde sie mit seinem Sohn reden.

Wie hoch müsste dieser Betrag sein?

Können Sie selber festlegen.

Also gut. 500.

500 000?

Nein, 500. Das muss reichen.

Frau Koch seufzt. Sie wendet sich der Trennwand zu und diktiert:

Fürs Protokoll.

Was tun Sie da?

Ah, stimmt, das habe ich vergessen zu erwähnen. Das ist Bestandteil unserer Methode.

Sitzt da jemand?

Ein Mitarbeiter von mir.

Hat er uns die ganze Zeit zugehört?

Keine Sorge, das ist sein Job.

Wer sitzt da hinten?

Wie gesagt, ein Mitarbeiter.

Wie ist sein Name?

Das tut nichts zur Sache.

Sitzt da etwa mein Sohn?

Wo denken Sie hin.

Sie haben doch gesagt, Sie arbeiten eng mit ihm zusammen.

Ihr Sohn betreut nur ausländische Kunden.

Ich will wissen, wer hinter dieser Wand sitzt.

Ein gewöhnlicher Mitarbeiter.

Er soll bitte hervorkommen.

Das geht nicht. Er darf Sie nicht sehen.

Ich will jetzt seinen Namen wissen.

Das tut wirklich nichts zur Sache.

Für mich schon. Ich will sicher sein, dass das nicht mein Sohn ist, der mich da die ganze Zeit belauscht hat!

Also gut, ich sag's Ihnen. Das ist Herr Bachmann. Herr Bachmann arbeitet in unserem Backoffice.

Kann er mal etwas sagen?

Was soll er denn sagen?

Irgendetwas, damit ich sehe, dass er nicht mein Sohn ist.

Herr Bachmann ist nicht Ihr Sohn.

Ehrenwort?

Ehrenwort.

Herr Bachmann, können Sie mich hören?

Natürlich kann er Sie hören.

Dann soll er bitte antworten.

Herr Bachmann, sagen Sie doch kurz hallo. Ganz kurz. – Herr Bachmann?

Er sagt nichts. Das sagt alles.

Herr Bachmann? Hören Sie mich?

Da stimmt doch was nicht.

Nein, es ist alles in Ordnung, regen Sie sich nicht auf. Es ist nur ungewohnt für Herrn Bachmann, dass er mit einem Kunden sprechen darf. Hören Sie, Herr Bachmann, Sie haben meine Erlaubnis. Sagen Sie kurz hallo.

Sie lügen mich doch an. So wie Sie meinen Sohn mit diesen Papieren angelogen haben. Aber ich bin nicht so leichtgläubig wie er.

Herr Bachmann, nun machen Sie doch.

Das ist mein Sohn, da bin ich mir hundertprozentig sicher. Ein Vater spürt das doch!

Herr Bachmann, so sagen Sie doch kurz hallo. Bitte!

Hinter dem Wändchen hört man ein Räuspern. Dann macht es:

Hallllooo.

Aber ... diese Stimme kenne ich, sagt der Kunde.

I... ich auch, sagt Frau Koch.

66

Dick hört, wie Frau Koch seinen Vater aus der Lounge führt. Hoffentlich bin ich wieder schön bleich, wenn sie zurückkommt, denkt er, denn vorhin, als er versehentlich mit Mobbing Dicks Stimme gesprochen hat, ist ihm das Blut ins Gesicht geschossen.

Frau Kochs Absätze hämmern. Die Tür geht auf und sie sagt:

Was war das denn?

Na, Herr Bachmann.

Der redet doch nicht so.

Wenn wir allein sind schon.

Ist das wahr?

Er nimmt so Pillen.

Remo sitzt friedlich an seinem Schreibtisch und liest in einem alten *Don Quijote*. Dick fragt, ob er auch einen Kaffee möchte.

Klaro, gern.

Dick geht in die Cafeteria und als er mit zwei Bechern zurückkommt, steht Frau Koch bei Remo und verlangt, dass er sein Handy zeigt. Wozu? Sie will nachsehen, ob er ihre Nummer gespeichert hat. Er hat kein Handy mehr, ist ihm zu teuer geworden. Und was macht er, wenn er unterwegs telefonieren will? Ein öffentliches Telefon suchen? Kommt vor, ja.

Zeigen Sie mal Ihre Brieftasche. Ich wette, da steckt meine Nummer drin.

Remos Portemonnaie liegt auf dem Schreibtisch. Frau Koch nimmt es, klappt es auf und findet das Foto, das er von ihrem Schreibtisch entwendet hat.

Ich wusste es!

Remos Sonnenbrand glüht wieder auf. Sein Glatzkopf leuchtet wie ein Lampion, während Frau Koch mit der Brieftasche in der Hand aus dem Büro marschiert. Kurz darauf kehrt sie mit einem Wachmann zurück.

Verhaften Sie ihn.

Was hat er getan?

Er ist ein Stalker.

Sie öffnet die Brieftasche und zeigt dem Wachmann das Foto. Sie sagt, nachts ruft Herr Bachmann sie aus Telefonzellen an und jagt ihr Angst ein. Das ist nicht wahr, sagt Remo.

Leonhard platzt ins Büro und fragt, wieso Marianne nicht rangeht, sie suchen sie schon überall. Richard macht wieder Terror.

Wir haben hier auch einen Terroristen, sagt sie und deutet auf Bachmann. Sie erzählt Leonhard von den Anrufen.

Sag mal, klingen die etwa so: *Hallloooooooo.*

Woher weißt du das?

Weil mich das Arschloch auch die ganze Zeit anruft!

Frau Koch zeigt ihm das Foto in Remos Brieftasche. Leonhard schaut nach, ob von ihm auch eins drin ist. Frau Koch fordert den Wachmann auf, Bachmann Handschellen anzulegen. Der Wachmann weigert sich. Er kann nicht einfach einen Mitarbeiter verhaften. Er kann überhaupt niemanden verhaften, das kann nur die Polizei. Remo holt seine Medikamentenschachtel hervor und drückt eine Pille heraus.

Seht ihr, was er macht?, sagt Frau Koch. Er dröhnt sich zu. Und nachts weiß er nicht mehr, was er tut!

Leonhards Handy piept. Es ist Richard. Frau Koch sagt zum Wachmann, er soll Bachmann nicht aus den Augen lassen. Sie und Leonhard gehen und wenig später geht der Wachmann auch.

Hast du eine Ahnung, was hier läuft?, fragt Remo.

Alles Vaters Schuld, sagt Dick.

Was?

Vergiss es.

Aber es stimmt. Wenn Vater sich in der Lounge nicht so paranoid aufgeführt hätte, würde Remo jetzt nicht als Stalker dastehen.

Dick trinkt seinen Kaffee. Dann schaut er im Computer nach, ob sich Vaters Konto schon ins Vreneli-Reich verflüchtigt hat. Nein, es ist noch sichtbar. Er lässt einen Kontoauszug raus und geht ihn im Druckbüro holen.

67

Heute klappt es und er erwischt das letzte Tram. Er nimmt sich vor, Ferien von Mobbing Dick zu machen und gleich schlafen zu gehen. Er legt sich mit den Kleidern auf die Matratze. Er ist so müde, dass alles brennt und schmerzt. In seinem Kopf nehmen sie keine Rücksicht darauf. Sie sagen, verhaften Sie diesen Mann. Sie sagen, in der Telefonzelle steckt mein Sohn.

Er steht auf und trinkt Wasser ohne Wodka. Er schaut aus dem Küchenfenster. Er geht wieder ins Bett und die anderen reden weiter. Sie sind ganz nah, nur eine dünne Trennwand ist zwischen ihm und ihnen. Vielleicht sollte ich mal zum Arzt gehen, denkt er und steht wieder auf. Er schlüpft in den Arztkittel und trinkt Wasser mit Wodka. Mobbing Dick möchte den Auszug von Vaters Konto sehen. Das Papier hat Sprengkraft, sagt er. Da steht alles drauf, Name, Kontostand, alles. In den falschen Händen kann es eine Welt zum Einstürzen bringen.

Hör zu, Dick, wir müssen nach Witikon.

Um diese Zeit?

Wir jagen ein Reihenhäuschen in die Luft.

Draußen trifft Dick auf Cornelle, die sich mit einem Freier unterhält.

Hey, Dickiemann, was soll die Aufmachung?

Er kann jetzt nicht reden. Er hat eine Mission. Er steigt in ein Taxi und sagt zum Fahrer:

Spital Zollikerberg.

Sind Sie Arzt?

Zahnarzt. Fahren Sie.

Zollikerberg liegt neben Witikon. Das Krankenhaus dort grenzt an einen Wald. Der Taxifahrer hält vor dem Haupteingang und Dick sagt, er soll den Motor laufen lassen, er muss nur ein paar Zahnbürsten holen. Er geht ins Gebäude, verlässt es durch den Hinterausgang und entkommt in den Wald.

Eine halbe Stunde später steht er vor dem Reihenhäuschen. Die Fenster sind schwarz und der Mond hängt wie ein abgeschnittener Fingernagel über dem Dach. Er glaubt, Wilhelm schreien zu hören, aber das ist vermutlich nur in seinem Kopf.

Er will den Kontoauszug in den Briefkasten legen, als ihm plötzlich Bedenken kommen. Was, wenn Vater den Wisch als Erster findet? Dann wird er ihn einfach wegwerfen.

Mobbing Dick sagt:

Frau Welti.

Dick sagt:

Du Teufel.

Mobbing Dick sagt:

Aber *halllooo*.

68

Am nächsten Morgen taucht Leonhard im Büro auf. Er setzt sich an Remos Schreibtisch, zündet eine Zigarette an und blättert im *Don Quijote*. Was Bachmann immer für Schwarten liest, sagt er. Kein Wunder, dass er so speckig geworden ist. Dann blickt er auf und sagt zu Dick:

Er kommt übrigens nicht mehr. Sie sind ab jetzt allein.

Er raucht fertig, steht auf und geht. Dick telefoniert mit der Personalfrau. Ja, das ist richtig, Remo Bachmann wurde suspendiert. Nein, sie darf nicht sagen weshalb, aber er ist zu einer Bedrohung geworden. Hat Dick keine obszönen Anrufe erhalten?

Remo war's nicht, sagt Dick.

Klar streitet er's ab, sagt die Personalfrau. Jetzt kümmert sich die Polizei um den Unhold.

Dick fragt nach Ersatz. Das kann er vergessen. Hier wird nur noch gefeuert und nicht mehr angeheuert. Reimt sich sogar, sagt sie.

Remo hat das nicht verdient, denkt Dick. Er muss heute Abend mal mit Mobbing Dick reden, vielleicht lässt sich die Sache geradebiegen. Er holt die Medikamentenschachtel aus Remos Schublade und schluckt eine Pille. Zehn Minuten später ist das schlechte Gewissen weg. Er steckt die Schachtel ein.

Dann ist Freitagnacht und er trinkt in seinem Kämmerchen, bis der Partylärm auf der Langstraße abflaut. Er zieht in die Nacht hinaus, der weiße Kittel flattert im Wind und er kriegt eine Gänsehaut am Rücken. Beim Bahnhof Hardbrücke ruft er Leonhard auf seiner Festnetznummer an. Ein altes Mütterchen nimmt ab und Mobbing Dick sagt:

Hallllooo, hier ist ein Unhold.

Wie bitte?

Leg auf!, ruft es aus dem Hintergrund.

Der Nachthimmel entspannt sich und Dick geht nach Hause. Der Anruf wird Remo entlasten. Er hat bestimmt ein Alibi, nämlich die Polizei.

Am Samstag sinniert er darüber nach, wie lange es wohl dauern wird, bis der Verdacht auf ihn fällt. Vielleicht sollte er eine Weile keine Anrufe mehr machen.

Er trinkt ein paar Biere und fährt abends zum Bahnhof Hardbrücke, um seine Fingerabdrücke vom Telefonhörer zu wischen. Ist das da oben eine Kamera? Nein, eine Taube. Oder?

Ksch!

Doch, eine Taube.

69

Von Samstag auf Sonntag schläft Dick zwölf Stunden. Als er aufsteht, scheint die Sonne. Er hängt die Decke übers Fenstersims und fühlt sich jung und frei. Er freut sich sogar auf Witikon und Familie und verspürt so etwas wie Hunger. Bis ihm der Kontoauszug in den Sinn kommt. Er fällt wie ein Vorhang ins Sonntagslicht. Hat er das echt getan? Es kommt ihm so unwirklich vor. Scheiß Mobbing Dick.

Er stellt sich unter die heiße Dusche und friert. Frau Welti muss den Auszug längst entdeckt haben. Vielleicht hat sie es für Werbung gehalten und weggeworfen. Er trocknet sich ab und zieht frische Kleider an. Er macht Hinterzimmer und Schrank zu und stopft den Arztkittel in den Müllsack. Adieu, Mobbing Dick.

Beim Sonntagsbraten wird er einfach den Ahnungslosen spielen. Vater hat ein Konto? Frau Welti hat einen Auszug davon? Was hat das mit mir zu tun? Das Dumme ist nur, dass er so zittert. Er sollte etwas trinken, am besten Wodka, das ist geruchsneutral. Aber Mutter würde es dennoch riechen. Sie riecht alles, sogar Angst. Was bekümmert dich? Hast du etwas mit diesem Kontoauszug zu tun, über den ganz Witikon spricht? Paps, komm doch mal, dein Sohn riecht nach Schuld.

Dick nimmt eine Happy Pill. Schnaps in Trockenform, das wird sie nicht merken. Er schaut auf die Uhr und nimmt eine zweite.

Punkt zwölf Uhr drückt er auf die Klingel. Während er darauf wartet, dass Mutter aufmacht, kehrt die Angst zurück. Es ist dieselbe Angst, die er als Kind hatte, die Furcht vor den traurigen Vorhängen in seinem Zimmer, den nicht gemachten Hausaufgaben auf seinem Schreibtisch oder den toten Nachtfaltern in der Deckenlampe.

Es ist Vater, der öffnet. Bleich und unrasiert sagt er, komm rein, wir essen heute ohne deine Mutter. Er geht ins Wohnzimmer und Dick biegt in die Küche ab, wo Amy am Herd steht und in einem Topf rührt. Es riecht nach verbranntem Senf.

Wo ist Ma?

Weg.

Was gibt's?

Spaghetti mit Senf.

Amy nimmt einen Schluck Rotwein und sagt, Dick soll Vater und Wilhelm holen, man kann essen.

Vater hockt auf dem Sofa und schaut Wilhelm zu, der am Boden seine Zeitung zerrupft.

Essen ist fertig, sagt Dick.

Gut, sagt Vater.

Sie setzen sich an den Küchentisch. Amy schöpft. Die Spaghetti kleben aneinander. Amy füllt eine Karaffe mit Wasser und stellt sie auf den Tisch. Wilhelm versucht einen Strang Spaghetti zu zerreißen.

Was ist mit Ma?, fragt Dick.

Sie hat Probleme, sagt Vater.

Mit wem wohl, sagt Amy.

Mit sich selbst, sagt Vater. Seit Dick und Amy groß sind, weiß sie nichts mehr mit sich anzufangen. Sie ist unausgefüllt. Einmal wollte sie sogar ein eigenes Auto, nur um in der Gegend herumzugurken.

Sie ist ausgezogen, sagt Amy zu Dick.

Sie nimmt sich eine Auszeit, sagt Vater.

Sie hat zwei Koffer gepackt, sagt Amy.

Ich will jetzt diesen Brief sehen!, sagt Vater.

Könnt ihr bitte der Reihe nach erzählen? Ist mühsam so.

Vater legt erschöpft das Besteck auf den Tisch und erklärt, Mutter war gestern bei Frau Welti. Als sie zurückkam, hat sie die Koffer gepackt und ein Taxi gerufen. Er hat ihr sogar die Koffer zum Taxi getragen, man muss sich das mal vorstellen.

Wo ist sie hin?

Frag deine Schwester. Sie hat einen Brief.

Amy schenkt sich Wein nach und sagt, Mutter hätte das schon viel früher tun sollen. Sie hebt Wilhelm aus dem Kindersitz und trägt ihn fürs Mittagsschläfchen ins Wohnzimmer. Kaum ist sie aus der Küche, kommt Leben in den Vater. Er zieht Dick zu sich und flüstert mit Essigatem, wir müssen diesen Brief finden. Er hat schon das ganze Haus auf den Kopf gesellt, aber außer Amys Briefen an Mutter hat er nichts gefunden.

Wo hat deine Schwester früher ihre Geheimnisse aufbewahrt?

Weiß ich doch nicht.

Ihr seid doch zusammen aufgewachsen.

Unter der Matratze vielleicht.

Da ist nichts. Hör zu, es steckt vermutlich ein anderer Mann dahinter.

Bei Ma?

Ich weiß, wer es ist. Du kennst ihn auch, dieser Bachmann aus deinem Büro.

Remo?

Er hat hier ein paarmal angerufen, mitten in der Nacht. Kannst du ihn nicht mal fragen?

Was fragen?

Ob er eine Affäre mit meiner Frau hat!

Er arbeitet zurzeit nicht.

Also sind sie zusammen weggefahren. Paris oder Venedig, du kennst ja die Filme, die deine Mutter schaut.

Bachmann hat kein Geld für Flitterwochen.

Gut. Honey auch nicht.

Amy kommt zurück und stellt einen Aschenbecher auf den Tisch. Sie füllt die Karaffe mit frischem Wasser und zündet sich eine Zigarette an. Vater reißt das Fenster auf. Es klingelt an der Tür. Vater geht nachschauen und Dick sagt, vielleicht ist das Ma. Bestimmt nicht, sagt Amy. Wo wohnt sie denn jetzt? Im Hotel.

Vater kehrt in die Küche zurück. Mit Fräulein Bodmer. Sie trägt ein kleines Köfferchen.

Was macht denn die Alte hier?, fragt Amy.

Fräulein Bodmer wird uns in dieser schweren Zeit unterstützen, sagt Vater.

Was soll das heißen?

Sie wird im Haushalt helfen.

Wir brauchen keine Hilfe.

Du kannst nicht mal kochen, Amy.

Das glaub ich einfach nicht, sagt Amy und steht auf. Da ist Mutter gerade mal einen Tag weg und schon holt er sich eine neue Unterhosenwäscherin ins Haus. Wird sie auch Mutters Platz im Bett einnehmen?

Wo denkst du hin. Sie schläft in Dicks Zimmer.

Das ist jetzt Wilhelms Zimmer, vergessen?

Der kann bei dir schlafen. Kleine Kinder sollten nachts nicht allein sein.

Seit wann kennst du dich mit Kindern aus?

Wenigstens weiß ich, wer der Vater meiner Kinder ist.

Bist du sicher?

Wieso, steht etwas in Mutters Brief? Dick, wie alt ist dieser Bachmann?

Im Wohnzimmer fängt Wilhelm an zu weinen. Amy geht hin. Fräulein Bodmer lässt den Blick über Tisch und Herd schweifen. Dann kommt Amy mit Wilhelm zurück und streckt ihn Fräulein Bodmer ins Gesicht.

Hat sich eingeschissen. Walte deines Amtes.

So geht das aber nicht!, ruft Vater.

Fräulein Bodmer stellt das Köfferchen ab und nimmt Wilhelm an sich.

70

Abends steht Dick am offenen Fenster und schaut in die Dämmerung. Unten kurven die Aargauer um den Block und halten nach Nutten und Parkplätzen Ausschau. Irgendwo hört jemand laut *Verdammt, ich lieb dich.*

Er muss an Mutter denken, die in einem fremden Hotelzimmer zwischen braunen Möbeln sitzt. Er muss an Vater und Schwester denken, die sich im kleinen Häuschen aus dem Weg gehen, während Fräulein Bodmer den Boden zwischen ihnen putzt. Eine große Trauer liegt über der Stadt, als habe Mutter nicht nur Vater, sondern alle verlassen.

Er holt den Arztkittel aus dem Abfall, schüttelt ihn aus und zieht ihn an. Er geht durch den Schrank, setzt sich in den Zahnarztstuhl und trinkt Wasser mit Wodka. Als er betrunken ist, nimmt er den Bilderrahmen von der Wand und versucht im Bad auf die Familie zu wixen. Es geht nicht. Er tauscht das Bild gegen die nackte Dicke, die es diesmal auch nicht bringt. Er stellt sich vor, wie Marianne Koch ihm mit heiserer Stimme züngelnd einen bläst. Nachher schämt er sich, trinkt Bier, isst Happy Pills.

Morgens um drei überkommt ihn das Bedürfnis, sich alles von der Seele zu reden. Er schreibt Dr. Sager eine lange Mail. Er schreibt:

So langsam fällt mir alles wieder ein.
Ich wollt doch nur ein bisschen freier sein.
Jetzt bin ich's – oder nicht.

Er schreibt von Cornelle, die ihm gezeigt hat, wie man Zauberwasser anrührt. Er schreibt von Mobbing Dick, der nachts in Telefonzellen auftaucht und die Fantastischen ärgert. Er schreibt von Fräulein Bodmer, die ein Leben in glücklicher Gefangenschaft führt.

Dann löscht er alles wieder und schreibt nur:

Lieber Dr. Sager, es tut mir leid.

Er schickt es ab und geht ins Bett.

71

Am Montag sitzt Remo wieder an seinem Platz. Er trägt ein schwarzes Stirnband mit einem roten Drachen drauf.

Hat man dich begnadigt?

Ich war's nicht.

Wer dann? Kung-Fu-Panda?

Remo sagt, er weiß, wer es ist. Er wird nachher die Abteilung in Kenntnis setzen, aber vorher will er mit Dick reden.

Mit mir?

Mit dir.

Remo schließt die Augen, als bereite er sich mental auf einen Kampf vor. Das Telefon klingelt und Dick kann mit Block und Schreibzeug aus dem Büro entwischen. Auf dem Weg zur Kammer fragt er sich, wie Remo ihm auf die Schliche gekommen ist. Hat er Beweise? Man darf ihn nicht unterschätzen. Aber gegen Mobbing Dick kommt auch ein Kung-Fu-Panda nicht an.

Die Sitzung dauert nicht lange. Frau Koch hat einen schweigsamen Kunden zu Besuch, der nur ja oder nein sagt. Dick geht in Gedanken alle Anrufe durch, die Mobbing Dick gemacht hat. Wurde Remo überhaupt je behelligt? Soviel er weiß, nicht. Wo könnte der Fehler passiert sein?

Frau Koch diktiert das Protokoll und begleitet den Kunden aus der Lounge. Kurz darauf wird die Kammertür aufgerissen und Leonhard steht da. Er starrt Dick wütend an. Remo hat also bereits die Abteilung informiert. Dick spürt, wie im Brustkasten ein Seil gekappt wird und ein schweres Gewicht nach unten saust. Es ist aus. Er hat weder die Kraft noch den Willen, irgendetwas zu leugnen. Alles ist kaputt, Job, Familie, Kopf, Seele. Er hebt schlapp die Hand und sagt:

Okay, ihr habt mich.

Und wie wir Sie haben!, sagt Leonhard und langt in die Kammer, um sich die Notizen zu greifen. Hinter ihm taucht Frau Koch auf. Er zeigt ihr die Blätter, die viel Normalschrift enthalten, und gluckst:

Hab ich's nicht gesagt?

Du hast es gesagt.

Das überlebt er nicht.

Nein, vermutlich nicht.

Leonhards Lippen beben. Jetzt kann ihm auch sein Freund Richard nicht mehr helfen, sagt er. Sie werden Bachmann reaktivieren und Dick in die Wüste schicken. Dann kann sich Richard einen neuen Spitzel suchen, aber sie werden an Dick ein Exempel statuieren, dass sich niemand mehr traut, mit den Amis zu kollaborieren. Frau Koch züngelt und Dick weiß, das ist die Strafe für seine Fantasie gestern Nacht.

Im Büro liegt ein kleines, dickes Kuvert auf seinem Schreibtisch. Ein Geschenk von Remo. Dick fragt, was da drin ist, ein Beweisstück? Remo sagt, er sollte zuerst zur Personalfrau, sie war hier und hat ihn gesucht. Bei der Gelegenheit hat Remo ihr anvertraut, was er über die nächtlichen Telefonate weiß. Dick wirft ihm das Kuvert an den Kopf.

Behalt deinen Scheiß für dich!

Das Telefon klingelt. Es ist die Personalfrau, sie sagt, kommen Sie endlich.

In der Personalabteilung riecht es nach Motorenöl und heißem Papier. Ein Lehrling schreddert haufenweise Lebensläufe. Der Pferdeschwanz der Personalfrau ist mit grauen Fäden durchwirkt.

Sie wissen, weshalb Sie hier sind?

Die Anrufe.

Was?

Die nächtlichen Telefonate.

Wieso, haben Sie auch welche gekriegt? Darüber reden wir später. Ihr Nahrungsmittelfonds ist nochmals böse getaucht. Sie haben einen imposanten Verlust eingefahren.

Ich habe nichts verkauft.

Das System schon.

Aber …

Bei Unterdeckung geschieht das automatisch, sie hatte ihn gewarnt. Jetzt müssen sie einen Schuldenplan aufstellen, damit er möglichst rasch mit der Tilgung beginnen kann. Hoffentlich bekommt er bald den Kaderlohn, sonst stottert er ewig ab.

Was, wenn ich statt befördert entlassen werde?

Malen Sie nicht den Teufel an die Wand.

Könnte aber sein. Was wäre dann?

Dann kämen zu den Schulden noch Zinsen hinzu und nicht zu knapp. Das würde er nicht überleben. Was hat er angestellt?

Vreneli geschändet. Die F5 wollen mich loswerden.

Und wer soll dann das Backoffice machen?

Bachmann.

Bachmann? Das wird ja immer irrer hier. Wollen Sie wissen, wen er für den Telefonterroristen hält?

Mich.

Fischer.

Der ist doch tot.

Eben. Er sagt, das ist sein Geist, der sich an der Abteilung rächt. Verrückt, nicht? Soll ich Ihnen sagen, wer wirklich hinter den Attacken steckt?

Ich.

Richard.

Richard?

Scht!, nicht so laut. Er ist es natürlich nicht selber, er hat jemanden beauftragt. Er will uns nervlich fertigmachen, damit wir von selbst kündigen. Das kommt die Bank günstiger, als Sozialpläne aufstellen zu müssen.

Sie holt eine Tafel schwarze Schokolade aus der Schublade und bricht ein Stück ab. Während sie kaut, sagt sie, Dick sieht nicht gesund aus. Schläft er auch genug? In ein paar Tagen sollen die Beförderungen kommuniziert werden. Sie hat gehört, es könnte ein paar Überraschungen geben. Vermutlich wird Richard nur Junge befördern, um die Alten zu vergraulen.

Wer weiß, vielleicht werden Sie Prokurist. Sie sollen ja gut stehen mit ihm, wie man hört. Dann wären Sie Ihre Sorgen los.

Oder Vizedirektor?

Jetzt nicht gierig werden. Sehen Sie zu, dass Sie mit den F5 ins Reine kommen.

Remo ruft an. Er lässt ausrichten, dass Dick in die Kammer muss. Die Personalfrau leiht ihm Stift und Papier.

Diesmal wird es eine lange Sitzung. Als er ins Büro zurückkehrt, sitzt Remos Stirnband schief.

Du bist ein Psycho, sagt Dick.

Überhaupt nicht, sagt Remo.

Auf Dicks Schreibtisch liegt wieder das Kuvert. Er reißt es auf und findet ein schwarzes Stirnband mit einem roten Drachen.

Aus Tibet, sagt Remo. Hält böse Geister ab.

Er kommt herüber und zeigt Dick, wie man es hinter dem Kopf verknotet, damit es einem nicht über die Augen rutscht. Dick möchte es wieder abnehmen.

Wieso, ist es unbequem?

Ich muss arbeiten.

Remo sagt, das Stirnband hilft wirklich. Er hat noch keinen einzigen Anruf von Fischer erhalten. Dick fragt, ob es auch gegen Vreneli nützt.

Schon möglich, sagt Remo, aber da klingelt das Telefon wieder.

72

In der Wohnung isst Dick einen gesunden Salat und trinkt zwei Tassen Milch. Das Gespräch mit der Personalfrau hat ihm neuen Mut gegeben. Sein Kontostand ist zwar rot wie der Drache auf Remos Stirnband, dafür besteht die Chance, dass er befördert wird – richtig befördert. Als Prokurist würde er Remo jeden Tag *Krawatte runter!* befehlen, nur so zum Spaß und um Mutter zu imponieren. Aber Remo trägt gar keine Krawatten mehr. Befiehlt er ihm halt *Hose runter, du Clown!* Wie viel verdient man eigentlich als Prokurist? Lange würde er das nicht machen, nur bis seine Schulden abbezahlt sind. Dann würde er aussteigen und auf einem Berg Schafe hüten oder im Fellini 4 Gläser spülen. Alles wird gut und nun gute Nacht.

Er kann nicht einschlafen. Er redet mit Herrn Leonhard und Frau Koch und erklärt ihnen, dass sie nichts in der Hand haben gegen ihn. Doch, die Notizen, sagen sie und er sagt, die sind nicht echt, da es ja auch keine echte Sitzung war. Das würde er auch bei einem Vreneli-Verhör vor der Geschäftsleitung aussagen, er würde sagen, ich habe von Anfang an gemerkt, dass es eine Fakesitzung ist, und deshalb nicht richtig mitgeschrieben. Ich bin doch nicht blöd im Kopf oder sehen Sie da ein Stirnband drumherum?

Er steht auf. Er braucht ein Glas Wasser mit Wodka, um runterzukommen.

Aber nur eins, bitte.

Nach dem dritten sitzt er im Zahnarztstuhl und geht mit Mobbing Dick der Frage nach, wieso Marianne bei Lenis

Kammertheater mitgespielt hat. Wahrscheinlich wurde sie dazu gezwungen. Aber wie, was hat Leni gegen sie in der Hand?

Fragen wir ihn, sagt Mobbing Dick.

Diesmal kommt das Telefon am Bellevueplatz zum Einsatz. Leonhard nimmt nicht ab. Frau Koch auch nicht. Muss halt Vater herhalten. Er lässt das Telefon nachts wieder eingesteckt, falls Mutter anruft.

Hallooo, hier kommen die Nachrichten.

Lassen Sie meine Frau in Ruhe!, kreischt er in den Hörer. Sie Schuft, Sie!

Remo erhält ebenfalls einen Anruf:

Hallooo, bumsen Sie meines Vaters Weib?

Dann wird Dicks Handy angewählt, damit auch er als Opfer in Erscheinung tritt, falls die Polizei weitere Nachforschungen anstellt. Zum Schluss wiehert Mobbing Dick fünf Minuten lang der Personalfrau auf die Voicemail.

Ab morgen ist Schluss mit dem Unsinn, sagt Dick auf dem Heimweg.

Wieso, tut doch gut, sagt sein Freund und Rächer.

73

Remo trägt auch am nächsten Tag sein Drachenstirnband. Es wirkt zwar nicht immer, wie er zugeben muss – Fischer konnte letzte Nacht zu ihm durchdringen –, aber es ist besser als nichts.

Zudem lutscht er jetzt wie verrückt Fisherman's Friend, um Fischers Geist gewogen zu stimmen.

Dick hat eine Mail von Richard erhalten mit dem Betreff *Be ready!* Das wird die Vorladung fürs Vreneli-Verhör sein. Er mag sie nicht öffnen.

Auch ein Fisherman's Friend?, fragt Remo.

Wieso, stinke ich nach Alkohol?

Dann liest er die Mail doch und es ist keine Vorladung, sondern eine Vorankündigung. Richard schreibt, diesen Donnerstag werden die Beförderungen bekannt gegeben und im Anschluss wird für die Glücklichen eine Party stattfinden. Wer glaubt dazuzugehören, soll sich den Donnerstagabend frei halten. *Be ready!*

Hast du die Mail auch gekriegt, Remo?

Welche Mail?

Dick atmet tief durch. Jetzt hätte er Lust auf ein Fischerbonbon. Nein, lieber eine Cremeschnitte, es ist eine Ewigkeit her seit der letzten.

Pass auf mein Telefon auf, sagt er zu Remo, bin gleich wieder zurück.

Draußen ist es blau und heiß und der Paradeplatz riecht nach Sommerferien. Im Sprüngli ist Hochbetrieb. Dick steht hinter einer Dame an, die einen Pelzmantel trägt und einen großen Sonnenhut. Sie lässt sich eine große Schale Teekonfekt zusammenstellen. Nachdem sie umständlich mit einer Diners-Club-Karte bezahlt und die Tüte in Empfang genommen hat, dreht sie sich um und Dick blickt seiner Mutter ins Gesicht.

Ma?

Ja.

Was …?

Ich wohne hier.

Im Sprüngli?

Im Savoy. Können wir reden?

Sie steigen die Treppe zum Café hoch und Mutter steuert einen Platz am Fenster an. Sie zieht den Pelzmantel aus und legt ihn am Nachbartisch über den Stuhl. Sie ist schweißgebadet und hat ein rotes Gesicht. Den Hut behält sie dennoch an, sie war heute noch nicht beim Friseur.

Eine junge Kellnerin nimmt die Bestellung auf. Mutter möchte einen Earl Grey Tea und ein Erdbeertörtchen. Dick möchte nichts. Nichts? Also gut, einen Orangensaft. Er sieht dünn aus, wie viel wiegt er noch?

Durchs Fenster sieht man aufs Hotel Savoy. Fünf Sterne, sagt Mutter und deutet auf einen Balkon, wo ein rotes Kleid am Bügel weht. Das ist ihr Zimmer. Das Kleid ist aus Seide und stammt aus dem Grieder-Haus. Den Pelz hat sie von A. C. Bang, aber er ist zu warm für diese Jahreszeit.

Die junge Kellnerin bringt Törtchen und Getränke. Sie fragt, ob sie den Mantel an die Garderobe hängen darf, damit sich jemand an den Tisch setzen kann, aber Mutter sagt, sicher nicht, der ist echt.

Hoffentlich schlagt Remo bald Vreneli-Alarm, denkt Dick und legt das Handy vor sich hin. Er warnt Mutter schon mal vor, dass er losrennen muss, wenn es klingelt, wichtiges Kundenmeeting. Apropos wichtig, er hat vorhin eine Einladung zur Beförderungsfeier erhalten, von Big Richard persönlich.

Wie es aussieht, werde ich Prokurist.

Schön für dich.

Was hast du?

Ich? Was soll ich haben?

Sie gießt Tee vom Kännchen in die Tasse und sagt, also gut, sie hat was, und zwar eine Frage: Wie kann ein Kontoauszug von seiner Bank im Briefkasten von Frau Welti landen? Dick schweigt und Mutter sagt:

Das warst du. Ich bin nicht blöd.

Sie zerdrückt das Erdbeertörtchen mit der Gabel. Sie sagt, Frau Welti hat ihr einen Anwalt besorgt, damit sie zu ihrem Recht kommt. Der hat ihr ein Konto mit 50 000 Franken eingerichtet, damit sie die nächsten paar Wochen über die Runden kommt. Nachher ist sie Millionärin. Den Tee versucht sie jetzt schon wie eine Millionärin zu trinken, indem sie den kleinen Finger abspreizt. Sie zeigt auf ihre neuen Ohrringe, die aus echtem Elfenbein sind. Sie sagt, Dick ist an allem schuld, er hat sie und Paps auseinandergebracht. Zur Strafe muss er das Törtchen aufessen, es ist ihr zu süß und außerdem hat sie Wallungen. Sie winkt die junge Kellnerin herbei, Fräulein, könnten wir etwas Siphon haben?

Was?

Dann halt Wasser.

Sie wendet sich wieder Dick zu:

Paps und ich wollten nächstes Jahr nach Amerika fliegen, hast du das gewusst?

Nein.

Paps hat schon fast gebucht.

Paps hat schon oft fast gebucht, denkt Dick. Seit Jahren planen sie, das gelobte Land zu besuchen, aber dann kommt immer etwas dazwischen, entweder steigt der Dollarkurs oder die *NZZ* sieht einen neuen Krieg heraufziehen.

Jetzt reise ich halt mit jemand anderem, sagt Mutter.

Mit Frau Welti?

So weit kommt's noch. Ich kenn die Frau doch kaum.

Das Handy leuchtet auf. Bevor Dick losrennt, verspricht er, Mutter am Sonntag im Savoy zu besuchen. Es riecht dort so komisch, sagt sie. Und sie vermisst ihren Enkel.

Das war böse von dir, Dick.

Als er nach der Sitzung ins Büro kommt, herrscht dicke Luft. Remo hat von den Fisherman's Friends Blähungen gekriegt. Dick schickt ihn nach Hause und sperrt Fenster und Türen auf. Das Telefon klingelt, die Kammer ruft schon wieder.

Nachts schreibt er im Widerschein der Schreibtischlampe die Notizen um. Eine Mail von Dr. Sager trifft ein. Er entschuldigt sich, dass er sich erst jetzt meldet, er macht gerade Urlaub auf einem französischen Weingut. Er schreibt:

Was tut Ihnen denn leid?

Wieso fragt er das? Ach ja, Dick hat ihm am Sonntagabend etwas in der Richtung geschrieben. Er kann sich aber nicht mehr erinnern weshalb. Ihm tut so vieles leid. Dass Mutter im Pelz schwitzt. Dass Vater sein Geld verliert. Dass Remo immer dicker wird. Er will das Dr. Sager aber nicht alles sagen, also schreibt er nur:

Ich bin ein böser Mensch.

Dr. Sager schreibt zurück:

Es gibt keine bösen Menschen.

Nur Menschen, die Böses tun.

74

Am nächsten Tag wird Dick in der Kammer sitzen gelassen. Frau Koch hat ein junges Ehepaar zum Ausgang begleitet und kehrt nicht mehr zurück. Zuerst denkt er, sie hat ihn vergessen. Dann denkt er, man will ihn mürbe machen, damit er heute kündigt und Richard ihn nicht mehr befördern kann.

Er stopft sich die Notizen in die Boxershorts für den Fall, dass sie ihn wieder mit einem Vreneli-Check überrumpeln wollen. He, haben Sie nix geschrieben? Nein, ich war die ganze Zeit ohnmächtig, zu wenig Sauerstoff hier drin, sorry.

Die Luft scheint aber wirklich knapper zu werden. Das Atmen fällt ihm schwer, das Gesicht spannt, die Hosenbeine kleben und im Kopf brennt die Müdigkeit.

Frau Koch, wo bleibst du?

Sie durchsucht da oben mit Leonhard seinen Arbeitsplatz. Aber sie können nichts finden, da er immer alles verbrennt oder verdaut, was nicht nach Vreneli aussieht. Jetzt fragen sie seinen Assistenten aus:

Hat Herr Meier eine dunkle Seite?

Nein, eine weiße.

Erzählen Sie.

Er fliegt nachts im Arztkittel durch die Stadt und hält sich für Mobbing Dick.

Woher wissen Sie das?

Ich spreche mit Geistern.

Vor der Tür hört man Schritte. Frau Koch schließt auf und entschuldigt sich für die lange Wartezeit. Sie sagt, es ist etwas passiert. Der Nahrungsmittelfonds ist durch die Decke geschossen und Richard, der für eine Viertelmillion Anteile hält, wollte eine Einschätzung von ihr.

Was gucken Sie so betrübt? Satter Gewinn auch für Sie.

Schön wär's.

Zu früh verkauft?

Nicht ich, das System.

Sie Pechvogel!

Das Büro stinkt. Remo sitzt an seinem Schreibtisch und stöhnt. Dick fragt, ob jemand an seinen Schubladen war. Remo hat nichts gesehen, war aber auch längere Zeit weg.

Wo?

Klo.

Hör mit diesen Fisherman's Friends auf.

Aber sie helfen. Kein Anruf gestern.

Nachts auf dem Heimweg wird Dick von Frau Koch verfolgt. Er hört ihre Absätze durch die leeren Straßen hallen. Aber sie hält geschickt Abstand und immer wenn er sich umdreht, geht sie hinter einem Baum oder einem geparkten Lieferwagen in Deckung. Einmal wartet er in einem Hauseingang, bis sie vorbeigeht, aber sie fällt nicht darauf herein. Das ist doch Unsinn, denkt er. Natürlich ist das Unsinn, aber es fühlt sich so verdammt echt an, dass er nicht hundertprozentig ausschließen kann, dass sie hinter ihm her ist. Sie will wissen, wo er wohnt. Sie sammelt Fakten, die sie gegen ihn verwenden kann. Die Brauerstraße ist ein sehr dicker Fakt.

Er bringt sich in seiner Höhle in Sicherheit und trinkt Wasser mit Wodka. Er fragt sich, wieso Frau Koch ihm nachstellen sollte. Das sind doch alles nur Hirngespinste, wirre Zusammenhänge, die sein übermüdetes Hirn da spinnt. Er ist der Marianne doch völlig egal. Aber je mehr er trinkt, desto lauter hört er sie lachen. Pechvogel, Pechvogel!

Vielleicht ist sie verliebt, sagt Mobbing Dick.

In mich?

Oder sie hat Hunger.

Hunger?

Alle hübschen Frauen haben Hunger. Der treibt sie in den Wahnsinn.

Frau Koch könnte tatsächlich wahnsinnig sein. Sie hat Vater absichtlich in die Kundenlounge bestellt, damit Dick wütend auf ihn wird und die Eltern entzweit. Sie hat auch dafür gesorgt, dass er so viele Anteile vom Nahrungsmittelfonds kauft. Sie hat das System dazu gebracht, sie zu verkaufen, damit er einen Verlust einfährt und pleitegeht. Remo hat ihr dabei geholfen, er würde alles tun für sie, sogar töten. Aber Frau Koch will nicht, dass er tötet, sie will nur, dass Dick zugrunde geht. Aber wieso?

Neid, sagt Mobbing Dick. Du bist selber schuld.

Er hätte der Personalfrau damals nicht sagen dürfen, dass er essen kann, ohne zuzunehmen. Sie hat es der Koch erzählt und die will nun, dass er alles verliert und auch hungern muss, wie sie.

Quatsch, sagt Dick und rutscht vom Zahnarztstuhl.

Er macht ein paar Liegestütze. Morgen auf der Beförderungsparty will er in Hochform sein. Er will mit rosigen Wangen Richards Lobrede lauschen, ehe er vor Frau Kochs Augen das ganze Buffet leer isst.

75

Am Donnerstag sitzt Dick vor seinem Computer und wartet auf Richards Mail. Remo liest in einem Taschenbuch und zerkaut eine Packung Fischermenthol, bis er plötzlich vom Stuhl aufspringt und sagt, Shit, ich muss nach Hause.

Was ist passiert?

Unterhose –

Er stakst breitbeinig aus dem Zimmer und Dick hält es nicht mehr aus, greift zum Hörer und wählt die Nummer der Personalfrau. Sie sagt, gut, dass Sie anrufen, kommen Sie in die Generaldirektion hinauf.

Was, in die ...?

Ja, machen Sie.

Er steigt in den Lift. Sein Herz klopft wie wild. Richard will ihn sehen, will es ihm persönlich sagen, von Dick zu Dick. Leonhard hatte recht, Dick und Dick gesellt sich gern, und zum ersten Mal in seinem Leben ist er froh um seinen Namen. Er ist auch froh, dass er sich rasiert und ein Hemd angezogen hat.

Oben ist es weich und still. Die Personalfrau wartet bereits auf ihn. Sie führt ihn an holzgetäfelten Türen vorbei nach hinten, wo die Raucherkabine steht. Sie gibt ihm eine Zigarette. Dick ist schwindlig vor Aufregung, trotzdem inhaliert er beherzt. Er beobachtet die Personalfrau aus den Augenwinkeln. Ein säuerliches Schmunzeln spielt um ihre Lippen, ansonsten macht sie ein Pokerface. Dick wartet noch zwei Züge, dann fragt er:

Wieso sind wir hier?

Wegen der Kabine.

Sie rauchen fertig, drücken die Zigaretten aus und die Personalfrau sagt:

Das wird leider nix.

Was?

Mit Ihrer Beförderung. Tut mir leid.

Auf dem Weg nach unten fragt sie, wie viel er im Monat entbehren kann, um seine Schulden abzuzahlen. Fünf Franken, sagt er. Sie lacht, aber er meint es ernst. Nach Abzug von Miete, Versicherungen, Tramkarte, Handy und Wodka bleibt nichts übrig von seinem kleinen Lohn. Die Personalfrau rät, die Langstraßenwohnung aufzugeben und wieder nach Hause zu ziehen.

Es gibt kein Zuhause mehr, sagt er.

Inzwischen ist Richards Mail eingetroffen. Es ist eine Mail an alle und enthält eine Überraschung. Die verschiedenen Hierarchiestufen wurden abgeschafft und durch eine einheitliche Struktur ersetzt. Ab sofort gibt es keine Handlungsbevollmächtigten, Prokuristen, Vizedirektoren, Stellvertretenden Direktoren, Direktoren, Zentraldirektoren und Generaldirektoren mehr, sondern nur noch einen Titel, für alle Kader denselben: Vice President. Die Party für die Vice Presidents steigt heute Abend um 18.00 Uhr am Helvetiaplatz im Restaurant Bank. *Congratulations!*

Während Dick in Remos Schreibtischschublade nach neuen Pillen sucht, taucht Leonhard im Büro auf und sagt, Scheiße, ist das geil. Er setzt sich auf Dicks Stuhl, legt die Füße auf den Tisch und verschränkt die Arme hinter dem Kopf. Vice President! Er sagt, er fühlt sich wie Dicks großer Held, dieser Dick

Cheney, der war doch auch Vice President, oder? Dick kann übrigens nach Hause gehen, heute finden keine Kammerspiele mehr statt. Die F5 müssen sich für die Party rausputzen, besonders die Koch, die wird heute Abend wie eine Edelnutte aussehen, wetten? Schade, dass Dick dieser Anblick vorenthalten bleibt, aber das kommt davon, wenn man sich auf die falsche Seite schlägt. Apropos schlagen, bald schlägt hier sein letztes Stündchen. Aber jetzt soll er erst mal den frühen Feierabend genießen.

Als Dick am Helvetiaplatz aus dem Tram steigt, sind die Vorbereitungen für das Fest in vollem Gang. Neben dem Restaurant Bank wurde ein weißes Zelt aufgestellt und Kellner und Kellnerinnen laden kistenweise Eis und Getränke aus einem Kühltransporter. Wodka ist auch darunter, die teure Marke.

Dick geht in den Denner und kauft zwei Flaschen von der billigen Sorte. Er verzieht sich damit hinter den Schrank, lässt den Rollladen runter und setzt sich auf den Zahnarztstuhl. Es ist stockfinster im Zimmer, trotz der Sonne draußen. Er trinkt Wasser mit Wodka und schläft ein.

Um sechs Uhr wacht er auf und geht ins Kanzleiareal, das gegenüber vom Helvetiaplatz liegt. Er raucht eine Zigarette in die noch starke Sonne. Er schwitzt und zittert und die Hose fällt ihm fast runter, weil er schon lange nichts mehr gegessen hat und das Hemd wie bei Remo raushängt. Jetzt knöpft er es auf und lässt sich die Sonne auf die nackte Brust scheinen. Er friert in der Hitze und fühlt sich jämmerlich frei.

Dann schlurft er zum Kinderspielplatz und kauert sich hinter eine Haselnusshecke, von wo aus man das Treiben auf dem

Helvetiaplatz beobachten kann. Hunderte Vice Presidents haben sich bereits eingefunden und aus allen Richtungen strömen weitere herbei. Es mutet wie eine große Hochzeitsgesellschaft an, die Männer tragen weiße Hemden zu schwarzen Hosen und die Frauen kommen ganz in Schwarz daher. Auch Frau Koch. Sie trägt ein kurzes, enges Kleid und balanciert auf gläsernen High Heels. Kellnerinnen gehen mit Shrimps und Weißweingläsern herum und auch die Personalfrau hat sich eine Schürze umgebunden und macht mit Proseccoflaschen die Runde. Aus dem Zelt rieselt Jazz. Das Restaurant Bank hat alle Türen und Fenster aufgesperrt und es riecht nach Knoblauch und gegrilltem Fleisch. Hinten, wo die Telefonzellen sind, die Dick von seinen nächtlichen Ausflügen her kennt, stellt der ehemalige Vizedirektor seine Gold Wing ab und kommt über die Pflastersteine getrippelt. Richard und seine Leute haben Frau Koch entdeckt und umzingeln sie. Leonhard schließt sich der Runde an und jemand hinter Dick sagt:

Können wir Ihren Ausweis sehen?

Er dreht sich um. Zwei Polizisten stehen da. Er richtet sich auf, die Knie zittern und ihm wird schwarz vor Augen. Er fährt sich mit der Hand durchs verschwitzte Haar und knöpft das Hemd zu. In der Nähe sitzt eine Mutter mit zwei Buben. Dick sagt, er hat keinen Ausweis dabei.

Name?

Während der ältere der Polizisten die Personalien ins Funkgerät spricht, stülpt der jüngere blaue Gummihandschuhe über und filzt Dicks Hose und Schuhe. Die Kinder schauen zu. Vor wem versteckt er sich? Vor niemandem. Hat er getrunken? Nein. Drogen? Nein. Wieso heißt er Dick? Wegen seiner Eltern. Das Funkgerät meldet, mit ihm ist alles in Ordnung. Der ältere Polizist bittet ihn, den Spielplatz zu verlassen, aus Rücksicht auf die Kinder. Dick schaut zu den Buben. Sie haben große Augen. Die Mutter streichelt ihnen übers Haar. Dick spürt, wie sich sein Hals zusammenschnürt. In den Ohren steigt ein Rauschen auf. Die Polizisten wenden sich ab und wollen gehen, da beginnt Dick plötzlich zu weinen. Er versucht dagegen anzukämpfen, aber es geht nicht, es will einfach raus. Er sagt, er heißt wegen Dick Cheney so, der war mal Vizepräsident von Amerika und das da drüben sind auch alles Vizepräsidenten, sie arbeiten bei der Swiss American Bank, wie auch er, und heute Abend feiern sie ein großes Fest.

Wieso feiern Sie nicht mit?, fragt der jüngere Polizist.

Ich gehöre nicht dazu, sagt Dick und wischt sich mit dem Hemdsärmel die Tränen aus den Augen.

Dann machen Sie doch alleine etwas Schönes, sagt der ältere. Nehmen Sie eine Dusche und gehen Sie eine große Pizza essen.

Oder ein Eis am See, sagt der jüngere.

Dick bedankt sich für die Vorschläge und die Polizisten geben ihm zum Abschied die Hand. Die Kinder strahlen.

Zu Hause duscht Dick lange und legt sich dann zum Trocknen nackt auf die Matratze. Als er aufwacht, ist es Mitternacht. Die Bankparty hat jetzt sicher Fahrt aufgenommen. Auch von der Langstraße her hört man Party. Überall braust und brodelt, lacht und tanzt es. Dick steht auf und macht auch Party. Er trinkt Wasser mit Wodka. Er hört die Polizisten sagen, die Kinder haben Angst vor ihm. Aber Kinder brauchen keine Angst vor ihm zu haben, nur Erwachsene.

Er zieht sich an, schlüpft in den Arztkittel und bindet das schwarze Drachenband von Remo um die Stirn. Im Badezimmerspiegel sieht er super aus.

Hier kommt Super Mobbing Dick, sagt er.

76

Das Zelt ist leer, nur ein Schlagzeug und ein Lautsprecher stehen noch herum. Die Vice Presidents sind alle im Restaurant. An der Tür steht *Geschlossene Gesellschaft*, aber niemand hält Dick auf. Drinnen brennt ein feuchtes Licht und es riecht nach Kaffee und Schweiß. Es ist laut.

Dick lehnt sich an eine Wand und wartet. Neben ihm sagt einer, mir ist schlecht, ich habe zu schnell getrunken. Es ist Steiner. Sein Gesicht ist weiß wie Dicks Kittel und er fragt, was soll ich jetzt tun? Er wischt sich mit einer Serviette übers Gesicht und geht auf die Toilette. Der ehemalige Vizedirektor gesellt sich zu Dick. Er verschränkt die Arme vor der Brust, wippt auf den Fußballen und sagt, er weiß nicht recht. Soll er sich über die Beförderung freuen oder ärgern? Vice President klingt zwar besser als Stellvertretender Direktor, aber dass es so viele davon gibt, verwässert die Sache. Er macht einem älteren Herrn Platz, der eine weinrote Dr.-Sager-Fliege trägt. Er sagt, er war zehn Jahre lang Generaldirektor. Er hat nichts mehr zu verlieren, sagt er und Dick sagt, ich auch nicht. Der Alte kann ihn nicht verstehen, er hat seine Ohren in Amerika verloren.

Er geht zur Bar. Leonhard kommt von dort und stöhnt, die Koch ist zu viel für ihn. Sie sitzt mit übereinandergeschlagenen Beinen auf einem Hocker, während der Barmann mit Flaschen vor ihr jongliert. Leonhard sagt, sie trägt nichts unter ihrem Minikleid und bald wird sie auch das Minikleid nicht mehr tragen. Die Amerikaner sind alle scharf auf sie, aber sie werden sie nicht kriegen, denn sie ist schon einem anderen Vice President versprochen, hehe. Aber vorher braucht er noch einen Joghurt. Er geht die Küche suchen.

Die Personalfrau macht mit einem Tablett voller Schnäpse die Runde. Sie bleibt vor Dick stehen und sagt, sie hätte es ihm schon heute Morgen in der Raucherkabine sagen können: Sie hat gestern gekündigt. Einen Tag bevor sie Vizepräsidentin geworden wäre, wie dämlich ist das denn. Auch wenn sie nicht mehr Lohn gekriegt hätte, keiner hier verdient mehr, Titel statt Geld, aber sie hätte trotzdem nicht kündigen sollen, Vice President macht sich gut im Lebenslauf. Aber sie hat das Großraumbüro einfach nicht mehr ausgehalten. Im Weggehen zeigt sie zu einem Tisch und sagt, gucken Sie mal, wer auch Vice President geworden ist. Dort sitzt Remo und trinkt einen Whiskey. Er trägt sein gelbes Hemd und das Stirnband, das ihm über das linke Auge gerutscht ist. Mit dem rechten erblickt er Dick, steht auf und kommt auf ihn zugewatschelt.

Hey, Brother.

Er legt den Arm um Dicks Schulter und sagt, gut, dass er das Stirnband trägt, so sehen alle, dass er zu seiner Seilschaft gehört. Egal wie hoch es ihn in dieser verdammten Bank noch hinaufschleudern wird, er wird ihn überallhin mitziehen. Richard zwängt sich an ihnen vorbei. Remo hält ihn am Ellbogen zurück und sagt, that's my brother Dick.

I know him, sagt Richard und Remo sagt, but do you know this?

Er holt die Diabetesspritze aus der Hosentasche und sticht sich durchs Hemd in den Bauch. Richard schaut interessiert zu, wie sich auf dem gelben Stoff ein rotes Blutströpfchen bildet. Dann geht er weiter. Remo zeigt zur Bar:

Guck dir Mariannes Beine an, sagt er. Spürst du auch, wie das ganze Lokal auf diese Beine starrt? Bleib hier, ich bin gleich zurück.

Frau Koch hat einen Stöckelschuh ausgezogen und neben ihr Glas auf die Bar gestellt. Leonhard und der ehemalige Vizedirektor stehen bei ihr, lachen breitbeinig und lüften ihre nassen Achseln. Remo führt Frau Koch sein Kunststück mit der Spritze im Bauch vor. Sie schneidet belustigt eine Grimasse und Leonhard schaut sich um und schüttet ein kleines, braunes Fläschchen über ihrem Drink aus.

Dick will hier nicht mehr sein. Er bahnt sich einen Weg zum Ausgang und als er draußen ist, ruft jemand hinter ihm, halt, warte. Es ist die Personalfrau. Sie nimmt ihn an der Hand und zieht ihn ins leere Zelt. Dort öffnet sie ihren Pferdeschwanz und küsst ihn auf den Mund. Er dreht den Kopf weg.

Ach, ihr jungen Leute, sagt sie und bindet die Haare wieder zusammen. Während sie das Zelt verlassen, kommen Richard und Leonhard aus dem Restaurant. Richard hat den Arm um Leonhards Schulter geschlungen und dirigiert ihn zur Langstraße. Leonhard schaut wehmütig zurück, doch Richard scheint fest entschlossen zu sein, sich von ihm das Zürcher Nachtleben zeigen zu lassen.

Dick folgt ihnen in sicherem Abstand. Er sagt, schaut euch nicht um, Mobbing Dick geht um. Nach einer Weile wird es ihm zu dumm und er setzt sich auf eine Bank. Er ist todmüde. Schade, dass morgen erst Freitag ist und nicht Wochenende, er würde sonst achtundvierzig Stunden am Stück schlafen. Er legt den Kopf auf die Lehne und streckt die Beine aus. Ein warmes Lüftchen weht. Er nickt ein.

Als er aufwacht, sieht er den ehemaligen Vizedirektor auf der Gold Wing die Langstraße hinunterrollen. Er trägt keinen Helm und schaut links und rechts in die Seitengassen, als suche er jemanden.

77

Dick geht nach Hause. Auf der Brauerstraße ist noch einiges los. An dem Ort, an dem sonst Cornelle steht, steht jetzt eine neue Prostituierte. Sie ist barfuß und Dick denkt, ganz schön leichtsinnig bei den vielen Scherben, die hier immer herumliegen. Zwei Freier reden mit ihr. Dick schaut etwas genauer hin, tatsächlich, keine Schuhe, dafür schöne Beine, sehr schöne Beine. Es sind die Beine von Frau Koch. Er bleibt stehen.

Frau Koch dreht an ihrem Armreif und brabbelt vor sich hin. Die Freier versuchen ihren Namen herauszufinden.

Verstehst du, was sie sagt?

Bestimmt ausm Osten.

Verdammt süß.

Riechen tut sie auch gut.

Sie heißt Vreneli, sagt Dick und tritt hinzu.

Was?

Vreneli. Sie gehört zu mir.

Was bist du denn für einer? Ihr Arzt?

Ihr Drogist.

Was kostet sie?

Was wollt ihr mit ihr machen?

Na, bumsen, was sonst.

Muss sie dabei nackt sein?

Komm, gehen wir. Der verarscht uns doch.

Nein, wart, ich will den Preis wissen.

1000.

Hä?

Sie macht's ohne Schuhe.

Dem sollte man aufs Maul geben.

Aber mit Anlauf.

Hinter ihnen schreit jemand laut auf. Es ist Cornelle, die herangeschossen kommt. Sie schubst die Freier zur Seite, beugt sich über Frau Koch und sagt, sie soll hier verschwinden, das ist ihr Platz. Wenn sie sich noch einmal hier blicken lässt, reißt sie ihr die Haare aus und – ach Gottchen, was ist denn mit der los? Die ist ja komplett hinüber.

Hi, Cornelle, sagt Dick.

Was habt ihr Schweine mit ihr gemacht? K.o.-Tropfen?

Damit haben wir nichts zu tun, sagen die Freier, der da ist der Drogist.

Sie verdrücken sich und Cornelle guckt Frau Koch in die Augen und fragt, was Dick ihr gegeben hat.

Ich? Nichts, das ist meine Chefin.

Cornelle sagt, die Frau darf nicht auf der Straße bleiben, in diesem Zustand kann ihr alles passieren. Dick soll sie wegschaffen.

Wie, wegschaffen?

Du wohnst doch hier.

Ich nehm die sicher nicht zu mir. Nachher behauptet sie noch, ich hätte sie abgefüllt und abgeschleppt.

Das glaub ich jetzt aber nicht.

Doch, die ist eine falsche Schlange. Morgen erzählt sie überall rum, ich hätte mich an ihr vergangen, aus Rache, weil ich nicht Vice President geworden bin.

Ah, nein, so eine Heulsuse.

Ich bin keine Heulsuse.

Bring sie jetzt rauf, hopp, hopp, ich muss hier arbeiten.

Sie ist gefährlich.

Cornelle hat keine Lust mehr zu diskutieren. Sie hebt Frau Koch hoch und schreitet mit ihr in Dicks Haus. Sie trägt sie wie ein schlafendes Kind die Treppen hinauf zu Dicks Wohnung.

Schließ auf.

Nein.

Sie legt Frau Koch auf die Fußmatte und sagt:

Wehe, du bringst sie wieder runter.

Dick schließt die Tür auf, steigt über Frau Koch drüber und macht die Tür hinter sich zu. Du kannst sie doch nicht einfach da draußen liegen lassen, sagt Mutter. Doch, kann er, Mobbing Dick kann alles.

Er trinkt ein Glas Wasser mit Wodka. Nicht sein Problem, wenn Frau Koch sich so gehen lässt. Außerdem tut ihr das ganz gut, mal auf dem Boden zu schlafen, hat sie verdient. Sie darf sich morgen nur nicht sein Klingelschild ansehen. Steht er überhaupt drauf? Er schließt die Tür wieder auf und geht nachschauen. Nein, ist noch der Name des Vormieters.

Frau Koch liegt da wie vom Himmel gefallen. Die Augen sind halb geöffnet und das Zünglein guckt zwischen den Lippen hervor. Das Kleidchen ist hochgerutscht und man sieht, dass Leonhard recht hatte, sie trägt nichts darunter. Vielleicht doch nicht so gut, wenn sie so muschifrei vor der Tür liegt. Ein Nachbar könnte sie in seine Wohnung schleifen und vergewaltigen. Das hätte sie dann doch nicht verdient.

Er trägt sie in die Wohnung und legt sie auf sein Bett. Er zieht das Kleidchen über die Hüfte und holt einen feuchten Lappen aus dem Bad, um ihre Fußsohlen zu waschen, die ganz schwarz von der Straße sind. Er will nicht, dass sie sein Bettzeug versaut, er hat nur diese eine Garnitur.

Müssen Sie noch auf Toilette?

Sie bewegt sich nicht. Er schlüpft in seinen Pyjama und überlegt, sich neben sie ins Bett zu legen. Geht's noch, sagt Mutter, eine wehrlose Frau und dazu halb nackt. Stimmt, übernachtet er halt auf dem Zahnarztstuhl.

Es gelingt ihm, ein paar Stunden zu schlafen, und als er aufwacht, liegt Frau Koch immer noch wie tot auf der Matratze. Er berührt ihre Wange. Sie ist kalt. Die Stirn ist auch kalt. Er traut sich nicht, sie zu wecken. Am liebsten würde er einfach gehen und sie allein aufwachen lassen.

Wieso nicht?

Er sammelt alles ein, was auf ihn deuten könnte, Familienfoto, Kleider, Rechnungen und so weiter, und versteckt es im

Geheimzimmer. Er schließt den Schrank ab und steckt den Schlüssel ein. Wenn Frau Koch aufsteht, wird sie nicht wissen, wo sie ist. Sie hat gestern zu viel getrunken, ist in einer fremden Wohnung gelandet und wird so schnell wie möglich nach Hause wollen.

Die Wohnungstür schließt er nicht ab. Er schaut nochmals nach, ob da wirklich ein anderer auf der Klingel steht, jawohl, alles bestens.

78

Es ist ein stiller Freitagmorgen mit grauem Licht. Zwei Mails treffen ein. Die erste kommt vom ehemaligen Vizedirektor, er schreibt, Frau Koch hat die Feier gestern ohne Schuhe und Handtasche verlassen und wird seither vermisst. Wer etwas weiß, soll sich bitte bei ihm melden. Die zweite Mail stammt von Richard. *Great party, great people*. Im Anhang ein paar Bilder, auf denen vorwiegend Frau Koch zu sehen ist, noch mit Schuhen.

Ich weiß, wo sie ist, sagt Remo.

Er trägt immer noch das gelbe Hemd, das jetzt voller roter Pünktchen ist.

Du weißt gar nichts, sagt Dick.

Leonhard kommt ins Büro. Er ist bleich und unrasiert, zündet sich eine Zigarette an und sagt, so eine Tragödie. Er wollte doch auf sie aufpassen, aber dann …

Seine Lippen glühen. Er saugt verloren am nassen Filter, bis die Zigarette fertig ist, dann sagt er mit zitternder Stimme:

Ich liebe sie. Von ganzem Herzen.

Frau Koch?, fragt Dick.

Wir werden sie nie wiedersehen, sagt Remo.

Was reden Sie denn da!, jault Leonhard auf, Sie fettes Arschloch!

Er stolpert aus dem Zimmer und Remo sagt:

Er spürt es auch.

Was spürt er?

Dass sie tot ist.

Spinnst du?

Sie wurde geholt.

Geholt?

Von Fischer.

Du spinnst wirklich.

Fischer war in Marianne verliebt, sagt Remo. Er hat ihr Blumen und Briefe geschenkt, aber sie hat bloß mit ihm gespielt. Nun hat er sich gerächt und sie aus dem Leben gefischt. Und als Nächstes wird er sein Netz über Remo auswerfen.

In dich war er auch verliebt?

Ich habe ihn getötet, Dick.

Remo faltet die Hände über dem Tisch zusammen und schließt die Augen. Dann setzt er zu einer Beichte an. Er war es, der Fischers Kunde an Amerika verraten hat. Er wusste, wo Fischer sein Passwort versteckte, nämlich unter der Tastatur. Sobald man von zwei Seiten auf das System zugreift, kann man die Vorgänge entschlüsseln. Zudem kennt Remo einen Trick, wie man dem Druckbüro Aufträge sendet, die nicht zurückverfolgt werden können.

Es wundert Dick nicht, dass Remo Vreneli überlisten konnte. Aber wieso hat er es getan? Geld natürlich, sagt er. Er wollte seine Schulden loswerden, aber es hat nicht geklappt. Den Amerikanern genügte bereits die Gratisprobe, die er ihnen schickte, sie brauchten keine weiteren Kunden. Die Bankanstalt kriegte eine Milliardenbuße, was sie und Fischer nicht überlebten.

Ich hab Angst, Dick.

Remo drückt zwei Pillen aus der Verpackung und spült sie mit Brennnesselwasser runter. Dann greift er zu Block und Stift und fängt an, einen Brief zu schreiben. Dick borgt sich einen Kaffeejeton von ihm.

Die Cafeteria ist fast leer. Am hintersten Tischchen sitzt Leonhard und schluchzt. Er hat die Ellbogen auf die Knie gestützt und das Gesicht in den Händen vergraben. Die Kursleiterin steht neben ihm und streichelt über seinen Kopf. Es schüttelt ihn und Dick denkt, geschieht ihm recht. Aber irgendwie tut er ihm auch leid. Das ist nicht mehr der großkotzige Leonhard, der alle scheiße findet, sondern nur noch ein kleiner Junge, der eine Dummheit begangen hat und sie bitter bereut. Die Kursleiterin zieht ihr Wolljäckchen aus und legt es ihm über die zitternden Schultern. Dick ist versucht hinzugehen und zu sagen, macht euch keine Sorgen, Frau Koch ist wohlauf. Sie hat bei mir übernachtet, ist jetzt vermutlich auf dem Heimweg und wird bald zur Arbeit erscheinen. Aber er sagt nichts. Er lässt einen schwarzen Kaffee raus und kehrt ins Büro zurück.

Ein verschlossenes Kuvert liegt auf seinem Schreibtisch. Das ist für die Geschäftsleitung, sagt Remo. Falls ihm etwas zustößt, soll Dick es bitte Richard geben.

Dein Geständnis?

Mein Testament.

Remo wird von zwei jungen Vice Presidents zum Mittagessen abgeholt. Dick reißt das Kuvert auf und schaut sich das Testament an. Remo verfügt, dass bei seinem vorzeitigen Ableben sein Titel an Dick weiterzugeben ist. So ein Spacko. Schade, dass es kein Geständnis ist, sonst hätte Dick jetzt etwas in der Hand, falls sie ihn durch Remo ersetzen wollen. Aber vielleicht findet er ja etwas anderes.

Er loggt sich mit dem Passwort der Personalfrau ein und studiert Remos Akte. Darin steht, dass er als hochverschuldeter Assistent von Fischer & Co. zum engsten Kreis der Verdächtigen gehörte. Man konnte ihm jedoch keine fehlbaren Handlungen nachweisen und so überstand er die internen Untersuchungen. Die beiden einzigen negativen Einträge sind neueren Datums:

Stalker (gem. M. Koch)

Depressionen (gem. D. Meier)

Dick ruft seine eigene Akte auf, um zu gucken, ob sie auch etwas Neues enthält, ja, tut sie, da steht:

Bleich, mager – drogensüchtig? (gem. M. Koch)

Dick starrt ungläubig auf den Bildschirm. Ich nehm doch keine Drogen! Hinter ihm macht jemand:

Hallllooo.

Er zuckt zusammen. Es ist der IT-Mann. Er fragt, wieso Dick mit dem Passwort der Personalfrau arbeitet. Dick sagt, er muss etwas herausfinden.

Ach.

Ja, wer damals die Bankanstalt verraten hat.

Und da lesen Sie Ihre eigene Akte?

Der IT-Mann greift in die Tasten und zwei Sekunden später wird der Bildschirm schwarz.

Das war's, sagt er und stolziert aus dem Büro.

Das Telefon klingelt. Vreneli. Dick steht auf und geht. Er geht hinaus in die Sonne, überquert den Paradeplatz und schlendert die Bahnhofstraße hinauf. Eine Schaufensterpuppe im Grieder-Haus trägt Mutters Kleid. Er steckt die Bankkarte in einen Geldautomaten und lässt raus, was noch geht. Er steigt ins Tram.

Das Zelt neben dem Restaurant Bank ist verschwunden. Dafür stehen wieder Tische und Stühle auf dem Platz. Dick setzt sich in die pralle Sonne und bestellt ein Bier. Er trinkt es aus und winkt der Kellnerin.

Ich bin nicht drogensüchtig, sagt er.

Was?, sagt die Kellnerin.

Noch ein Bier, bitte.

Zum Glück hat er den Eintrag erst heute gelesen. Frau Koch hätte die Nacht nicht überlebt. Mobbing Dick hätte sie auf den Zahnarztstuhl gebunden und –

Neben ihm lacht ein Tisch auf. Junge Geschäftsmänner mit weißen Hemden, die sie in den Hosen tragen. Lachen sie über ihn? Er steht auf, der Stuhl kippt um und die Männer verstummen. Sie schauen ihm zu, wie er zahlt und geht. Er will nur noch schlafen.

79

In der Wohnung riecht es komisch. Frau Koch hätte wenigstens ein Fenster öffnen können, bevor sie ging. Aber sie ist nicht gegangen, sie liegt noch da. Sie liegt noch genauso da wie heute Morgen.

Frau Koch?

Dick beugt sich über sie.

Marianne Koch?

Er schüttelt sie an der Schulter.

Marianne?

Er rüttelt etwas stärker. Dann geht er ins Bad und wäscht sich die Hände. Die Schulter war eiskalt. Frau Koch ist tot.

Er geht in die Küche und mischt Wasser mit Wodka. Er trinkt und raucht und versucht zu begreifen, was das bedeutet: tot. Da ist kein Leben mehr in ihr drin. Das Zünglein wird sich nie mehr zwischen die Lippen schieben und niemand wird sich je wieder in sie verlieben. Sie ist leer.

Dick fühlt sich auch leer. Leer und schuldig. Er ist für ihren Tod verantwortlich. Er hat sie falsch hingelegt, hat sie nicht zugedeckt, er hätte einen Arzt holen sollen, Himmel, er hat sie einfach sterben lassen.

Er muss die Polizei rufen. Sie werden denken, er hat sie umgebracht. Sie werden fragen, was haben Sie mit ihr gemacht? Was ist das für ein Zimmer hinter dem Schrank? Was ist das für ein Folterstuhl? Später wird ihn der Staatsanwalt fragen, wieso er sich nicht gemeldet hat, als man Frau Koch in der Bank suchte. Oder als er Herrn Leonhard in der Cafeteria weinen sah. Weil sie da schon tot war, richtig? Wo kamen die Drogen her, die er ihr verabreicht hat? Aus der Drogerie seines Vaters? Woher stammen die Millionen auf dem Konto seines Vater? Aus dem Drogengeschäft? Musste die arme Frau sterben, weil sie wusste, dass Dick drogensüchtig und sein Vater Drogenhändler ist?

Die Gedanken kochen über. Er kann unmöglich zur Polizei gehen. Er muss die Tote allein aus der Wohnung schaffen, jetzt gleich. Er zählt die Abfallsäcke unter der Spüle, sieben Stück, das sollte reichen. Blöd, dass er nur so ein kleines Küchenmesser hat, das auch noch stumpf ist. Ein Hackbeil wäre jetzt gut oder eine Säge. Aber er kann doch Frau Kochs schöne Beine nicht zersägen, wie soll das gehen? Mobbing Dick könnte es vielleicht tun, im Arztkittel.

Dick dreht sich der Magen um. Er beugt sich über das Abwaschbecken und würgt, aber es kommt nur Bierschaum. Eine Tür geht. War das die Wohnungstür? Sie sind da! Oder ist ihm der IT-Mann gefolgt? Er lauscht. Die Kloschüssel gurgelt. Füße tappen vom Bad ins Schlafzimmer. Das ist nicht die Polizei, das ist Frau Koch. Sie lebt. Dicks Herz klopft noch lauter als vorhin, als er glaubte, sie sei tot. Er geht nachschauen. Frau Koch hockt auf der Matratze und tastet den Boden vor sich ab.

Wo ist mein Höschen?, sagt sie.

Ihre Stimme ist heiser.

Sie haben keins getragen, sagt Dick.

Come on, Richard.

Ich bin nicht Richard.

Come on.

Ich bin Dick.

I love your Dick, Richie.

Sie lächelt und rollt mit den Augen. Durst, sagt sie, Water please, Water for the Elephants. Sie dreht an ihrem Elfenbeinarmreif und als Dick mit einer Plastikflasche aus dem Kühlschrank kommt, hat sie den Armreif abgezogen und trägt ihn als Krönchen auf dem Kopf. Er hält ihr die offene Flasche vor den Mund, sie saugt gierig. Dann lässt sie sich rücklings auf die Matratze fallen und streckt alle viere von sich. Das Kleid ist hochgerutscht, man kann wieder ihre Muschi sehen. Dick weiß nicht, was er tun soll. Er würde auch gern schlafen, aber allein, und nie mehr aufwachen.

Er geht auf die Straße. Er will sich irgendwo verkriechen und erst zurückkehren, wenn Frau Koch verschwunden ist. Die Brauerstraße ist heiß und trocken und die weiße Nachmittagssonne schmerzt im Gesicht. Er geht ins Fellini 4, hier ist es schön dunkel und kühl. Am runden Tisch sitzt Amy. Er will umkehren, aber sie hat ihn gesehen.

Keine Bank heute?

Hitzefrei.

Komm, setz dich.

Auf ihrem Schoß hockt Wilhelm und spielt mit einem Bierdeckel. Der Tisch ist voller Gläser und Dick fragt, ob Amy die allein getrunken hat. Nee, sie ist mit zwei Freundinnen da, die sind grad Pipi.

Du schuldest mir noch Geld, sagt sie.

Kommt.

Mutter sagt, du bist jetzt Prokurist.

Wann hast du sie gesehen?

Wir sehen uns jeden Tag.

Wie geht's Dad?

Lebt noch.

Die Freundinnen kehren zurück. Es sind Cornelle und Fräulein Bodmer. Dick ist zu müde, um groß überrascht zu sein. Fräulein Bodmer trägt denselben Lippenstift wie Cornelle, sogar an den Zähnen. Sie hat einen Schwips und versucht ihn vor Dick zu verbergen. Cornelle sagt, Dick sieht fürchterlich aus, fast so kaputt wie die K.o.-Tropfen-Tussi letzte Nacht.

Wie geht es ihr, lebt sie noch?

Fräulein Bodmer sagt, sie möchte auch mal K.o.-Tropfen probieren. Nein, Schätzchen, reines Gift, sagt Cornelle. Sie hat mal welche abgekriegt, als ein Freier sie umsonst ficken wollte. Danach war sie zwei Tage benebelt, konnte sich an nichts mehr erinnern und eine Weile nicht mehr sitzen. Wieso nicht mehr sitzen?, fragt Fräulein Bodmer und Cornelle sagt, das erklärt sie ihr, wenn sie kein Fräulein mehr ist.

Das Fräulein hat gekündigt, sagt Amy zu Dick, als Drogistin und als Postschalterbeamtin. Jetzt redet Paps beim Essen nicht mehr mit ihr und mit Amy redet er auch nicht mehr, weil sie jeden Abend den Sushi-Kurier kommen lässt. Mutter steckt ihr so viel Geld zu, dass das Haushaltsportemonnaie bald platzt.

Das hier geht auch alles auf Ma, los, bestellt noch was.

Der Wirt bringt Weißwein, Wasser und eine Flasche Wodka. Er nimmt Wilhelm von Amys Schoß und trägt ihn zur Theke, wo er eine Schnabeltasse mit kaltem Tee füllt. Wilhelm reißt ihn an den weißen Haaren, als sei es Zuckerwatte, und der Wirt lacht, wie wenn er gekitzelt würde. Cornelle fragt Dick:

Hast ihn reingesteckt?

Was?

Die Arme trug ja nicht mal einen Slip.

Dick sagt, er vergeht sich nicht an einer wehrlosen Frau, und Cornelle sagt, ah, hör auf, sie kennt die Männer und Dick ist nicht so harmlos, wie er aussieht.

Ich hab sie nicht angerührt, sagt Dick.

Dick ist viel zu anständig, sagt Amy.

Dick ist so ein lieber Junge, sagt Fräulein Bodmer.

Ich bin nicht lieb, sagt Dick.

Ich hab ihn noch nie was Böses tun sehen, sagt Amy. Zu Hause war immer ich die Böse und er der Gute.

Ich bin nicht gut, sagt Dick.

Dick ist so ein guter Junge, sagt Fräulein Bodmer und Dick nimmt einen großen Schluck Wasser mit Wodka und sagt, ich bin Mobbing Dick. Fräulein Bodmer kriegt einen Kicheranfall und einen Schluckauf davon, sodass Cornelle ihr ein Glas Wasser ohne Wodka macht.

Also gut, sagt Dick, ich hab Frau Koch vergewaltigt, zufrieden?

Koch?, sagt Amy, ist das etwa die von der Bank?

Nicht mehr, sagt Dick, sie wurde fristlos entlassen. Der IT-Mann hat sie mit einem fremden Passwort erwischt, was noch schlimmer ist, als Vreneli zu schänden.

Sie heißt Vreneli?, sagt Cornelle.

Nein, Marianne.

Marianne? Remomann ist doch in eine Marianne verliebt.

Ja.

Remomann?, sagt Amy.

Bachmann, sagt Dick.

Bachmann? Den Paps verdächtigt, Ma zu vögeln?

Dick trinkt und Fräulein Bodmer, die sich vom Schluckauf erholt hat, fragt, wieso er so mager geworden ist. Früher hat sie ihm immer ein Süßholz zugesteckt, wenn sein Papa nicht hinsah.

Und heute steckt er sein Süßholz in bewusstlose Frauen, sagt Cornelle.

Ich hab ihr nicht mal einen Gutenachtkuss gegeben.

Ist sie noch in deiner Wohnung?

Nö, sie hat heut Morgen ein Taxi gerufen und ist nach Hause gefahren.

Dann waren es keine K.o.-Tropfen, sagt Cornelle, sonst würde sie noch flachliegen.

Amy zahlt und bekommt Wilhelm zurück. Die Frauen stehen auf und gehen. Dick bleibt sitzen und trinkt Wasser mit Wodka. Zwischendurch bestellt er ein kühles Bier, geht raus zum Rauchen und drückt ein paar Lieder auf der Jukebox. Der Nachmittag fließt in den Abend und er fühlt sich geborgen im gelben Kneipenlichtrausch. Dann nickt er ein, kippt vornüber und der Wirt ruft, he, geh nach Hause, du bist voll.

Frau Koch schläft tief und fest. Das Kleid ist bis zum Bauchnabel hochgerutscht und Dick beugt sich über sie, um zu sehen, ob sie wieder gestorben ist. Er verliert das Gleichgewicht und plumpst auf sie drauf. Sie ist nicht mehr kalt, im Gegenteil, sie ist schon warm. Sie stinkt ein bisschen, aber nicht schlimm. Er rappelt sich auf und geht sich die Zähne putzen. Dann macht er das Licht aus und legt sich in den Kleidern zu Frau Koch. Er muss sich an sie kuscheln, um Platz zu haben auf der schmalen Matratze, aber das spielt jetzt keine Rolle. Nichts spielt mehr eine Rolle in seinem Leben, es ist alles futsch, futscher kann es nicht mehr werden. Da könnte er auch gleich noch auf der Ollen rumreiten, seine Situation würde sich dadurch nicht verschlimmern. Du bist zu anständig, sagt Amy und Fräulein Bodmer sagt, so ein lieber Junge. Ich bin nicht lieb, sagt er und riecht an Frau Kochs Hals.

Willst du mein Süßholz sehen?

Dann schläft er ein, aber nicht für lange. Frau Koch schlägt im Schlaf aus und trifft ihn mit dem Ellbogen am Kinn. Sie beginnt zu schnarchen, ziemlich laut. Er hält ihr die Nase zu und sie grunzt. Er steht auf, packt sie unter den Armen und schleift sie durch den Schrank ins andere Zimmer. Er setzt sie in den Zahnarztstuhl und befestigt sie mit den Klettverschlussbändern an der Rücken- und den Armlehnen. Er prüft, ob die Bänder nirgends einschneiden, nein, alles gut, Frau Koch sitzt kompakt wie in einem Achterbahnsitz.

Gute Fahrt, sagt er, lässt den Rollladen runter, zieht Zimmer- und Schranktür zu und legt sich aufs Bett. Das Kissen riecht nach Marianne. Vorhin, als er ihr die Nase zugehalten hat, hat es ihn erregt. Er hätte ihr noch einen Gutenachtkuss geben sollen. Kann er ja noch nachholen. Aber er mag nicht mehr aufstehen. Oder doch?

80

Er fällt in einen nervösen Halbschlaf, schwitzt in den Kleidern und findet nicht die Kraft, sie auszuziehen. Er wälzt den Kopf auf dem nassen Kissen und wehrt tausend Gedanken ab. Erst gegen Morgen findet er etwas Ruhe. Er träumt, dass er mit

Vater in einer Gefängniszelle sitzt, die so eng ist wie die Vreneli-Kammer. Vater hockt mit hartem Gesicht auf der Pritsche, während Dick ihm zu erklären versucht, dass er kein Geld von Ma genommen hat, nur etwas Teekonfekt.

Als er aufsteht, kleben Jeans und T-Shirt am Körper und die Arme zittern. Alles tut weh, Herz, Kopf, Magen, Seele. Er geht auf die Toilette, anschließend trinkt er in der Küche einen Kaffee und sieht, wie draußen die Sonne scheint. Wieder so ein herrlich blauer Tag, nur nicht für ihn.

Er steigt durch den Schrank und zieht den Rollladen ein wenig hoch. Frau Koch hängt in den Seilen. Die Haare sind zerzaust und die Augen verschmiert. Das Kleid sitzt schief, ein Träger ist gerissen, vermutlich gestern beim Hinübertragen. Sie sieht aus wie das Opfer eines Sexualdelikts. Wenn sie jetzt die Augen aufmacht und ihn sieht, ist er geliefert. Sie würde ihn des Missbrauchs und der Freiheitsberaubung anklagen und alle würden ihr glauben, sogar Mutter. Der Gefängnistraum würde wahr werden und die Häftlinge würden ihn unter der Dusche auspeitschen, weil man das so macht mit Vergewaltigern, und Vater würde sie dabei unterstützen.

Dick holt das Drachenstirnband und verbindet ihr die Augen. Während er am Hinterkopf einen Doppelknoten macht, läuft ein Zittern über ihren Nacken. Sie erwacht, setzt sich gerade hin und sagt:

Wo …?

Sie ist immer noch heiser. Sie fährt sich mit dem Zünglein über die trockenen Lippen und sagt, Mannomann. Dick geht in die Küche, füllt die Plastikflasche mit Wasser, kehrt zurück und gibt ihr zu trinken. Sie saugt wie ein Kälbchen an der Flasche.

Er hält sie steiler, bis sie nicht mehr nachkommt mit Trinken und das Wasser aus dem Mund rinnt, den Hals runterläuft und in den Ausschnitt sickert. Der Stoff saugt sich voll und die Brüste und Nippel drücken durch. Als sie genug hat, bedankt sie sich sexy heiser und er starrt ihr in den nassen Ausschnitt, bis weit hinten im Kopf etwas sagt, das ist gefährlich, was du da machst. Frau Koch lächelt. Sie sieht nicht mehr wie ein Opfer aus, sondern wie ein kleines Luder, das auf ein Abenteuer aus ist. Sie ist immer noch beduselt.

Wo bin ich eigentlich?

Er antwortet nicht. Sie sagt amüsiert, hallo?, da macht er: *Hallllooo.*

Das Lächeln rutscht ihr aus dem Gesicht. Sie beginnt den Kopf zu schütteln und mit dem Hinterkopf an der Rückenlehne zu schaben, um die Augenbinde abzustreifen. Sie windet sich in den Klettverschlussbändern und Dick überlegt, ob er den Teppichklopfer aus der Ecke holen und sie bewusstlos schlagen soll, bevor sie sich befreien kann. Aber Augenbinde und Fesseln halten und Frau Koch beruhigt sich wieder und sagt erschöpft:

Ich weiß, wer Sie sind.

Dick schweigt.

Sie sind Herr Bachmann.

Dick schweigt weiter und sie sagt, sie weiß auch, was geschehen ist. Jemand hat ihr etwas ins Getränk getan, nicht Herr Bachmann, sondern ein Wüstling. Herr Bachmann hat sie aufgelesen und zu sich nach Hause gebracht wie ein Gentleman.

Das war sehr lieb von Ihnen, haben Sie vielen Dank.

Dick gefällt es, dass sie ihn für Bachmann hält. Das könnte dazu führen, dass er doch noch eine Zukunft hat. Wenn sie nämlich nachher zur Polizei geht und Stalker Remo wegen Freiheitsberaubung anzeigt, stecken sie ihn in Untersuchungshaft und den F5 bleibt nichts anderes übrig, als Dick zurückzuholen, egal wie sehr er gegen Vreneli- und Passwortbestimmungen verstoßen hat. Er kann dann sogar Bedingungen stellen und sagen, ich komm nur als Vice President und mit entsprechendem Gehalt zurück. Seine Schulden hätte er innerhalb eines Jahres abbezahlt und könnte die Bank als freier Mann verlassen. Remo würde er im Gefängnis regelmäßig besuchen und ihm dicke Bücher mitbringen und Salbe gegen die blauen Flecken und roten Striemen vom Duschen.

Bist du noch da, Remo? Ich darf doch Remo sagen, oder?

Du darfst alles sagen, was du willst, denkt Dick.

Ich müsste mal auf Toilette. Kannst du mich kurz losbinden?

Nein, das geht nicht. Dick kann sie erst nachts losmachen. Er hat einen Plan: Er will sie mit Wodka abfüllen und dann auf die Langstraße tragen und auf einer Bank aussetzen. Es ist Samstag und das Volk wird so mit Party beschäftigt sein, dass niemand was mitkriegt.

Frau Koch sagt:

Willst du wissen, wer es war, Remo?

Hmmm?

Wer mir die K.o.-Tropfen gegeben hat?

Leeeni?, sagt Dick mit Mobbing-Dick-Stimme und Frau Koch schüttelt den Kopf und sagt, nein, nein, wie kommt er denn auf Frank, es war Dick Meier.

Hallllooo?

Doch, ganz bestimmt. Er hat auf dem Fest einen Apothekerkittel getragen, das sagt doch alles. Und was hatte er dort zu suchen, er gehört ja nicht zum Kader. *Sie* hat er gesucht, um sich für seine Pleite mit den Fonds zu rächen. Er ist nicht mehr bei Sinnen, schon länger nicht mehr.

Was machst du da, Remo?

Dick steht ganz dicht bei ihr. Er hat den Teppichklopfer geholt und hält ihn wie einen Baseballschläger umklammert. Er zittert vor Wut. Wie kann sie ihm so eine feige Tat zutrauen? Zuerst hält sie ihn für einen Junkie und jetzt auch noch für einen Wüstling? Der Schlag soll sie treffen, mitten ins Gesicht. Er will ihr das Nasenbein zertrümmern. Nein, lieber ein Stück Elfenbein aus ihrem schönen Gebiss brechen. Oder auf den Busen hauen? Ich bin kein Wüstling!

Er wirft den Teppichklopfer weg und marschiert in die Küche, um ein Glas Wasser mit Wodka zu trinken. So früh schon Alkohol?, hört er Mutter sagen, aber das ist jetzt egal, sie hat ihm nichts mehr zu sagen. Er trinkt ein zweites Glas, damit das Zittern endlich aufhört und er wieder klar denken kann. Er ist bis in die Haarspitzen erregt und Mobbing Dick sagt, das ist nicht gut für deine Nerven, diese Raserei. Komm wieder runter, reagier dich ab, am besten an der Koch, lass es raus, das hat schon die Personalfrau zu dir gesagt, sie hat gesagt, Sie müssen den Druck weitergeben, sonst platzen Sie, und da soll lieber die Koch platzen, sagt Mobbing Dick, explodieren soll sie wie ein Dampfkochtopf, füll sie mit Wasser und setz sie auf die Herdplatte, stopf sie mit faulen Nahrungsmittelfonds voll, blas sie mit einem Kuss auf, bis ihr Brustkorb –

Halt, ich hab's, sagt Dick und zieht die Schuhe an. Er rennt in den Coop. Er kauft Butter, Sahne, Eier, Zucker und zwei Rollen Blätterteig. Frau Koch hat sein Konto mit Nahrungsmittelfonds ruiniert, jetzt will er ihre Figur mit Nahrungsmitteln ruinieren. Er will sie mästen, bis sie so dick ist wie die nackte Dicke auf seinem Bild.

Heute Nacht müssen wir sie zu zweit hinuntertragen, sagt er zu Mobbing Dick.

Was?, sagt die Kassiererin.

Nichts, sagt er und verlangt Zigaretten und zwei Flaschen Wodka. Das Geld fällt ihm aus der Hand.

Ich muss wirklich ganz dringend, sagt Frau Koch in der Wohnung. Und könnte er so gut sein und das Stirnband ein wenig lockern, sie hat Kopfschmerzen. Sie ist jetzt so heiser, dass sie fast keinen Ton mehr herausbringt. Trotzdem redet sie weiter. Sie sagt, ich hab dich immer gemocht, Remo. Trinken wir noch einen Kaffee zusammen, bevor ich mich auf den Heimweg mache? Ja? Und heute Abend könnten wir uns im Michelangelo treffen, was hältst du davon? Remo? Sag doch was, bitte.

Dick hat sich in die Küche verzogen und belegt das Kuchenblech mit Teig. In einem Topf kocht er Sahne, Butter, Zucker und Eier auf, rührt alles schaumig, gießt es über den Teig und legt eine zweite Schicht drauf. Er schiebt das Blech in den Ofen und stellt den Wecker auf dem Handy. Jemand hat ihn angerufen, eine unbekannte Nummer. Die Bank? Die Polizei? Während er in der Tasse einen Zuckerguss anrührt, meldet sich die Nummer erneut. Einfach nicht rangehen, sagt er sich. Aber dann kommen sie womöglich her und klopfen an die Tür. Er nimmt ab, es ist Mutter, sie hat sich ein iPhone gekauft.

Wo steckst du denn?

Na, zu Hause, wieso?

Gut, bin in fünf Minuten bei dir. Ich hab was für dich.

81

Zuerst versteckt Dick Alkohol und Zigaretten im Küchenschrank. Dann putzt er sich die Zähne und geht mit einem Handtuch zu Frau Koch, um sie zu knebeln. Das Tuch ist zu kurz, aber er kann ihr etwas in den Mund stopfen, das tut's auch. Er zieht eine Socke aus und knüllt sie zusammen, doch Frau Koch will den Mund nicht aufmachen. Sie beißt die Zähne zusammen, während er ihr das Sockenknäuel auf die Lippen presst. Er hält ihr die Nase zu, sie läuft rot an, doch der Mund bleibt zu. Dass Mutter ausgerechnet jetzt kommen muss! Vielleicht bringt sie ihm ja ein eigenes Haushaltsportemonnaie. Mit so viel Geld, dass er sich von der Bank freikaufen –

Es klingelt.

Er stolpert aus dem Schrank, macht alle Türen zu, auch die vom Vorderzimmer und lässt Mutter herein.

Wie siehst du denn aus?, sagt sie.

Wieso?

Mutter sieht auch nicht gerade frisch aus unter ihrem verschwitzten Hut. Wenigstens trägt sie keinen Pelzmantel mehr. Sie schimpft über den Lift, der immer noch kaputt ist, und fragt, wie lange er hier noch wohnen bleibt. Der Taxifahrer hat sich auch gewundert, dass eine Dame wie sie an einem solchen Ort aussteigen will. Er wartet unten mit laufendem Motor auf sie.

Dick führt sie in die Küche. Wieso können sie nicht ins Zimmer, in der Küche ist es ja noch heißer. Weil er den Ofen im Auge behalten muss. Mutter lässt sich auf einen Stuhl fallen und nimmt den Hut vom Kopf. Dick bringt ihn ins Zimmer und legt ihn aufs Bett. Hinter dem Schrank ruft Frau Koch um Hilfe, aber stark gedämpft durch die Heiserkeit.

Mutter mustert ihn von Kopf bis Fuß.

Du trägst ja nur eine Socke.

Wegen der Hitze.

Isst du überhaupt noch?

Und wie, schau.

Er klappt die Ofentür auf und sie fragt, was das ist. Eine selbst gemachte Cremeschnitte. Im Sprüngli sehen die aber anders aus. Das ist eine Quadratmeter-Cremeschnitte, gibt's nirgends zu kaufen. Da kommt nachher noch ein dicker Zuckerguss drauf und dann wird Dick sie in einem Stück aufessen und wenn sie sich das nächste Mal sehen, ist er dick wie Dick Cheney.

Das ist doch viel zu viel, sagt Mutter. Niemand schafft so viel, nicht mal du.

Doch, klar, wetten, dass das jemand schafft?

Geht es dir gut?

Ja, sehr, wieso?

Du bist so aufgedreht.

Mutter holt ein schmales Päckchen aus der Tasche. Ein Geschenk für ihn, sie hat es vorhin im Grieder-Haus gefunden. Er setzt sich hin und packt es aus. Es ist eine gestreifte Seidenkrawatte. Cool, sagt er, danke. Das ist eine ganz besondere Krawatte, erklärt Mutter. So eine hat ihr Chefprokurist immer getragen, auch damals in jenem heißen Sommer. Es war noch viel heißer als heute, alle Männer hatten rote Köpfe und standen kurz vor dem Kollaps, aber da kam der Chefprokurist durch die Büros gesprungen und rief lauthals –

Hängt euch auf, sagt Dick.

Mutter macht einen spitzen Mund. Was hat er, was ist mit ihm los? Gefällt ihm die Krawatte nicht? Er ist doch jetzt auch Prokurist. Nein, ist er nicht, sagt er und legt die Krawatte weg. Mutter schaut ihn an. Daher weht also der Wind. Da weht überhaupt kein Wind mehr, sagt er.

Aber du warst doch immer so gut.

Wieso muss er immer gut sein? Amy war noch nie irgendwo gut und Mutter hat sie trotzdem lieber als ihn.

Geht's noch?

Nein, es geht nicht mehr.

Ich habe alle meine Kinder gleich lieb.

Ihn nur, wenn er etwas leistet, das Frau Welti imponiert.

Was redet er denn da? Mutter erzählt der Frau doch nichts über ihn. Vielleicht wird er ja nächstes Jahr Prokurist, dann ist es noch früh genug, ihr etwas zu sagen.

Dick steht auf und hält die Hände unters kalte Wasser. Er trocknet sie an der Hose ab und sagt, es gibt da etwas, das sie wissen sollte.

Etwas Schlimmes?

Sie schaut ihn an. Ein Schweißtropfen hängt an ihrer Nase. Ihr Blick wechselt von misstrauisch zu ängstlich. Sie fragt, hast du etwa alles hingeschmissen? Von hingeschmissen kann keine Rede sein, sagt er. Gott sei Dank, sagt sie und kramt ein Seidentaschentuch aus der Tasche. Sie schnäuzt hinein und es klingt wie ein trauriger Furz aus ihrer Nase. Sie sieht so verloren aus in den neuen Kleidern in der schäbigen Küche, dass er nicht anders kann, als zu sagen:

Ich bin Vice President geworden.

Was?

Vice President.

Was ist das?

Vizepräsident.

Du bist Vizepräsident geworden?

Ja.

Ist das wahr?

Ja.

Sie schaut skeptisch.

Ehrenwort?

Er zögert einen Moment und sagt dann:

Ja. Ehrenwort.

Sie blickt immer noch skeptisch. Nicht mal mein Ehrenwort glaubt sie mir noch, denkt er. Dabei könnte er durchaus die Wahrheit gesagt haben. Wenn nämlich Frau Koch Remo anzeigt und die F5 ihn zurückholen, ist er nächste Woche Vice President. Dann wird er im Sitzungszimmer einen Apéro veranstalten und mit allen anstoßen, mit Steiner und dem ehemaligen Vizedirektor, mit Leonhard und Frau Koch, und sie können über alles lachen. Das ist alles noch möglich.

Mutter kratzt sich am Ohr. Sie trägt die Elfenbeinohrringe. Dick sagt, er hat auch ein Geschenk für sie. Er geht nach nebenan und liest Frau Kochs Armreif vom Boden auf. Er zieht die andere Socke aus und steckt ihn rein. Dann kehrt er in die Küche zurück und streckt Mutter die Socke hin.

Für dich.

Was soll ich damit? Ich wasche nicht mehr.

Da ist was drin. Hab kein Geschenkpapier.

Sie schüttelt den Armreif raus und riecht daran.

Ist der echt?

Und wie.

Sie zieht ihn an. Hübsch, sagt sie, war der teuer? Für einen

Vice President ist nichts mehr teuer. Mutter versucht ein Schmunzeln zu unterdrücken. Vizepräsident ist höher als Prokurist, oder? Sogar höher als Chefprokurist, sagt er. Darüber kommt eigentlich nur noch der Präsident.

Jetzt kann sich Mutter nicht mehr zurückhalten. Sie strahlt übers ganze Gesicht. Sie zieht Dick an sich und umarmt ihn. Tränen fließen ihr über die Wangen und sie sagt, sie wusste es. Sie drückt sich das Taschentuch auf die Augen und sagt, so eine Freude, darf man es schon weitererzählen? Sie verschluckt sich, muss husten und Dick reicht ihr ein Glas Wasser.

Das ist ja ein Zahnputzglas.

Ich spare auf ein Haus.

Wie schön, ich schaue mir auch gerade Häuser an.

Mutter steht auf. Sie muss los, sonst geht dem armen Teufel da unten noch das Benzin aus. Vor der Wohnungstür fasst sie sich an den Kopf, dreht sich um und geht ins Zimmer, um ihren Hut zu holen. Sie bleibt länger weg als nötig, Dick geht nachschauen. Mutter steht vor dem Schrank und sagt, da ruft jemand um Hilfe.

Das kommt aus der Nachbarwohnung, sagt Dick leise.

Was geschieht da?

Ein Mann misshandelt seine Frau.

Wieso flüsterst du?

Weil es traurig ist.

Die Arme scheint keine Luft mehr zu kriegen.

Er würgt sie.

Sollte man da nicht was tun?

Hab's versucht, sagt Dick und Mutter sagt, es gibt schon böse Menschen. Dann ruft sie plötzlich, ui, wie du schwitzt!, und Dick denkt, nenn mich jetzt bloß nicht Dick, sonst muss ich nachher jemanden umbringen. Aber Mutter sagt nur Schatz. Schatz, ich muss jetzt wirklich.

Unter der Tür gibt sie ihm einen Kuss und meint, er sollte unbedingt mehr essen und nicht nur Cremeschnitten, sondern auch Fleisch und Kartoffeln. Dann schafft er es eines Tages noch bis zum Präsidenten. Sie steigt vorsichtig die Treppe hinunter.

Dick schaut durchs Küchenfenster zu, wie das Taxi mit Mutter abfährt. Er schaltet den Backofen aus und setzt sich an den Tisch. Er zittert so stark, dass der Tisch mitzittert. Er raucht und trinkt Wasser mit Wodka, aber das Zittern hört nicht auf. Er nimmt das Kuchenblech heraus und trägt es ins Badezimmer. Mit einem Kochlöffel schöpft er alles ins Klo, spült. Er trägt das Blech zurück und macht die Küche sauber. Nachher putzt er das Badezimmer, schrubbt wie verrückt WC-Schüssel und Waschbecken, poliert jede einzelne Kachel und rutscht auf dem nassen Boden herum. Es gibt kein Fenster im Bad, es ist warm und feucht, sodass ihm der Schweiß runterrinnt wie in einer Sauna, aber als er fertig ist und alles glänzt, fühlt er sich besser.

Er geht nach hinten zu Frau Koch. Sie weint. Sie fragt, wer die Frau vorhin war, seine Mutter? Er ist nicht Remo Bachmann, oder? Aber wer ist er dann? Was passiert jetzt? Ein Sockenfussel hängt an ihrer Lippe und Dick schämt sich, dass er vorhin so grob zu ihr war. Auch tut ihm leid, dass er ihren schönen Armreif verschenkt hat. Er verspricht ihr im Stillen, sie bis zur Abschiebung heute Nacht nicht mehr zu plagen.

Er holt die Plastikflasche und gibt ihr zu trinken, wobei er darauf achtet, dass nichts in den Ausschnitt läuft. Sie sagt, sie kann es nicht mehr zurückhalten. Sie muss jetzt wirklich ganz dringend.

Scheiße, seufzt Dick.

Leni?

Mm.

Ich wusste es!

82

Frau Kochs Schenkel kleben auf dem Plastikpolster. Als sie sie anhebt, gibt es ein ähnliches Geräusch wie beim Öffnen der Klettverschlussbänder. Mit steifen Knien steigt sie vom Stuhl und lässt sich von Dicks Hand ins Bad führen.

Wo hast du mich gefunden?

Mm.

Aber nachher reden wir, ja?

Er bringt sie bis vor die Schüssel und schließt dann das Bad von außen ab. In der Küche stellt er das Radio an, damit sie ungehemmt pupsen kann, falls ihr danach ist. Das Toilettenpapier wird sie schon finden, oder? Es hängt ja gleich daneben. Hoffentlich nimmt sie nicht die Augenbinde ab. Klar nimmt sie die Augenbinde ab! Idiot! Das Licht wird sie auch anmachen und wenn er sie holen geht, wird sie sein Gesicht sehen und –

Er stellt das Radio ab und lauscht. Er trinkt Wasser mit Wodka. Die Spülung geht. Frau Koch wäscht sich die Hände, dann ist es still. Was macht sie? Was macht er?

Er hastet durch die Zimmer, lässt überall die Rollläden runter, verdunkelt die Wohnung. Er schließt die Tür zum Bad auf und öffnet sie einen kleinen Spalt. Da brennt tatsächlich Licht. Er tastet nach dem Schalter, drückt ihn und macht die Tür ganz auf. Frau Koch versucht im Dunkeln an ihm vorbeizukommen, aber er kriegt sie zu fassen und ringt sie nieder. Sie schlägt quietschend um sich, während er auf ihr draufkniet und den Boden nach dem Stirnband absucht. Als er es hat, zieht er sie hoch und stößt sie, ihre Hände auf den Rücken gedrückt, in Richtung Hinterzimmer. Sie wehrt sich, aber er hat sie fest im Griff. Er sieht den Umriss der offen stehenden Schranktür zu spät und sie knallt mit dem Gesicht voll in die Kante. Sie schreit auf wie ein verletztes Tier, ein Ton, der ihm durch Mark und Bein dringt. Ihr Widerstand erlahmt und er kann sie in den Stuhl setzen und mit dem großen Band an der Rückenlehne befestigen. Nachdem er ihr die Augen verbunden hat, zieht er den Rollladen ein Stück hoch und hört Cornelle sagen:

Jesses.

Frau Koch sieht nun richtig vergewaltigt aus. Von der Schranktür läuft ihr ein dicker, roter Striemen über Stirn und Wangenknochen. Die Haare sind wild zerzaust und das Kleid ist noch mehr zerrissen, wodurch man nun recht viel von der linken Brust sieht. Es ist eine sehr schöne Brust, bleich und verletzlich, und Dick denkt, gut, dass er nicht Leonhard ist, der könnte sich bestimmt nicht beherrschen. Vielleicht kann man das Kleid flicken, den Träger ankleben oder so. Etwas Eis fürs Gesicht wäre auch nicht verkehrt. Zuerst will er die Handgelenke befestigen. Er bückt sich nach den kleinen Klettverschlussbändern und Frau Koch fragt, wieso er das tut. Sie müssen sich doch nicht mehr gegenseitig fertigmachen, sie sind doch beide befördert worden. An ihrem Mund klebt immer noch der Sockenfussel. Dick wischt ihn weg, da packt sie mit beiden Händen seinen Arm und beißt hinein. Sie erwischt den Unterarm, in den noch nie jemand gebissen hat, und schnappt so beherzt zu, dass ein weißer Blitz durch Dicks Kopf zuckt. Mit heißem Schnaufen verbeißt sie sich in sein Fleisch, während er mit der Hand auf ihren Kopf schlägt. Erst leicht, dann immer fester, bis er regelrecht auf sie eindrischt. Es zeigt keine Wirkung. Er reißt sie an den Haaren und deckt sie mit Kopfnüssen ein, aber sie lässt nicht locker. Langsam gerät er in Panik. Er packt sie am Hals und drückt zu. Sie keucht und röchelt und er quetscht mit voller Kraft ihre Gurgel, bis kein Ton mehr zu hören ist. Es dauert ewig, bis sie den Mund aufsperrt und den Arm freigibt. Ihre Zähne sind rot und die Unterlippe trieft; sie lächelt erschöpft. Er fixiert die Handgelenke auf den Armlehnen und geht ins Bad, um die Wunde unter warmes Wasser zu halten. Es blutet stark, die Haut brennt lichterloh und es heult in den Ohren. Der Arm sieht wüst aus, eine tiefe, unappetitliche Fleischwunde. Wie ein Bullterrier ist sie über ihn hergefallen!

Er verbindet den Arm mit mehreren Schichten Toilettenpapier und geht in die Küche, um Wodka ohne Wasser zu trinken. Er trinkt ziemlich schnell, alles rast und er versucht eine Zigarette zu rauchen, schafft es aber nicht, sie anzuzünden. Das Toilettenpapier saugt sich mit Blut voll. Er streift es ab und leert Wodka über die Wunde. Er ist so aufgeregt, dass er nichts mehr spürt, auch kein Brennen und Pulsieren mehr. Frau Koch hat sich wie eine Bestie aufgeführt, als wollte sie ihn auffressen. Was würde Leonhard an seiner Stelle tun? Sie k.o. schlagen? Aber er ist nicht Leonhard, er ist Mobbing Dick und Mobbing

Dick sagt, ihr Verhalten lässt nur auf eines schließen: Sie muss furchtbar Hunger haben.

Er wickelt sich das Küchentuch um den Arm, befestigt es mit zwei Gummibändern und geht einkaufen. Er kauft eine Schwedentorte, eine Schwarzwäldertorte, ein Dutzend Schmelzbrötchen, Milch, Schokoladenkäfer, Spaghetti, Nutella und zwei Sprühdosen mit gezuckerter Schlagsahne. An der Kasse lässt er sich eine weitere Flasche Wodka geben. Er versucht mit der Karte zu bezahlen, aber die Kassiererin sagt, sie funktioniert nicht.

Wieso nicht?

Ungültig, steht da.

Er zählt sein Bargeld. Seine Hände flattern wie Fledermäuse und die Kassiererin guckt auf den blutigen Küchentuchverband. Sie hält ihn für einen Junkie, aber da ist sie nicht die Einzige, die andere sitzt auf einem alten Zahnarztstuhl und wartet auf ihre Strafe.

Wollen Sie auch?

Was?

Er packt alles in eine Papiertüte, sie reißt, er muss eine neue nehmen. Er kauft noch ein paar Dosen Bier. Heißes Wasser fließt durch seine Adern.

Zu Hause trägt er den kleinen Küchentisch ins Hinterzimmer und stellt ihn neben den Zahnarztstuhl. Er breitet die Esswaren darauf aus und schneidet die Torten in Stücke. Frau Koch sagt, sie hat keinen Hunger, sie hat Schmerzen beim Schlucken. Ob er ihr etwas für ihren Hals hat. Ja, klar. Er nimmt eine Schlagsahnedose, steckt ihr den Sprühaufsatz in den Mund und sprüht drauflos. Das meiste kommt wieder raus, tropft in nassen Flocken auf ihr Kleid. Er zerrt das Küchentuch vom Arm und wischt es auf, wobei etwas Blut auf der Brust zurückbleibt. Beim zweiten Versuch mit der Sprühsahne presst sie die Kiefer zusammen. Er hält ihr die Nase zu und diesmal klappt es, sie macht den Mund auf und er spritzt ihn voll. Dann hält er ihn mit der Hand zu, bis sie alles runtergeschluckt hat. Sie versucht ihn zu beißen, aber es gelingt ihr nicht.

Du Sau, keucht sie, du bist nicht Leonhard.

Als Nächstes probiert er es mit einem Stück Schwarzwäldertorte. Er hält ihr wieder die Nase zu, aber diesmal atmet sie durch die geschlossenen Zähne ein und aus und er muss ihr das Ohr verdrehen, damit sie den Mund aufsperrt. Es hat nicht das ganze Kuchenstück Platz, den Rest verreibt er in ihrem Gesicht. Dann sind die Schokoladenkäfer an der Reihe. Er verbiegt ihren Mittelfinger und sie verdrückt drei Stück. Das ist ja schrecklich, was du mit dem armen Mädchen machst, sagt Mutter. Er greift nochmals zur Sprühdose, reißt ihr den Kopf nach hinten und spritzt ihr bis tief in den Hals. Dann braucht sie eine Pause. Er auch.

Er raucht in der Küche eine Zigarette und trinkt Bier. Aus der Wunde sickert bräunliches Blut. Vielleicht will sie es ablecken. Er kehrt zurück. Ihr Gesicht ist bis zu den Ohren mit Schwarzwäldertorte verschmiert und an den Lippen kleben Schokostreusel. Sie sieht aus, als hätte sie Lust auf ein Schmelzbrötchen, aber als er ihr eins unter die Nase hält, sagt sie, sie muss kotzen.

Nein.

Do-och.

Er bringt sie zur Toilette. Er hört in der Küche laut Musik, bis sie fertig ist. Diesmal wird sie die Augenbinde anbehalten, da ist er sicher. Als er nachschauen geht, überrascht er sie dabei, wie sie sich mit seiner Zahnbürste die Zähne putzt. Aber die Augen sind bedeckt.

Er fesselt sie wieder auf den Stuhl und verfüttert ihr elf Schmelzbrötchen, die er vorher in eine Tasse mit Milch tunkt. Das zwölfte isst er selber und fragt mit Mobbing-Dick-Stimme, ob er schon die Nutella-Spaghetti aufsetzen soll oder ob sie noch ein Verdauungspäuschen braucht. Sie würgt und er sagt, nein, sie sagt doch, nein, do-och.

Später holt er die nackte Dicke für einen Vergleich ins Zimmer. Frau Koch hat noch viel aufzuholen. Er kneift sie in die Hüfte, da ist kein Gramm Fett, Kunststück, wenn sie immer wieder alles rauskotzt. Er gibt ihr von der Schwedentorte zu essen. Sie macht brav den Mund auf, kaut, schluckt.

Das ist lecker, sagt sie verzweifelt.

Das Stirnband hat nasse Flecken von den Tränen. Sie fragt, ob er ihr einen Namen sagen kann, irgendeinen. Es darf auch ein erfundener sein, das ist egal, sie hätte dann weniger Angst. Sie sagt, es tut ihr leid, dass sie ihn gebissen hat. Sie kennt jemanden, der sich selber beißt, er hat Probleme.

Haben Sie auch Probleme? Möchten Sie darüber reden?

Dick möchte nicht reden. Er möchte zuhören. Von ihrer heiseren Stimme kosten. Er möchte, dass sie sich um seinen Arm kümmert wie in der Kundenlounge, ihn berührt mit ihren warmen, weichen Händen. Aber das geht nicht mehr, die Welt ist eine andere geworden. Er betrachtet das Blut auf ihrem Busen, zum Glück ist es seins und nicht ihres.

Nennen Sie mir einen Namen?

Schatz, sagt er.

Ich bin Marianne.

Draußen braut sich ein Gewitter zusammen. Es ist dunkel geworden von den Wolken und erste Tropfen fliegen ans Fenster. Hoffentlich hört es nachts wieder auf, sonst ist zu wenig Tumult auf der Straße und er kann Frau Koch nicht aussetzen.

Er geht in sein Zimmer und lässt sich auf die Matratze fallen. Wieso hat ihn die Kassiererin vorhin so angeguckt? Als hätte sie gewusst, warum seine Karte gesperrt ist. Oder kannte sie ihn von einem Fahndungsfoto? Aber die Bank weiß doch, wo er wohnt.

Aus dem anderen Zimmer ruft es:

Schatz?

83

Als er aufwacht, ist es Nacht. Er geht in die Küche und schaut aus dem Fenster. Schwarz und nass liegt die Straße unter ihm und er denkt, er könnte jetzt einfach springen. Es regnet nicht mehr. Die Luft, die in die Küche strömt, ist samtig kühl und er trinkt warmes Bier aus dem Zahnputzglas. Die schwarze Straße macht ihm Angst. Er friert und schwitzt, zieht den Arztkittel an, tut etwas Wodka ins Bier und wartet auf Mobbing Dick. Es dauert nicht lange und er sagt:

Komisch.

Was?

Viel zu ruhig da draußen.

Es ist vier Uhr früh.

Trotzdem. Wie die Ruhe vor dem Sturm.

Dick horcht. Kein bisschen Partylärm von der Langstraße. Mobbing Dick sagt, zuerst die gesperrte Karte, jetzt diese Stille. Die Karte wurde wegen des IT-Manns gesperrt, sagt Dick. Der hat in der Bank Alarm geschlagen und dann haben sie alles von ihm gesperrt. Wieso ist die Polizei noch nicht aufgetaucht? Die Polizei? Natürlich, sagt Mobbing Dick, er hat sich doch verdächtig gemacht, als er am Freitag einfach abgehauen ist. Ab da gab es in der Bank eine vermisste Frau und einen flüchtigen Mann. Braucht man doch nur eins und eins zusammenzuzählen, um zu wissen, an welcher Tür man klingeln muss. Aber es klingelt nicht.

Dick geht nachschauen, ob er abgeschlossen hat. Er kehrt in die Küche zurück und öffnet ein neues Bier. Mobbing Dick sagt, möglicherweise ist Frau Koch nicht zufällig hier.

Nicht zufällig?

Überleg doch.

Dick überlegt. Es würde einiges erklären, denkt er. Zum Beispiel, wieso Leonhard in aller Öffentlichkeit mit K.o.-Tropfen hantierte. So blöd kann er doch nicht sein. Und dass sich Frau Koch ausgerechnet in die Brauerstraße verirrte, praktisch vor seine Haustür – Und dann Cornelle, die sie unbedingt zu ihm hinauftragen wollte. Die war doch eingeweiht, gekauft, wahrscheinlich hat man ihr den Zahnarztstuhl versprochen.

Was läuft hier?, fragt Dick.

Eben, sagt Mobbing Dick.

Dick wischt sich mit dem Ärmel den Schweiß von der Stirn. Die Wunde hat wieder angefangen zu bluten, auf dem weißen

Stoff wächst ein roter Fleck. Er mischt Wodka und Bier, trinkt. Er hat das Gefühl, je mehr er trinkt, desto weniger zeigt der Alkohol Wirkung. Er müsste doch längst sturzbetrunken sein, aber stattdessen sieht er immer klarer. Das liegt auch daran, dass es draußen hell wird.

Er raucht eine Zigarette aus dem Fenster und sieht zu, wie sich der Himmel in einen blauen Ozean verwandelt. Ein wunderschöner Sonntag bricht an, doch Mutter macht keinen Braten mehr. Dick trinkt den Wodka jetzt pur. Er raucht tief in die Lunge, zittert und lacht und hört das Blut in den Ohren rauschen. Sein Kopf ist hellwach, er denkt rasend schnell und erfasst blitzartig alle Zusammenhänge. So weiß er jetzt, wer neben Leonhard, Koch und Cornelle sonst noch zur Verschwörung zählt: die Personalfrau. Sie hat ihm absichtlich das Versteck ihres Passworts gezeigt. Und der IT-Mann hätte ihn schon viel früher erwischen können, aber er hat gewartet, bis Frau Koch in seiner Wohnung ist. Vorher wurden noch die Zimmer verwanzt, die Schaeppi-Verwalterin hat sie reingelassen, sie ist nicht umsonst die Schwester des Vizedirektors. Die Kameras sind so winzig, dass man sie mit bloßem Auge nicht sehen kann in der Decke. Die Amerikaner haben Drohnen von der Größe einer Fliege und Richard hat bestimmt seine Kontakte. Aufgepasst auf Insekten in der Wohnung. Der Arm beginnt zu jucken und Dick kratzt durch den Stoff hindurch in der Wunde. Sie ist ganz heiß. Er gießt Wodka über den Ärmel.

Das Haus ist nicht koscher, sagt Mobbing Dick.

Nicht koscher?

Hast du hier schon mal jemanden gesehen oder gehört?

Nur den Nachbarn, der seine Frau schlägt, sagt Dick.

Das warst doch du.

Frau Koch ist nicht meine Frau.

Sie ist ein Köder, sagt Mobbing Dick.

Ein Köder?

Du hättest sie nicht reinlassen dürfen.

Sag das Cornelle.

Cornelle gehört dazu.

Bin ich auch schon draufgekommen.

Auf was bist du sonst noch gekommen?

Dass das alles Irrsinn ist.

Auch Irrsinn macht Sinn.

Vielleicht wollen sie wissen, ob er tatsächlich Drogen konsumiert, denkt Dick. Aber da hätten sie ihn doch einfach zum Arzt schicken können. Oder veranstalten sie den ganzen Zirkus, um ihm keine Abfindung zahlen zu müssen? Er will ja gar keine Abfindung, er will nur seine Ruhe haben, seinen Frieden. Er will seine Freiheit zurück, was immer das ist, das Wort klingt komisch, wie Frechheit. Geht es um das Bankgeheimnis? Um Vreneli? Am Ende hat es gar nichts mit ihm zu tun, sondern mit seinem Vater. Sie wollen herauskriegen, woher er seine Millionen hat. Um dem Alten auf die Schliche zu kommen, spionieren sie den Jungen aus.

Ich weiß doch nichts!, ruft Dick gegen die Decke.

Er spuckt aus dem Fenster. So ein herrliches Wetter da draußen und so ein trübes Gewitter in ihm drin.

Du kannst nichts dafür, sagt Mobbing Dick. Du bist da in etwas hineingeraten, das größer ist als du.

Und was soll das sein?

Müssen wir herausfinden.

Und wie?

Gibt nur eine Möglichkeit.

Bitte nicht.

Doch, sie muss es uns sagen.

Dick knöpft den Kittel zu und nimmt einen großen Schluck aus der Wodkaflasche. Dann gehen sie nach hinten.

84

Frau Koch schläft. Dick kann ihr fast nicht ins Gesicht sehen. Es ist grün und blau von der Schranktür und braun von der Schwarzwäldertorte. Die Augenbinde sitzt schief und die Haare kleben auf der Stirn. Das verschwitzte Kleidchen hängt wie eine Trauerfahne an ihr herunter. Im Zimmer riecht es nach Honig und Mobbing Dick sagt:

Hallllooo.

Frau Koch wacht auf.

Wieso sind Sie hier?, sagt Mobbing Dick.

Was?

Wer hat Sie geschickt?

Aber …

Die Amerikaner?

Was für Amerikaner?

Richard? CIA, NSA?

Schatz, du hast mich doch … Aua!

Dick hat ihr mit dem Teppichklopfer auf den Kopf geschlagen. Mobbing Dick sagt:

Was ist der Plan?

Ich verstehe nicht. Aua!

Wer steckt dahinter?

Aua! Hören Sie auf!

Reden Sie.

Aua! Aufhören!

Dick haut jedes Mal fester zu, es knirscht und knackt im Teppichklopfer. Man darf jetzt nicht zimperlich sein, sonst kriegt man nichts aus ihr raus. Sie ist zäh. Sie beginnt zu weinen. Er legt den Teppichklopfer weg, nimmt die Sahnedose, steckt ihr den Sprühaufsatz ins Nasenloch und spritzt hinein. Die Dose sprayt genauso heiser, wie Frau Koch schreit. Sie windet sich, schlägt mit den Beinen aus und quiekt so entsetzlich, dass Dick Angst kriegt, es könnte etwas kaputt gehen in ihrem Kopf. Er bricht ab. Aus der Nase läuft rotweißes Sahneblut. Es rinnt über Lippen und Kinn und tropft auf den Schoß.

Wieso tun Sie das?, wimmert Frau Koch und zieht die Nase hoch. Sie sind doch krank im Kopf!

Nein, ist er nicht. Es ist zwar höllisch heiß da oben, eine glühende Kugel, in der eine gusseiserne Alarmglocke schrillt, aber er weiß genau, was er tut. Der Rest seines Körpers ist federleicht. Er könnte auf Wolken tanzen, wenn da welche wären in dem großen, leeren Ozean vor dem Fenster. Er zieht den Rollladen bis zum Anschlag hoch und schaut in den leuchtenden Himmel. Er könnte jetzt sonst wo sein auf dieser großen, weiten Welt. Er wäre gern in einem Wald.

Wieso helfen Sie mir nicht?, sagt er.

Frau Koch stutzt. Er hat mit seiner normalen Stimme geredet.

Bist das doch du, Remo?

Remo? Wieso Remo?

Er tritt ganz nah an sie heran:

Haben Sie Remo gesagt?

Ich dachte …

Wieso halten Sie mich für Remo?

Frau Koch zuckt mit den Schultern. Aus ihrer Nase kommt immer noch Blut. Dick dämmert es plötzlich, wieso sie hinter ihm her sind. Es ist eine Verwechslung, nichts als eine dumme Verwechslung.

Aber ja!, ruft er und fährt sich mit der Hand durch die verschwitzten Haare, ihr glaubt, *ich* sei es gewesen! *Ich* hätte Fischers Daten an die Amerikaner verkauft!

Es schüttelt ihn wie im Fieber.

Wie kommt ihr drauf? Weil ich einen amerikanischen Namen habe? Aber wieso hätte ich das tun sollen? Um meine Drogensucht zu finanzieren?

Er versucht zu lachen, aber es kommt nur ein wildes Krächzen heraus und dann ein hysterisches Geheul:

Ich nehme keine Drogen! Ich nehme auch keine Tabletten oder Pillen oder sonst was! Ich habe nicht mal Diabetes!

Er reißt Frau Koch die Augenbinde vom Kopf und brüllt ihr ins Gesicht:

Ich bin nicht Remo! Sehen Sie? Ich habe es nicht getan!

Sie starrt ihn mit aufgerissenen Augen an, wobei das eine halb zugeschwollen ist von der Schranktür. Dann fängt das gesunde Auge an zu blinzeln wegen des Sonnenlichts.

Ich war's nicht!, schreit Dick, Ehrenwort! Ihr seid hinter dem Falschen her! Pfeifen Sie Ihre Leute zurück!

Frau Kochs Blinzeln wird immer stärker, aber da nur ein Auge blinzelt, sieht es aus wie ein Zwinkern. Das bringt Dick noch mehr in Rage. Er fühlt sich nicht ernst genommen, wenn sie ihm die ganze Zeit so blöd zuzwinkert. Er nimmt den Teppichklopfer und schlägt ihr ins Gesicht. Er trifft die Unterlippe, sie springt auf und das helle Sahneblut aus der Nase mischt sich mit dunklem Blut aus der Lippe. Frau Koch streckt das Züngleín raus und leckt vorsichtig daran.

Ich kann es doch gar nicht gewesen sein!, sagt Dick. Als die Sache passierte, war ich doch noch gar nicht bei der Bank! Fragt doch einfach die Personalfrau, die kann in ihrem Computer nachschauen, da steht alles drin! Da steht auch drin, dass ich ein Junkie bin – wegen Ihnen!

Der Schweiß läuft ihm übers Gesicht. Er fährt sich mit dem Ärmel über die Stirn und sagt:

Ich habe die Bank nicht an Amerika verkauft! Ich habe nur mich selbst verkauft, meine Arbeit, meine Zeit, mein Leben!

Er tigert durchs Zimmer und sucht Wände und Decke nach Kameras und Mikrofonen ab. Er reißt ein Stück Tapete ab. Er kehrt zum Stuhl zurück und sagt:

Ihr macht einen furchtbaren Fehler! Rufen Sie Ihre Leute zurück, bevor es zu spät ist!

Er fuchtelt mit dem Teppichklopfer vor ihrem Gesicht herum und sie wispert:

Ich habe Angst.

Ich auch!, sagt er und schlägt sie mit voller Wucht auf die Schulter.

Bitte nicht.

Er holt nochmals aus und trifft mit gleicher Wucht den nackten Busen. Es klatscht trocken und Frau Koch schreit, das tut jetzt aber richtig weh!

Dick entschuldigt sich. Er wollte das nicht. Aber wenn sie ihm nicht hilft! Aus ihren Augen fließen Tränen, aus dem verletzten dickere als aus dem gesunden. Dick sagt, sie ist selber schuld. Wieso hat sie das mit dem Junkie in die Welt gesetzt? Nur weil er bleich und mager ist? Sie ist doch selber mager. Gut, seit gestern vielleicht etwas weniger, aber man kann doch nicht die ganze Bank auf ihn hetzen, nur weil er keinen Hunger mehr hat.

Er nimmt eine Handvoll zerlaufene Schwarzwäldertorte und stopft sie sich in den Mund.

Zufrieden?

Er wischt sich die Hand am weißen Kittel ab und sagt, nun muss sie auch etwas tun, sie muss die anderen zurückrufen.

Da sind keine anderen, sagt sie.

Die müssen hier alles abbauen und gehen, sagt er.

Da ist niemand, Dick.

Wo haben sie ihren Kommandoposten eingerichtet? Da drüben bei dem Mann, der seine Frau schlägt? Ich kann Sie auch schlagen.

Bitte nicht, Dick.

Und zwar so lange, bis Ihre Kollegen es nicht mehr aushalten und aus ihren Löchern gekrochen kommen.

Da ist niemand, Dick.

Wetten?

Er führt den Teppichklopfer wie einen Baseballschläger.

Bitte nicht, Dick.

Er trifft sie an der Schläfe.

Da ist niemand!

Dann am Ohr.

Dick!

Dann am Kinn, auf die Nase, am gesunden Auge. Frau Koch versucht um Hilfe zu schreien, aber da strömt nur noch heiße Luft aus ihrem entzündeten Hals. Ihre schönen Zahnreihen glänzen in der Sonne. Dick denkt, das ist doch lächerlich mit dem Teppichklopfer, so geben die anderen nie auf. Die schreiten erst ein, wenn Frau Koch in Lebensgefahr ist.

Er geht in die Küche, um das Messer zu holen. Auf dem Tisch liegt Mutters Krawatte. Er lässt sie durch die Finger gleiten. Die Seide ist schön kühl. Er geht zurück und schlingt Frau Koch die Krawatte um den Hals.

Was machst du denn, sagt sie.

Ich muss, sagt er. Sonst kommen die anderen nicht zur Vernunft.

Da sind keine anderen.

Wetten?

Ich will nicht sterben.

Du stirbst nicht.

Lass mich gehen.

Sie werden kommen und dich befreien.

Aber da ist niemand, Dick.

Ich bin nicht Dick.

Er zieht langsam die Schlinge zu.

Schatz, bitte …

Er zieht sie mehr und mehr zu.

Schatz …

Er zurrt die Krawatte jetzt mit voller Kraft. Frau Kochs Nacken versteift sich und die Finger verkrallen sich in den Armlehnen. Er sagt, beeilt euch, das ist kein Spaß mehr. Ich bin nicht der liebe Dick, ich bin Mobbing Dick. Seine Arme zittern vor Anspannung. Frau Koch streckt das Zünglein raus. Es wird zu einer langen, breiten Zunge, während die Augen groß und größer werden, auch das geschwollene. Dann entfährt ihr ein dunkler Furz aus der Nase, fast wie bei Mutter gestern.

Er lockert den Griff. Frau Koch holt winselnd Luft und er zieht wieder an. Er sagt, es ist ein heißer Sommertag, die Männer sind rot wie Randensalat im Gesicht und alles wartet darauf, dass der Chefprokurist durch die Abteilung galoppiert und sie von den Krawatten befreit. Aber er kommt nicht, er liegt tot in seinem Büro und Dick Cheney hockt auf seiner Brust und sagt, *hallllooo?*

Frau Kochs Kopf ist ebenfalls rot. Die Zunge ist blau. Sie sitzt aufrecht wie ein Schulmädchen im Stuhl und rührt sich nicht. Dick würde sie gern in Ruhe lassen, aber er kann nicht, er muss gewinnen, sonst ist alles verloren. Er blickt zur Decke und keucht, nun kommt schon, stoppt diesen Wahnsinn!

Da klingelt es endlich.

Er lässt los, stürzt durch den Schrank, torkelt zur Wohnungstür, reißt sie auf und da steht Vater.

85

Wie siehst du denn aus?, sagt Vater.

Dick kommt schlagartig zur Besinnung. Er schlägt Vater die Tür vor der Nase zu und rennt ins Hinterzimmer. Er stopft Frau Koch eine Socke in den Mund, macht alles zu und rennt zu Vater zurück, der noch genauso vor der Tür steht.

Die ganz Nacht Party gemacht?

Beförderungsfeier.

Was bist du jetzt?

Vice President.

Wie viel verdient man da?

30 000.

Vater guckt drein, als rechne er aus, was Dick zu Hause abgeben müsste. Dann fragt er, ob er als Vice President Konten ansehen darf.

Ja.

Womit wir beim Thema wären. Lässt du mich rein?

Dick will ihn in die Küche lotsen, aber Vater zweigt ins Zimmer ab und setzt sich auf die Matratze. Er legt die Hände auf die Knie und starrt auf den Schrank. Er sagt, Mutter hat ein Konto gesehen, das sie nicht hätte sehen dürfen. Das Bankgeheimnis hat auf der ganzen Linie versagt.

Dick holt das Radio aus der Küche und steckt es ein. Vater findet, das stört beim Reden, er soll es nicht anmachen.

Was trägst du da eigentlich?

Der ist für dich.

Dick zieht den mit Blut und Schokolade verschmierten Arztkittel aus und hält ihn Vater hin. Der will ihn nicht, er sagt, er hat selber einen. Aber dieser hier ist praktisch neu, sagt Dick, Mutter braucht ihn nur zu waschen.

Hast du sie gesehen?, fragt Vater.

Nein.

Du weißt nicht, wo sie ist?

Nein.

Vater meint, wahrscheinlich wohnt sie im Frauenhaus, aber da kann er nicht nachsehen, sie verweigern ihm den Zutritt.

Hat dich schon wieder ein Hund gebissen?

Dick schlüpft wieder in den Kittel und knöpft ihn zu. Er friert. Seine Augen flimmern und er hat Mühe, das Gleichgewicht zu halten. Trotzdem bleibt er neben Vater stehen, der wieder auf den Schrank starrt und von seinem Konto erzählt. Im Grunde genommen ist es nicht sein Konto, sagt er. Es lautet zwar auf seinen Namen, aber das Geld gehört nicht ihm. Er kann nur hoffen, dass Mutter zwischen einem Sparkonto und einem Haushaltsportemonnaie zu unterscheiden weiß. Ganz bestimmt, sagt Dick und Vater meint, er ist Opfer einer Verschwörung geworden.

Was für eine Verschwörung?

Frauenverschwörung.

Er zählt auf, wer alles dazugehört: Mutter, Frau Welti, Amy und Fräulein Bodmer. Und dann muss da noch eine fünfte Frau im Spiel sein, die alles eingefädelt hat. Bisher hat er sie *Frau Fünf* genannt, abgekürzt *F5*. Doch nach einer weiteren schlaflosen Nacht ist er endlich draufgekommen, wer es ist.

Du kennst sie auch, sagt er.

Die F5?

Das ist nur mein Codewort für sie. Du kennst ihren richtigen Namen.

Vreneli?

Frau Koch.

Vater lächelt selig, während er sagt, Frau Koch ist der Kopf der Bande. Sie hat das Ganze angezettelt aus Rache, weil er sich geweigert hat, mit dem Sparkonto an der Börse zu spekulieren. Er weiß, wie sie den Kontakt zu den anderen Frauen hergestellt hat: mithilfe ihres Assistenten, diesem Herrn Bachmann. Herr Bachmann muss ihn von Witikon bis Uitikon ausspioniert haben. Er hatte sich damals während Vaters Besuch bei Frau Koch hinter einer Wand versteckt, man muss sich das mal vorstellen. Bachmann macht alles, was seine Chefin will, und sie will offenbar, dass Vater zugrunde geht und alles verliert, Häuschen, Drogerie, Ehefrau.

Frau Koch ist der Teufel, sagt er.

Oh Gott, sagt Dick.

Schockierend, gell?

Dick lässt sich neben Vater auf die Matratze sinken und vergräbt das Gesicht in den Händen. Mit einem Mal sieht er klar. Da sind keine anderen. Da sind auch keine Kameras und Mikrofone in seiner Wohnung. Alles nur Hirngespinste, wie bei Vater. Er hat Frau Koch grundlos festgehalten und misshandelt. Das ist das Ende, er wird im Gefängnis landen. Außer er kann Frau Koch davon abhalten, mit der Polizei zu sprechen. Aber wie kann man jemanden zum Schweigen bringen, dem man so viel Böses angetan hat?

Ich brauche deine Hilfe, sagt Vater.

Er will Frau Koch einen Überraschungsbesuch abstatten. Er will mit ihr reden, und zwar von Mann zu Frau, dann wird sie einknicken. Sie soll die Übung abblasen, wird er ihr sagen, damit Mutter zu ihm zurückkehren kann. Das ist auch bitter nötig, Amy und Fräulein Bodmer haben das Häuschen in ein Tollhaus verwandelt und Wilhelm schreit auch die ganze Zeit.

Hast du Frau Kochs Adresse?, fragt Vater.

Was ist das für ein Konto?, fragt Dick.

Das brauchst du nicht zu wissen.

Was ist das für Geld?

Du bist noch nicht so weit. Wo wohnt Frau Koch?

Das brauchst du nicht zu wissen.

Was?

Du bist noch nicht so weit.

Wie redest du mit mir?

Vater runzelt die Stirn. Das ist sehr enttäuschend, wie Dick sich aufführt. Nur weil er jetzt Vice President ist, heißt das noch lange nicht, dass er sich alles erlauben kann. Gut, dass seine Mutter nicht mitansehen muss, wie er sich benimmt.

Vater setzt zu einem vorwurfsvollen Schweigen an, hält aber nur ein paar Sekunden durch und sagt:

Du willst wissen, was das für Geld ist? Also gut: Es ist deins.

Meins?

Es ist dein Geld. Und das deines Sohnes und des Sohnes deines Sohnes. Zufrieden?

Dick versteht nicht und Vater schließt die Augen und atmet tief durch. Er sagt, es handelt sich um altes Geld. Um altes Familiengeld, das seit Generationen vom Vater auf den Sohn übertragen wird. Die Frauen in der Familie wissen in der Regel nichts davon, damit sie es nicht ausgeben können. Denn das Geld darf nicht angerührt werden, unter keinen Umständen, es ist heilig.

Heilig?

Es dient einer höheren Aufgabe. Es gibt der Familie Sicherheit und Sicherheit bedeutet Freiheit.

Freiheit?

Jawohl, Dick. Das alte Geld macht uns frei.

Vater sagt, in der Schweiz haben viele Familien ein solches Konto. Nur spricht man nicht darüber und Dick darf auch nicht darüber sprechen, er muss es Vater in die Hand versprechen. Dann gibt Dick ihm die Adresse. Vater schreibt sie auf und schaut auf die Uhr. Er würde noch gern die Nachrichten hören, bevor er zu Frau Koch fährt. Dick steht auf und stellt das Radio an. Er setzt sich wieder hin und verschränkt die Arme vor der Brust, um das Zittern zu unterdrücken. Noch ein paar Minuten, dann ist Vaters Besuch überstanden.

Frierst du?

Nur müde.

Der Nachrichtensprecher sagt, Hillary Clinton hat die Vorwahlen der Demokraten gewonnen und wird im Herbst gegen Donald Trump um die Präsidentschaft kämpfen. Experten sehen sie klar im Vorteil, was Vater bedenklich findet. Er sagt, mit einer Hillary an der Spitze der größten Weltmacht würden die Frauen nur noch unverschämter werden. In der *NZZ* hat er gelesen, dass der amerikanische Haushalt in Schieflage geraten könnte, da Frau Hillary das Geld mit vollen Händen ausgeben würde.

Frauen sind unberechenbar, sagt er.

Ich bin auch für Trump, sagt Dick.

Das freut Vater. Oder verkohlt Dick ihn mal wieder? Nein, er meint es ernst. Er sagt, Trump als Präsident wäre ein Erlöser. Er würde den Knopf drücken und die Welt in die Luft jagen und dann hätte niemand mehr eine Zukunft und nicht nur Dick.

Was redest du da?, sagt Vater. Keine Zukunft? Mit 30 000 Franken im Monat?

Dann guck mal in den Schrank, denkt Dick, da siehst du meine Zukunft. Vater steht auf und öffnet ihn.

He, spinnst du?, ruft Dick und springt auf, aber Vater hat bereits die Tür zum anderen Zimmer entdeckt und drückt die Klinke.

86

Frau Koch rührt sich nicht. Sie sitzt da wie ein kleines Kind, das auf seine Strafe wartet. Unter der Socke läuft Speichel aus dem Mund. Dick schaut gelassen zu, wie es tropft. Da ist kein Zittern und Frieren mehr, keine Hitze und keine Angst. Eine seltsame Ruhe füllt ihn aus, als ginge ihn das alles nichts mehr an. Als sei er nur ein Zuschauer in einem Stück, für das er keinen Eintritt bezahlt hat. Da steht sein Vater neben ihm und stammelt *o Gott o Gott o Gott* und Dick denkt, sieht er halt mein wahres Leben, na und? Ab jetzt muss er nichts mehr verbergen und kann einfach sein, was er ist. Er ist frei.

Hast du … Hast du sie …?

Vergewaltigt? Nein.

Was hast du dann mit ihr gemacht?

Zum Reden gebracht.

Wegen des Kontos?

Dick lacht. Das Leben ist ein Witz und daran wollte er vor wenigen Minuten noch verzweifeln? Alles wartet darauf, dass er etwas sagt, aber er sagt nichts, steht einfach nur da und spürt Raum und Zeit.

Um Himmels willen, Dick, was passiert jetzt?

Sie muss hier weg, sagt Dick.

Aber sie hat mich gesehen!

Sie wird es niemandem erzählen können.

Du willst sie doch nicht …?

Doch. Und du hilfst mir dabei.

O Gott o Gott o Gott.

Hast du eine Säge im Wagen?

Dick, das ist grauenhaft!
Müllsäcke hab ich genug.
Ganz grauenhaft ist das! Was ist bloß aus dir geworden?
Ein Vice President wie Dick Cheney.
Aber Cheney hat doch niemanden umgebracht!
Quatsch, der ging über Leichen.
Aber du bist noch nicht so weit! Dick!

Er versucht seinen Sohn anzufassen, zieht die Hand aber wieder zurück. Dick wird nun doch wieder heiß. Er reißt den Kittel auf, sodass die Knöpfe durchs Zimmer fliegen. Vater zuckt zusammen. Er beginnt in seinen Hosentaschen zu graben und bringt eine angebrochene Stange Traubenzucker hervor. Er streckt sie Dick hin.

Da, nimm.

Dick wickelt Frau Koch die Krawatte vom Hals und glättet sie zwischen den Fingern. Dann legt er sie ihr wieder um und macht eine Schlinge.

Nimm einen Traubenzucker, Dick!

Dick fasst an beiden Enden und zieht die Schlinge langsam zu. Es geht ganz leicht, ohne Anstrengung, und er kann Frau Koch dabei in die Augen sehen. Sie schaut ihm auch in die Augen und er findet, sie sieht verliebt aus. Vielleicht ist sie es auch. Aber die Socke in ihrem Mund sieht blöd aus. Vater steckt den Traubenzucker weg und sagt, so, das reicht jetzt. Dick schüttelt den Kopf. Sie muss sterben, sagt er und zurrt fester. Vater beißt sich in den Finger.

Und wenn sie uns ihr Ehrenwort gibt?

Treib eine Säge auf.

Vater stürzt aus dem Zimmer. Er schlägt den Kopf am Schrank an. Er kehrt zurück und schlägt wieder den Kopf an.

Das ist doch Wahnsinn!

Das ist es schon lange, sagt Dick.

Frau Kochs Kopf ist rot geworden, während der Hals ganz weiß ist. Vater beißt sich erneut in den Finger und flüstert, schlimm, das ist richtig schlimm. Dick sagt, ich geh nicht ins Gefängnis, ich bin jetzt frei, und Vater sagt, wir nehmen den besten Anwalt, den man für fünf Millionen kriegen kann.

Mutter wohnt im Savoy.

Verdammt!

Dick steht jetzt breitbeinig vor Frau Koch, jeder Muskel ist angespannt und er spürt den festen Boden unter seinen Füßen. Das Herz schlägt ruhig und gleichmäßig und er fühlt eine ungeheure Kraft im Bauch, eine neue Lebensenergie wie nach dem Erreichen eines großen Ziels. Die Swiss American Bank gehört jetzt ihm und er fühlt sich allen überlegen, den Amerikanern, den Schweizern und besonders Vater, der sich neben ihm die Haare rauft und in mehrere Finger gleichzeitig beißt.

Ich kann nicht mehr. Ein Albtraum!

Dann hau doch ab!

Vater stolpert erneut durch den Schrank, kommt zurück und sagt, nein, ich bleibe bei dir, du bist mein Sohn. Er legt seine Hand auf Dicks verletzten Arm, aber nicht, um ihn zu stoppen, sondern um ihn zu halten. Dick spürt die Wärme seiner Berührung auf seiner Wunde und es ist die gleiche Wärme wie damals bei Frau Koch. Sein Hals beginnt zu pochen, als habe er sich selber die Krawatte umgeschlungen, und das viele Licht im Zimmer verschwimmt vor seinen Augen. Von weit weg hört er Vater sagen:

Sie hat doch noch einen letzten Wunsch gut.

Was?

Vielleicht möchte sie noch etwas Schönes essen?

Was?

Dick lässt los. Er wischt sich schnaufend den Schweiß von der Stirn und kratzt sich am Arm. Er fragt Frau Koch, ob sie etwas von den Süßigkeiten möchte. Die Schwedentorte schaut noch recht gut aus und von den Schokoladenkäfern sind auch noch welche da. Er zieht ihr die Socke aus dem Mund, damit sie reden kann, und wischt mit dem Ärmel Kinn und Lippen trocken. Frau Koch sieht ihn aus hellen, traurigen Augen an.

Sie können auch eine Zigarette haben, sagt er.

Oder einen Traubenzucker, sagt Vater und kramt wieder die Packung hervor. Er versucht ein Stück herauszuklauben, aber seine Finger sind zu zittrig. Er sagt, vielleicht möchte Frau Koch noch etwas sagen.

Dick, frag sie doch, ob sie noch etwas sagen möchte.

Möchten Sie noch etwas sagen?, sagt Dick.

Frau Koch schließt die Augen. Eine silberne Träne rollt die Wange hinunter und die Männer schauen zu, wie sie auf den nackten Busen tropft. Unter Dicks Füßen beginnt der Boden zu wanken, ein schweres Seil legt sich um seine Brust und er hört sich sagen:

Ein letztes Wort?

Es ist mehr eine Bitte als eine Frage, fast ein Flehen, und Vater nickt Frau Koch aufmunternd zu. Eine drückende Stille herrscht im Zimmer und Vater und Sohn hängen an Frau Kochs Lippen und dann öffnet sie die Augen und sagt leise:

Ich möchte nach Hause.

Ja, ich auch, sagt Dick.

Ja, ist gut, sagt Vater.

87

Zum Frühstück gibt es immer ein Ei. Keinen Kaffee, dafür Tee mit warmer Milch, wenn man möchte. Verschiedene Brote, Honig, Obst. Danach geht Dick meistens in den Park unter die große Ulme, deren Blätter vom Herbst goldbraun gefärbt sind. Ein alter Steinbrunnen murmelt vor sich hin. Er riecht nach Höhle und wenn man die Hand in sein kaltes Wasser taucht, wird sie taub. Krähen hüpfen über den Kies.

Die Zeit nimmt es gemütlich hier. Es ist erst ein paar Monate her, seit Dick eingetroffen ist, aber sie fühlen sich an wie Jahre. Er muss jeden Tag Übungen machen, Atem- und Bewegungsübungen, woran er sich mittlerweile gewöhnt hat. Was ihm immer noch zu schaffen macht, sind die Gespräche, die er mit einer Ärztin führen muss. Obwohl er die Ärztin mag. Sie trägt keinen weißen Kittel, sagt, was sie denkt, und fährt sich beim Zuhören mit dem Zünglein über die Lippen.

Wieso reden Sie nicht gern über sich?

Einfach.

Was fühlen Sie dabei?

Eben. Als ob ich über einen Fremden rede.

Sie hat ihm schon früh erklärt, worunter er leidet. Daraufhin haben die Schuldgefühle etwas nachgelassen. Die Medikamente sind auch nicht mehr so stark wie zu Beginn, als sie seinen Kopf mit Watte ausgestopft haben. Er schläft zehn Stunden am Tag, isst viel und trinkt Wasser mit Vitaminen.

In der Freizeit liest er dicke Bücher, die ihm Remo vorbeibringt. Remo kommt alle zwei Wochen und sieht jedes Mal besser aus.

Die Haare wachsen, der Bauch schrumpft und das Hemd trägt er in der Hose. Er arbeitet immer noch als Vice President bei der Swiss American Bank, allerdings in einer neuen Funktion. Richard hat Vreneli gekillt und Remo ist verantwortlich für die sichere Entsorgung der Protokolle der letzten dreißig Jahre. Er hat eine Assistentin zugeteilt bekommen, die ehemalige Kursleiterin. Ihr Wolljäckchen soll schon am ersten Tag in den Reißwolf geraten sein.

Die F5 gibt es nicht mehr, die Abteilung wurde mit anderen zusammengelegt. Leonhard und Frau Koch haben die Bank verlassen und der ehemalige Vizedirektor ist nach Amerika ausgewandert, an den Hauptsitz, wo er die Gold Wing gegen eine Harley eingetauscht hat. Steiner arbeitet ebenfalls in Amerika. Remo hat mal mit ihm geskypt und Steiner hat gesagt, er hat Heimweh.

Die meisten Besuche erhält Dick von Mutter. Bei ihrem ersten Treffen redete sie so viel, dass sie eine Woche lang nicht mehr kommen durfte. Danach beruhigte sie sich zusehends und schleppte jedes Mal weniger Schmuck und Taschen mit, bis sie wieder ganz die Alte war. Heute trägt sie nur noch den Elfenbeinarmreif, weil er von Dick ist und sie nicht weiß, wem er früher gehörte.

Vater schaute anfangs immer sonntags vorbei, wenn er in der Drogerie die Regale fertig aufgefüllt und die Postpakete sortiert hatte. Um Gesprächsstoff zu haben, brachte er Zeitungsausschnitte mit, bis Dick ihn bat, damit aufzuhören, da ihn Nachrichten nervös machen. Danach redeten sie statt über das Weltgeschehen über die Geschehnisse in Witikon und Uitikon oder sie saßen einfach nur da und tranken zusammen Wasser mit Vitaminen. Vater fing an, sich nach Mutter zu erkundigen, und Dick erzählte ihm, was er wusste. Eines Tages erschienen Vater und Mutter gemeinsam. Mutter kehrte nach Witikon zurück und vor ein paar Wochen eröffneten sie ihm, dass sie das Reihenhäuschen verlassen und in die Stadt ziehen, nach Hottingen in eine Eigentumswohnung. Kommt sie günstiger zu stehen als ein Scheidungsanwalt, scherzte Vater und Mutter sagte, Amy und Wilhelm bleiben im Häuschen und damit es nicht unterbelegt ist, nehmen sie einen alten Mann bei sich auf, der lange, weiße Haare hat und kaum spricht.

Die kennt schon komische Leute, was, Paps?

Ja. Und Wilhelms Vater kennen wir immer noch nicht.

Amy ist auch einmal aufgekreuzt. Sie hat gesagt, falls Dick je wieder auf die Menschheit losgelassen wird, kann er bei ihnen wohnen, sein Zimmer ist wieder frei. Wilhelm hat jetzt ihr Zimmer und sie und Fellini haben das Elternschlafzimmer übernommen. Beim Abschied gab sie Dick einen Kuss, was sie noch nie getan hat. Sie lachte und kündigte für die nächsten Tage den Besuch von zwei verrückten Schwestern an.

Die verrückten Schwestern sind Cornelle und Fräulein Bodmer gewesen. Fräulein Bodmer hat Dicks Wohnung übernommen und Cornelle hat ihr geholfen, den Zahnarztstuhl auf einem Schaeppi-Grundstück zu entsorgen. Fräulein Bodmer passt viel besser in die Brauerstraße als Dick, hat Cornelle gemeint und Fräulein Bodmer hat gesagt, das Beste an der Wohnung ist die Nähe zu ihrem neuen Arbeitsplatz. Sie führt jetzt abends das Fellini 4, damit der Wirt zeitig nach Witikon kann.

Rate mal, Dickiemann, wer ihr einen Heiratsantrag gemacht hat.

Keine Ahnung.

Rolf.

Fräulein Bodmer errötete und Cornelle sagte, bald ist die Gute kein Fräulein mehr.

Am gleichen Tag ist noch die Personalfrau aufgetaucht. Dick erkannte sie zuerst nicht, da sie eine neue Frisur hat. Der Pferdeschwanz ist ab, sie trägt jetzt einen blonden Pony. Sie sagte, Dick hat richtig Farbe im Gesicht bekommen.

Nun sehen Sie ja noch jünger aus!

Sie sehen auch jung aus, sagte er und sie strahlte.

Sie versuchte ihn ein wenig auszufragen, aber da er nicht gern über sich redet, erzählte sie von ihrem neuen Job. Sie ist wieder Personalfrau in einem Großunternehmen und falls Dick irgendwann Arbeit sucht, soll er sich bei ihr melden, er würde gut in den Betrieb passen. Zum Abschied hat sie ihm ein Visitenkärtchen gegeben, darauf stand: Die Post.

Wenn Dick nicht liest oder Übungen macht oder mit der Ärztin spricht, schreibt er Briefe. Er hat einen Brieffreund da draußen, einen älteren Herrn, der gern bunte Fliegen trägt. Er ist jedes Mal entsetzt über Dicks schauderhafte Handschrift und schreibt, er kommt ihn dereinst besuchen, um ihm etwas zu bringen, das zur Verbesserung seines Stils beiträgt. Dr. Sagers Briefe enden immer mit einem schwungvollen Tipp des Tages. Einer lautete:

Schreiben Sie sich frei.

Den hat Dick beherzigt und noch für jemand anders einen Brief verfasst. Er ist so dick geworden, dass er nicht in einen normalen Umschlag passt. Dick hat ihn der Ärztin vorgelesen und sie hat Tränen in den Augen gekriegt und gesagt, das ist ein sehr schöner Brief. Auch wenn er ihn vermutlich mehr für sich selber geschrieben hat als für Frau Koch.

Nicht wahr?

Schon.

Werden Sie ihn abschicken?

Mal sehen.

88

Der November bringt graues Licht und nasse Winde. Die Winde schütteln die Ulme und verstreuen ihre Blätter über den Park. Ein paar landen im Brunnen, wo Dick sie jeden Morgen rausfischt.

Als die Eltern kommen, haben sie große Neuigkeiten. Mutter strahlt übers ganze Gesicht und sagt, Amerika, Schatz, wir fliegen nach Amerika. Vater hat für Januar eine Woche Washington gebucht, damit sie der Amtseinführung von Präsidentin Hillary beiwohnen können.

Dann hat sie also gewonnen?, fragt Dick.

So gut wie, sagt Vater. Sie liegt in sämtlichen Umfragen weit vorn.

Sie trinken zusammen Tee und nachher, als Dick die Eltern zum Ausgang begleitet, treffen sie auf Remo, der zwei Taschen Bücher anschleppt.

Das ist Remo Bachmann, sagt Dick und Vater macht: Bachmann?

Was ist denn, Paps?

Nichts. Gehen wir.

Er legt seinen Arm um Mutters Schulter und zieht sie weg. Dick und Remo setzen sich ins Besucherzimmer und Remo sagt, er hat schlechte Nachrichten.

Marianne heiratet. Rate mal wen.

Rolf?

Leni.

Remo hat es von seiner Assistentin erfahren. Er sagt, nun ist es wohl an der Zeit loszulassen und Marianne ziehen zu lassen. Er holt ein neues Handy hervor und zeigt ein paar Schnappschüsse von ihr. Sie hat ein wenig zugenommen und sieht noch hübscher aus als früher, wärmer und sinnlicher, wie Remo meint. Dick findet das auch. Auf einem Bild ist sie mit Leonhard zu sehen, sie tragen Umzugskartons aus der Schrennengasse 6. Leonhard hat einen weißen Pullover an und sieht glücklich aus.

Wohin ziehen sie?, fragt Dick.

Witikon oder Uitikon, hab's nicht richtig verstanden. Wieso?

Ich hab einen Brief für sie.

Du solltest auch loslassen, Dick.

89

An einem sonnigen Mittwochmorgen erhält Dick einen Anruf von Dr. Sager. Er fragt an, ob er Dick vor dem Mittagessen einen Besuch abstatten dürfte, er hält sich gerade in der Gegend auf. Dick ist einverstanden, wenn es nicht zu lange dauert. Heute gibt es Hirschpfeffer und zum Dessert Vermicelles, da will er rechtzeitig im Speisesaal sein.

In natura wirkt Dr. Sager kleiner und älter als im Internet. Er trägt eine schwarze Fliege und sieht aus, als komme er von einer Beerdigung. Sie setzen sich in die Cafeteria und trinken einen Tee. Dick mit Milch und Dr. Sager ohne Milch.

Dr. Sager hat ein Geschenk mitgebracht. Dick packt es aus, es ist ein schlankes Etui mit einem Füllfederhalter drin. Dr. Sager entnimmt seiner Brieftasche ein Stück Papier, damit Dick die Feder ausprobieren kann. Sie ist aus weichem Gold und Dick schreibt *Hirschpfeffer* und *Vermicelles*.

Dass er jetzt noch an Essen denken kann, sagt Dr. Sager.

Wieso, was ist passiert?

Hat er es denn nicht gehört?

Dr. Sager klärt ihn über das Wahlergebnis in den USA auf. Er sagt, das ist der Grund, weshalb er heute eine schwarze Fliege trägt. Dick fragt, ob jetzt die Bösen an die Macht kommen. Dr. Sager betrachtet seine Tasse. Er möchte nun doch etwas Milch in seinen Tee. Er rührt lange um, ehe er sagt:

Es gibt keine bösen Menschen. Nur Menschen, die Böses tun. Wenn man sie nicht rechtzeitig stoppt.

DANK

Danke fürs Lesen, Lektorieren, Korrigieren, Verlegen und Mitleiden.
Danke André, Andrea, Anne-Catherine, Anja, Annette, Bruno, Eleonora, Gino, Hanspeter, Isabelle, Jack, Gertrud, Luigi, Patrick und Theres.

ZUM AUTOR

Tom Zürcher (*1966) lebt und schreibt in Zürich. Mit zwanzig wollte er Lastwagenfahrer werden, landete dann aber bei einer Bank. Später machte er das Wirtepatent und fing an, über Restaurants und Bars zu schreiben. Heute ist er Texter und Schriftsteller. Er mag Kühe, Zeit und ein leeres Blatt Papier. Seine bisherigen Veröffentlichungen: »Högo Sopatis ermittelt« (Eichborn), »Der Spartaner« (Lenos).